漫娱图书
SINCE BOOKS

名　家　经　典　书　系

历史的荷尔蒙

古人的
抉择与情感　　历史的囚徒 —— 著

推荐序／历史的揣摩与幽默

最近一些年，关于历史有很多另类解读，这些解读尊重历史，还原历史，但比原先的历史更好看，更好玩，无形中吸引读者关注国学，关注历史尘烟中的那些帝王将相、英雄好汉和文人墨客，当然，还有跳梁小丑。

作者是一名半道出家的历史书写者，他本科学的是新闻专业，博士生教育阶段改学历史，在四年时间里系统地修习了历史研究的方法论。

我曾经有疑问，一个新闻科班出身并从事新闻工作10年的人，能否真正对历史研究有所追求？至少，有他独到的感悟？

作者是一个很内秀的人，敏感而勤于笔头表达，而历史是需要专注和揣摩的。

热情成了作者最好的老师，据作者告知，过去的几年，他将阿诺德汤因比长达百万字的《历史研究》啃了好几遍，而那是一部比较生涩的经典著作，没有一定的历史学、社会学和哲学知识储备，看起来会很吃力。

对于他理解的历史，我不敢说对历史研究有创见，但至少有他独到的感悟，他的历史网络写作，第一年就积累了10万粉丝，我想就是因为在新媒体时代，更多的网民跟他产生了共鸣。

新闻教育及从业经历，令他的文字快速、简洁、凝练，而跨界就读历史，使他的思维更加厚重深入，字里行间透露出的诙谐与幽默感，可以看作是他对文字和历史的一种驾轻就熟。

历史与新闻一样，是需要钻研、感悟，更需要捕捉的。辛弃疾、司马懿、诸葛亮、曹操、张献忠……这些篇章精彩纷呈，有血有肉，那些已逝去多年的历史人物，在作者的笔下重新复活，跃然纸上，很有感染力和亲和力，那些历史事件，似乎就发生在昨天。

包括作者首创的"古人访谈录"，表面随意，实则严肃。它在写实中有情感，幽默中带眼泪，之所以作者笔下的历史人物能打动人，是因为作者走心，在写作对象身上倾注了感情，由此产生强烈的代入感。

做任何事情，坚持都是最重要的，现在的这本新书，就是作者笔耕不辍、不懈坚持的一个精神成果，而精神上的发现与共鸣，是很容易传染的。

近两年愈演愈烈的国学热、历史热，彰显了中华传统文化的独特魅力。相信在未来，作者会以他独到的观察，用他的现代笔法与语言，挖掘出中华历史中更多的精彩，这个挖掘的过程，实际上也是寻找民族自信，增强民族自信的过程。

既好评如潮，当继续努力。

让我们拭目以待。

蒙曼
（著名历史学者、五次登上央视"百家讲坛"
"中国成语大会"和"中国诗词大会"评委）

自序／把历史放在快乐的瓶子里

1.

不知不觉,微信公众号的写作已接近一年。

这一年,在有限的时间里,写得很艰苦,往往深夜写兴奋了,会通宵失眠。能一直写下来,主要就是因为那些温暖的目光,真诚的鼓励。

我一边写,一边看大家的反应:有人只看了个标题,有人划拉到了正文,还有人在鼓掌——最初稀稀拉拉,后来整齐划一。

这种情况下,我获得了勇气和动力,一直朝前走。

历史是一个低门槛的东西,凡识字的人,都可以写两笔,更有甚者,乐于胡编乱造。他们说,历史虚无飘渺,完全是一个任人打扮的小姑娘。

对这种观点,我专门写了一篇《那些鞭尸历史的人》予以批驳。只要努力,我们完全可以不断地靠近历史,抓住核心信息,让历史在现代绚烂。

须知要把历史写活,最紧要的一件事情是:尊重它。

因为我们身上流的,是古人的血,我们是他们生命的延续。不尊重他们,就是不尊重我们自己。

2.

有了尊重,要把历史写得好看,至少还须做到以下几点:

一是熟悉并掌握基本史料。二是从史料中拎出最重要的特征。三是熟练运用现代表述方式。

我的感受是,如果你的文字没有魅力(有人也说是文字的性感),别人很难坚持看下去,你写着写着,也觉得聊胜于无。

即使做到以上三点,从历史中挖掘精彩故事,还只是完成了一小半。

接下来,你要投入自己的感情,与古人交心谈心。

其关键是,每次写一个人,要把心掏出来,写完了,再把心放回去。如此反复,以至于,我都掏累了。

这是难度极大的一件事——别提跟古人掏心掏肺,现在又有多少人能做到时时说真话,处处说真话?

古人都离开那么多年了,你还想跟他(她)交流,似乎有点幼稚,有点柏拉图。

其实,真的可以,历史上有太多人因为现实中的无助,而转向跟古人交流谈心。而我渴望通过揣摩理解,采用"囚徒"自己的叙述方式,最大限度还原历史现场,刻画古人心理。

整个过程奇妙又诡异,就像在为古人招魂。

有粉丝留言说,看了一晚上你的文章,感觉有些不羁、深情,又很细腻,仿佛在写一个人的时候,完全把自己带入……看你写的文字,我感觉很容易走进他们的生活。

我理解,这是因为人与人之间发生了最难得、最复杂的心理反应,这种反应,俗称"共鸣"。

科学研究表明,一个人的左大脑是用于了解事实的,而右大脑是用于情感共鸣的。文字一旦带有情感,它就开始闪光。同样,只要你展开想象的翅膀,走进历史的尘烟,你也能够与古人共鸣。

因为,人同此心,心同此理,它与时间空间无关。

3.

不得不说的,还有难得的幽默感。这几乎是一种天赋,我常为它抓狂。

进入社交时代,幽默感成为其最重要的一个特征。

请注意,我说的不是低级搞笑,也不是强行创造幽默,而是灵光一现,令人会心一笑。

词典上解释说,所谓"幽默"。形容一个人或一件事有趣或可笑,但更可贵的是意味深长。

读者看完诙谐的句段,在那儿久久不得释怀,这样的幽默才是有生命力的。

在描述古人的时候,为让读者更快记住他,更深体会他,我总会创造一些幽默的场景和语言。到现在为止,我还没有找到任何一个方法,可以像幽默一般,迅速地纾解繁琐和苦难。这也是我在写作的过程中,极其推崇幽默叙述的原因,甚至称它为我写作的"灵魂"。

我还说过,如今知识遍地,人们的求知欲得到空前满足,但人们的焦虑感和无力感也接踵而至。所以,现代人不求解惑,但求解烦。解烦,只有幽默可以做到。我的尝试也获得了众多读者的认可,在合适的时候,我会请粉丝评选幽默 100 句。

4.

所有的这些做完了,还有一个坚持。

未来是模糊的,谁也不知道会发生什么,你只能拿着手电,走一米看一米,只有坚持了,你才能看到千里之外的景色。

无数人跟我说,坚持下去,一定会怎样怎样。现在也坚持写了 108 篇了,在所谓的公号退潮期,已经很不容易了。

在一年的写作里,收获了什么呢?

首先是找到了自己工作之外的价值。

在相当长的时间里,我一直在思考,自己的"兴趣"和"特长"何在?填过无数次履历,这个问题一直没有彻底搞清楚。

而现在是越来越清晰了——我就是一个吃文字饭的命。

以前读书的时候，语文成绩很好，作文写得很带感，虽然只是那种毫无创意的记叙文、说明文和议论文。

后来在媒体行业混饭吃，开始大家都是从小消息写起，我却偏爱大块头文章，感觉写起来特别像一个记者。

再后来学会了个人化的叙述方式，更加乐此不疲。从那时候开始，我就一直努力坚持个人表达方法，在上次出版的一本书里，还特别声明我的追求——不敢言创举，但绝不人云亦云。

5.

有一件事不得不提，即我的写作都是正能量的，正能量这东西在历史中，在现实中，其实是处处可见的，只是有很多人看到的，是生活中的阴暗和不如意。

有人说，好事不出门，恶事传千里，我并不同意这种说法，相反，正能量拥有强大的传播力和感染力。

在已经完成的对50多个古人的写作中，大多数主人公都有一颗天真善良的心，他们在现实中踉踉跄跄，摔了不少跟斗，但从未改变他们的热爱——爱国家，爱故乡，爱朋友，爱这个世界上的一草一木。他们甚至不会去恨其他人，包括曾经严重构陷他们、差点让他们死于非命的人。

作为中国人的生活偶像，苏东坡就是这样一个人，他的大度，他的沉郁，他的悲天悯人，总是让后世读者感动万分，以至于说起他的名字，人们总会微笑颔首。有那样的人生境界，他才能写出"十年生死两茫茫""大江东去，浪淘尽"和"但愿人长久，千里共婵娟"，成长为一个天才。没错，中国古代几千年，有很多人一出生就是天纵之才，苏轼也算早慧，但生活把他活活磨成了一个天才。

苏轼如此，其他人又何尝不是，嵇康、陶渊明、李白、李清照、柳永、李煜……这样的名单可以开出一长串，他们全是在逆境中站起来的人。正像我在《唐伯虎的风中零乱》里写的，一个人在逆境中的奋起，远比在顺境中的成功更能打动人，人的精神力量无限。

6.

每个人都希望，自己的人生顺顺利利、平平安安。不过，很多时候平安、平淡乃至平庸生活的代价是，你可能一辈子都无法抵达自己理论意义上可以到达的彼岸。

这绝不是倡导苦行主义。我一个大学同学说，他一生中最顺利的时候，就是他一生中最黑暗的时候，他一生中最坎坷的时候，就是他一生中最闪光的时候。这句话说得很有哲理，虽然看起来有点别扭。大家可以好好体会一下。

既然得到了那么多人的喜爱和鼓励，未来我还会不停地写下去，同时也希望得到更多人的共鸣。

很多人都有自己偏爱的历史人物，为其 idol 的遭遇叹息、不平、流泪。从这方面来说，历史并不是虚无飘渺的，它一直在我们身边，甚至在我们的血液中流动，有时候还很冲动。

自写公号以来，好评如潮。我想以三则粉丝留言结束这篇文章：

——"我看过很多评写辛弃疾的文章，却独爱这一篇，爱不释手！也在囚徒的文字中找到了与自己对历史相似的想法与情怀！于是疯狂地将囚徒的公众号推荐分享，我觉得，每一个认真严谨的历史解说者更应值得尊重。"（闫师长月）。

——"看你的每篇文章都笑了，文字行云流水不足为奇，但幽默的灵魂弥足珍贵，你对历史的感悟和人物的揣摩都很精准，悲凉的历史在你不紧不慢地讲述中变得生动鲜活而有温情，大概我会取关其他所有公号。"（just destiny）。

——"今天是感恩节，作为10万粉丝中的一员，要跟先生说声谢谢，认识先生以来，最大的改变就是有了用语言表达情感的欲望，这是多么奇妙的感受。可能先生在古人身上投注的感情越多，写出来的故事就越感人,甚至会影响当下的三观和生活态度?"(张京)。

……

2018年就快来了,时间无情,不舍昼夜,但它抹杀不了我们的精神成果,感谢在巨大的时光机前,遇到了最好的你们。

是为自序。

2017年12月13日晚
写于东京至北京的飞机上

目录

- **推荐序** / 历史的揣摩与幽默　　003
- **自序** / 把历史放在快乐的瓶子里　　005

皇图霸业 HUANG TU BA YE

- **项羽** / 为什么我哭得带劲，因为我爱得深沉　　014
- **曹操** / 杀人是不得已的痛，写诗是与梦想重逢　　035
- **宋钦宗** / 我为父皇顶包的那些日子　　043
- **李闯王** / 我为什么要火烧紫禁城　　059
- **顺治** / 最帅皇帝的不羁岁月　　075

丹心汗青 DAN XIN HAN QING

- **诸葛亮** / 『三顾茅庐』那天的蝴蝶效应　　092
- **屈原** / 不懂我的人，不要怀念我　　100
- **周瑜** / 老天只给了我36年，你们却想了我1800年　　106
- **文天祥** / 前半生官场浪子，后半生民族英雄　　127
- **海瑞** / 世人都说我怪，谁能懂我的痴　　136
- **戚继光** / 我如何成为打鬼子专业户　　146

得失诗意 DE SHI SHI YI

- 『大宋第一古惑仔』辛弃疾／看我把栏杆拍遍　　158
- 陶渊明／如觉人生太苟且，不妨读读陶靖节　　173
- 嵇康／破碎就破碎，没什么完美　　186
- 李白／人生就是大闹一场，悄然离去　　194
- 井水歌王柳永／请别叫我『肾斗士』　　200
- 苏东坡／公元1082年，我在黄州放卫星　　210
- 李清照／我的盛名缘于我的痛　　240
- 陆游／书虫、倾诉狂与抗金战士　　252

风花雪月 FENG HUA XUE YUE

- 唐伯虎／我把4个皇帝活成背景　　260
- 卓文君与司马相如／在私奔的岁月里，我最爱你　　266
- 李煜／你灭了我的国，我却点燃了宋词的火　　278
- 柳如是／青楼女子的爱情之路　　289
- 曹雪芹／从西园到西山　　305

身后之名 SHEN HOU ZHI MING

- 张献忠／我对若干历史问题的回应　　318
- 荆轲／这个杀手不太冷　　323
- 来俊臣／告密者的一生　　328
- 司马懿／我的独角戏　　332

- 后记／知晓并在乎古人的奋斗　　348

第一章 皇图霸业

项羽／为什么我哭得带劲，因为我爱得深沉

叹一句西楚霸王，年少逞强，金甲冷戟戏群狼；
望一眼星疏月朗，情寄乌江，千古文章空惆怅。
无数阵仗，几处新伤，谁家儿女骋疆场。
江湖莽莽，梦中翱翔，热血英雄应无恙。

——历史的囚徒

项羽是战争史上最亮的那颗流星，后世素有"羽之神勇，千古无二"的评价。

他的生命那么短暂（享年30岁），短得还没来得及有自己的子嗣。

他的生命又那么绵长，几千年来每一个中国人都思念着他。

这颗流星，那么眩目，尤其在缺乏英雄、呼唤英雄的年代。

他完美地诠释了英雄的含义（英雄的化身），如果英雄也有帮派，那他就是教主。

这应该是人类历史上最勇武、最侠义，也最柔肠、最孤独的一个群体。

后世的悲情英雄、民族英雄、偏执英雄、高贵英雄，多少带有一点他的影子。

垓下，快要下雨的傍晚。

一个人，一匹马，一杆戟，一片山坡，一项白色大帐。

乌云密布，偶尔有一道闪电，风呜呜地吹，空气中充满了血腥的味道。

雨，似乎快要下了。

那是公元前 202 年，项羽被刘邦的军队追赶到了垓下（今安徽灵璧县南）。

快来一场豪雨吧，洗刷一下战场的罪恶。霸王心里想。

大帐内点满了巨大的白色蜡烛，在烛光的映照下，可以清楚地看见霸王的模样。

他是一位身材高大的年轻人，穿着乌金铠甲，虎皮红战袍，有着英武的胡须，他的眼神跟平常人不太一样，有人说那是双瞳（"大富大贵"的标志）。

帐外的乌骓马，忽然仰天长啸了一声。

这已经是连续苦战的第十二天。

外面有很多人要他的命，包括刘邦的军队，诸侯的军队。

这有点像中国古代版"农夫和蛇"的故事。

刘邦本来不是霸王的对手，霸王对他的工作还很支持。但最近一年来，刘的势力蒸蒸日上，现在对项羽咬得很紧，而且咬得越来越带劲……

追兵不断，霸王的画戟上，沾染了数不清的血，一层冷却，又被新血覆盖。

项羽精通各种兵器，却偏爱画戟。

起兵之前，会稽天降陨石，叔父项梁专门请著名的兵器专家司徒先生前来设计画戟，费时九天九夜才最终完成。

戟本由铸好的矛和戈组装而成，司徒先生将戈的部分改成了月牙刃。仅杆就如碗口般粗细，项羽亲切地为其取名为"鬼神"。

他预料到，任何人，包括鬼神，只要他愿意，都将丧生在他的画戟之下。

项羽不像有些带兵的将领，只会喊"兄弟们，给我上"。

每一次战争,他都身体力行。他特别享受那种冲锋在士兵们前面的感觉。

重达 129 斤的画戟改装后,更适合冲锋杀敌。

电光石火,他的兵器一般在敌人身体上停留不超过半秒。

项羽像往常一样,喝了点酒,开始抚摸画戟,这些年来他与"鬼神"培养了深厚的感情,并一直视它为最忠诚的兄弟。

一个战士的光芒和生命,就在他的武器上。很多时候他这样想。

这画戟,曾有专人帮他看护,他的名字叫韩信。

就是现在正领兵狠狠追击他的人。

有必要交待一下,在率领 800 骑兵冲出重围又在阴岭迷路后,敌我双方力量对比急剧变化为 4000∶28。

霸王并不担心这个数字,每次打仗,军力都不是他担心的首要因素。

这也是他能在巨鹿破釜沉舟,带领众将士以一敌十,威震诸侯的原因。

他是一个天生的"战神"和"领袖",对于打仗,他永远是充满信心的。

……

注视着陪伴自己 2 年多的画戟,他第一次觉得胳膊有些酸痛,最关键的是,还有点头晕。

"拿好,好生看护。"他走出大帐外,将戟递给警戒的士兵。

他已经想好接下来该怎么办,作为一个铁血战士,不能逃避任何人。

而最不能逃避的,便是他自己。

也许,他将砍下自己的头颅。

这也是一个高傲战士的选择。

起兵 8 年来,他经历了 70 多场战斗,还从未像今天这样陷入困境。

经过一番恶狠狠的厮杀,现在他有点困乏,需要打个盹儿。

也许他真的累了，迷迷糊糊之中，他梦到了很多人，很多事。

刘邦和项羽

1.少年往事

他梦见了他那未见过面的祖父项燕，小时候他常看着那位楚国名将的画像发呆。

公元前225年（也就是项羽出生前7年），祖父曾大败秦将李信，被称为楚国的"守护神"。可才过一年，祖父便死于秦国将军王翦之手。

当时王翦玩了一个花招，假装不敌，守城不出，以避开楚军锋芒。当楚军轻敌撤退的时候，又派勇猛轻骑突袭。

项羽很小的时候，就开始琢磨那一战。

他的血管里，流着列祖列宗的血，军人的血。

他认为，秦军诡计多端是一方面，但说到底还是祖父的军队不够勇武。不勇武加轻敌，必败。

小时候，项羽是一个颇有天赋的孩子。

由于父亲死得早，叔父项梁对他视如己出。

但这孩子并不听话守规矩，学什么都没一个长性。

教他读书，他没兴趣；教他练剑，他很鄙夷。

"你到底想学什么？"叔父生气地问。

"兵法。"他仰头看着叔父，只说了两个字。

他觉得，读书只不过能记住别人的名字；学了剑术，只能战胜一个人。

可是学习兵法没几天,他就放弃了。

一个兵法的肆业生,后来却成了一代战神,谁也无法解释。

气死学渣的,是学霸,那气死学霸的呢?是天才。

项羽就是这样的天才,有人根据"双瞳"这事儿,说他是舜的后代,因为舜也是双瞳。

他从小敢想敢干。

那是一个明媚的春天,他陪叔父去会稽山旅游,看到官差在为一个大人物开道,便挤上去看热闹。

"彼可取而代之。"年少轻狂又带点理想主义的项羽脱口而出,吓得叔父赶紧捂住他的嘴,悄悄告诉他,那大轿里坐的人,叫秦始皇。

项羽说的这句话,跟秦末起义军领袖陈胜的心境不谋而合。在表达对暴政不满的时候,陈胜说了一句千古名言:"王侯将相,宁有种乎?"

这种反动的话,刘邦也说过,他说:"嗟乎,大丈夫当如此也。"

项羽天生是一个军人胚子,块头大(身高八尺),力大勇武(能轻易举起铜鼎),族人对他既爱又怕。

爱的是,有了这样的保护神,谁敢对项家无礼。

怕的是,如果哪天与项羽起了冲突,一定吃不了兜着走。

尤其,他还是一位贵族之后。

贵族,贵族,贵族,重要的事情说三遍,项羽的血统高贵无疑。但由此产生的高傲、多疑和自负,也为他的奋斗潜伏了巨大的危机。

性格决定命运。自有人类开始,这就是一个颠扑不破的真理。

2.造反,造反

小时候就很反动的项羽,不久就等来了他的机会。那一年他23岁。

公元前209年,贫困农民陈胜、吴广在安徽大泽乡率先起义,反对秦的暴政。

起义所打的招牌,就是为项燕老将军报仇。复仇之军,往往能吸引人们同情的目光,甚至令很多青年人向往。

本来义军要立一个叫陈婴的人为王,但陈胆小怕事,坚决推辞(有点像辛亥革命里被迫当总统的黎元洪),主张去投靠项氏。

那时候造反,打什么旗帜很重要,找项氏也正常。

难以设想,一个只会耕田的农民一气之下造反,会有很多的人跟随。做任何事情,古人都很重视血统和门第。

那些暂时找不到旗帜的,也顾不了那么多了。反正民不聊生——今天要修长城,明天要收税,后天要被派去打仗。

活着跟死了没两样,如果造反,还有一丝希望。

一时间,旧六国的地盘上,出现了不少起义军。

项梁和侄儿项羽也在吴中起身响应,由于项燕的号召力特别强,项羽又是很多年轻人的偶像,不到几天,就拉起一支8000人的队伍,这就是历史上著名的江东八千子弟兵,项羽的"第一桶金"。

革命这事,还真不是有命就可以去干的。比如,农民出身的陈胜由于格局太小,号召力太弱,只做了半年的王,就被身边的车夫干掉了。

他的历史贡献,就在于他是第一个吃螃蟹的人,勇敢地喊出了"freedom"的口号,就像《勇敢的心》里的威廉·华莱士。给后来的革命者提供了经验。

秦末最伟大的革命者项羽,齐集天时、地利、人和,在短时间内迅速崛起。

当其他同龄人还在做娃娃兵的时候,他已经统率千军万马。

项羽塑像

3. 一代战神

巨鹿之战，对项羽有着非同一般的意义，那一仗后，他被称为"战神"。

在那之前，叔父项梁被胜利冲昏了头脑，头昏了就容易打败仗——定陶之战中，他被秦将章邯打得落花流水，一败涂地，半伤半羞，项梁竟然撒手归西。

章邯，是秦帝国奄奄一息的时候出现的一个杰出将领，但国之将倾，独木难支。

25岁的项羽憋着一股劲，要为叔父报仇——他率军渡河营救被章邯围困的赵王歇，于巨鹿之战击破章邯、王离领导的秦军主力。

在此战中，他展现出超群的军事领导能力。

最为人所称颂的是，为了快速推进战争，在渡过漳河后，他吩咐士兵，各人带上三天口粮。军队做饭的锅全都被砸，船也被凿沉，这拼命的劲头，有点疯狂。

秦军从未见过这等勇猛的人，不少人掉头就跑，他们本就是来跑龙套的，当跑龙套危及生命的时候，他们只有一个选择，当逃兵。

项羽自此称西楚霸王，定都彭城（今江苏徐州），为了笼络人心，他分封不少灭秦功臣及六国贵族为王。

又会打仗，又会搞关系，厉害！

当时很多专家预测，这天下将来肯定姓项。

终于看清了形势！不少善于先发制人的食客和谋士欢呼了，他们在一起喝了顿酒，唠了会儿嗑，就约好了去投奔项羽。

但他们并不真正了解项羽。

项羽是一个不爱享受荣华富贵的人，作为一个英雄，他很看重业绩，就是战斗之胜、战斗之美，即不能惨胜，要胜得漂漂亮亮，让人们彻底地崇拜他。

甚至，战斗本身比取得胜利，更令人神往。

现在，他的理想和抱负正在被历史置疑。

遥想当年，他怀揣着英雄梦想，带领江东才俊们左右搏杀，入咸阳、烧秦宫、封霸王……

如此波澜壮阔、气壮山河的经历，难道转眼就要成空？

难道历史真的要选择刘邦，不选择他项羽？

他隐隐约约听到远处传来一片歌声，先是像模糊的海潮，接着像天空的惊雷。作为楚人，那种家乡的歌声他再熟悉不过了。

"大王，你醒了吗？"一个曼妙的声音从身边传来，"臣妾准备了一些酒，今日想陪大王醉一场。"

项羽睁开眼，回头一看，一位黄衫女子正款款走近，她肤如凝脂，眼睛饱含深情，还有一丝微微的泪光。

虞美人，这是我的虞美人。

项羽一个箭步冲上去，搂住虞姬的双肩。

"上酒。"他朝旁边的士兵低吼一声。

自古以来，英雄配美人。大英雄配的，当然是大美人。

项羽身边的这位大美人，名为虞姬。

项羽和虞姬

4.虞美人

项羽是13岁的时候认识虞姬的，当时他还叫项籍，虞姬当时也只有5岁，户口册上的名字叫虞薇。

虞家与项家是世代友好的家族，因为两家都是楚国的名门，且都是武将。

相比之下，项家的命运更加跌宕起伏。

项羽之上六七代，都是战功赫赫的将军，为楚国的国防做出了不可磨灭的贡献。

但到项燕（项羽的祖父）这一代，已逐渐没落——项燕因轻敌死于秦将王翦之手，项羽的父亲还没来得及有什么作为，就因病匆匆离世，项羽的母亲在一次严重战乱中失踪。

三位血亲的下场如此悲惨，如果换作一般的孩子，早就撑不住了。

但作为一个军人的后代，项羽坚强而果敢，他现在唯一的生活依靠是他的叔父项梁（同时也是扶他上战马的人）。

前楚国大将虞尹虽然战功平平，但家庭生活要幸福圆满得多。他有一子一女，女孩便是虞薇（家人叫她薇儿）。

传说她出生的时候，也是有异象的，"五凤鸣于宅，异香闻于庭"。

那是皇后降生的异象。

虞家离项家并不远。出于对项羽的同情和疼爱，虞尹经常让他到家里吃个饭、品个茶、比个武什么的。

虞府上上下下主仆几十人都认识项羽，喜欢这个聪明又有些倔强的孩子。

没落的贵族还是贵族，年轻的项羽举手投足之间，明显带有祖辈的高贵气质。

他天生神力，在与小伙伴们的竞赛中，每次都能轻松取胜。

每次比赛，薇儿都在一旁为他加油鼓劲。

虞将军虽然不寄望女儿在战场上建功立业，却将她当成掌上明珠，花费很多钱财请老师教她跳舞和音律。

当然也教她剑术，只是为了让她记得，她出生在一个军人世家。

一眨眼薇儿到了婚配的年纪。

一次家庭聚会，虞将军忽然跟夫人开玩笑说："我们的宝贝女儿，定要许一门美满的亲事，就选城里最出色的少年郎。"

薇儿听罢，脸上泛出红晕。

当一个女孩会脸红的时候，就说明她已经不是小孩子了。

定眼一看，薇儿不知不觉已从一个小女孩长成一个大姑娘，容貌俏丽，温柔可人，眉宇之间还有驰骋疆场的英武之气。

一家有女百家求，何况是个大美女。

不时有一些不知天高地厚的贵族子弟，托媒婆上门提亲。但他们非常清楚，自己与这位虞美人之间，隔着千山万水。

说穿了，其实是隔着一个人，他就是项羽。

对女儿的心事，虞将军又岂能不知？

多少次他看见女儿与项羽出双入对，言笑晏晏，似乎他们早已是夫妻。

说实话，他也特别喜欢这个年轻人。

以一个军人的直觉，他甚至可以断定，假以时日，项羽会成为当世最优秀的军人！

可是他隐约又有些担心。具体担心什么，他也说不清。

他只知道，在一个乱世，能为女儿找到一个如意郎君，是一件奢侈的事。既然两个年轻人情投意合，就应该成全他们！

安徽灵璧县的虞姬墓

孩子们，为父能做的，就只有这些了。他幸福而悲怆地想。

作为项羽的监护人，项梁将军也支持这门亲事。

他们的婚礼，低调简朴，但很有内涵，一时在会稽郡传为美谈（据说很多大龄女青年对未婚夫说，我就要那样的婚礼）。

佳偶天成。那一年，项羽23岁，薇儿15岁。

如果事情就这样发展下去，项羽和薇儿将度过他们甜蜜平淡的一生。

但就在他们举办婚礼的那一年，天下经过短暂的平静，又开始大乱。

皇图霸业 023

几年后，项羽和薇儿的政治身份，将变成霸王和虞姬。

简单地说，那年发生的大事，主要跟各地的起义有关。

由于秦的暴政，渔民陈胜、吴广在大泽乡率先发难，早就憋着一肚子气（国仇家恨）的项梁，带着侄儿项羽立即举旗呼应，八千子弟兵应声而至。

从此，项羽有了自己的工作。这份工作（造反）有几个明显特点：一是自主择业；二是危险性强；三是快速晋升。

他开始戎马倥偬、南征北战、东奔西突。

起义军最初冲劲十足，势如破竹，但秦帝国在名将章邯的带领下，开始疯狂反扑和大屠杀。

白色恐怖之下，革命遭到了毁灭性的打击——一年之内，吴广败于荥阳，陈胜在陈县被杀，项梁在定陶战亡。

项羽送老将军遗体回乡的时候，禁不住与薇儿抱头痛哭。

那天晚上，薇儿想了很久很久，她不想丈夫跟叔父有同样的命运，决心随军照看丈夫。

战争实在太残酷，她不愿在家乡做无尽的等待。

项郎到哪里，我就到哪里。

就这么定了。

对于妻子的要求，项羽无法拒绝。

其实，乱世无净土，妻子留在家乡，他在外征战，估计很多男青年都盼望他的死讯吧？

说不影响他打仗的状态和发挥，那是假的。

……

对她来说，战争频繁，她仍然要等待，但毕竟等待的地方，从家中移到了军帐，离项郎近了许多。

很多时候，他打了胜仗，她千般柔情，为他弹琴，为他跳舞。

不顺利的时候，她会备好美酒，为他解忧。

酒，为乱世而喝，也为数不清的亡魂而喝。

有人说，项羽是常胜将军，他的军功章，有一半属于虞姬。

说她是项羽的精神支柱，并不为过。

项羽是一个绝世大英雄，但首先，他是个男人。

他是一个至情至性，有时候却复杂矛盾的男人。

杀人与爱人，在他体内，就像不可调和的两极。

一方面，为了取得战争的胜利，他桀骜不羁，杀人无数。

可是回到薇儿身边，他又脆弱可爱，柔情似水。

他是最伟大的英雄，鲜血喂大的杀手，同时，也是一个爱哭的人。

他甚至不忍看到手下的兵士痛苦，他经常到伤兵营去探望。他提醒自己，战争需要向前看，但也要适时回首，牢记那些人的贡献。

有一次，他甚至眼含热泪，用嘴巴吸出了伤兵腿上的脓血。

他忘不了，巨鹿之战前夕，战争形势异常凶险，那一战，不是你死就是我亡。

秦国将军章邯大胜之后，士气大振；而他报仇心切，欲直取章邯人头。

薇儿看出了丈夫的心事。她说，自古以来骄兵必败，秦军既已骄傲，离败亡也不远了，应从速进军。

这与项羽的想法不谋而合，破釜沉舟已势在必行。

巨鹿战后，项羽已成为各路诸侯的领导者，并自立为"西楚霸王"。

他用情专一。在阿房宫，他高兴地放了一把火，那把火在历史上非常有名。

放火前，他命手下将宫殿中的金银财宝尽数运到他的根据地彭城。

他同时也遣散了宫内数千美女，有人说，他这么做是为了讨好虞姬，但这种讨好，天下又有哪位女子不喜欢。

5.楚歌

霸王这次落入刘邦和各诸侯的陷阱，是数次错误叠加的结果。

首先，赶走了亚父范增，而亚父是楚军的大脑。

其次，鸿门宴上，未杀掉刘邦，放虎归山。

还有，韩信这个过去帮他拿兵器的人，一转身成了战场上最凶恶的老虎,时刻想咬死他。

虽然靠着一支画戟,有钟离昧、季布在左右奋力相帮,杀死一层又一层的汉兵,但兵力相比实在太悬殊。

汉军已将霸王的营地围得水泄不通,他们不知道从哪儿找来的人,现场教士兵们大唱楚歌,歌词内容极尽悲惨。

本来意志已有所动摇的楚兵,无不思念自己的家乡。

一群想家的军人,很容易失去斗志。

"我要回家……"楚营中一些稚嫩而痛苦的面孔,发出了这样的哀号,逃兵越来越多。

堂堂西楚霸王,居然有一天会陷入兵少食尽的境地!

6.自刎

此时的霸王,其实已不在乎这一仗的胜负,他只关心虞姬和骓马,那比他的命还重要。

明暗不定的营帐内,他一手端起酒杯,一手搂着虞姬,想起这么多年的过往,禁不住高声吟唱起来:

力拔山兮气盖世,时不利兮骓不逝;骓不逝兮可奈何,虞兮虞兮奈若何!

我的意中人,是一个盖世英雄。

既然接受过你排山倒海的爱,就不再说什么应不应该。

即使你不在,我也要爱。

……

项羽纪念亭

看到霸王悲痛欲绝，虞姬站起身道："大王勇冠天下，一定要坚持，贱妾愿为大王跳支出征舞！"

说完，她握着霸王的宝剑，且歌且舞。

几杯烈酒下肚，她觉得全身轻飘飘的，面对眼前这个自己所爱的男人，眼泪不由得夺眶而出。

她唱道："汉兵已略地，四面楚歌，大王意气尽，贱妾何聊生！"
她知道，丈夫的心里牵挂自己，而战斗需要集中精神。

乱世红妆，山河无疆。自年幼时那惊鸿一见，便一世缠绵。

我用尽一生，却走不出你悠长的目光。让我们期待下一世的晨曦。

恍惚间，她看到过去一起练剑的日子，白衣胜雪，笑容清绝。

浮生若梦，让我最后一次回眸，看清你的模样。

这是贱妾最后一次跟大王喝酒了，这酒，喝得畅快，贱妾这辈子已没有遗憾！

……

末了，她镇定地说："贱妾生随大王，死亦随大王，愿大王保重！"

她右手将剑一横，抹向自己的脖子。

血，喷涌而出，那么红，就像新婚时盖头的颜色。

项羽愣住了，良久，他抚尸大哭。

他将那把宝剑重新收回腰间。

"如有不测，愿用这同一把剑，割下我的头颅。"他心里很笃定。

眼含热泪，霸王翻身跨上战马，对周围的士兵大喊一声："众将士，随我去。"

这正是：

四面楚歌　乌金甲凉　月如霜夜未央
把酒临风　君唱我和　伴君醉一场
英雄气短　儿女情长　此一别应无恙
楚河再深　汉界再长　难忘君模样
梦里宫阙　乌骓回望　酒太浓　断人肠
金甲战袍　虎头龙枪　情泪洒乌江
江东父老　我绝不访　只想把你凝望

宁舍江山　大爱一场　何时再成双
我为情痴君情狂　今生独爱楚霸王
轰轰烈烈爱一场　香消玉殒又何妨
长袖带风裙袂扬　为君起舞弄月光
借君宝剑斩情丝　从此不能陪霸王

——《新霸王别姬》

附／西楚霸王的最后一天

世上有些事，不要听，听着听着就会痛心；
世上有些人，不要想，想着想着就会流泪。
项羽就是这样一个人。
建议大家集中一下注意力，调整一下呼吸，因为史上最悲壮最凄美的一幕即将展开。

1.眼泪

霸王是一个爱哭鼻子的人。

哭，是人类一种独特的情感宣泄。爱哭并不是什么缺点，尤其对一个英雄来说，是了解他精神世界的密码。

爱哭的人，一般是一个感性的人。

不至情至性，又何至于痴，不痴的人，也不会哭。

所以，哭要么是太脆弱，要么是太执着。

宋朝的岳飞同志就是一个爱哭的人，每次战前动员或忧心朝廷，都会"情到深处泪两行"。

李白因为汪沦坚持去送他，也哭得稀里哗啦（不止一个专家说李白内心有座断臂山）。

孟姜女哭倒八百里长城，描述一位家庭妇女以哭为武器，破坏知名建筑的做法。可以肯定是史家们的夸张。

现代人的哭，只要不是出于表演需要，都比较难为情。古人在这方面要放松得多，哭笑随意。

哭的样子有许多，悲泣、呜咽、哽咽、号啕、恸哭。

……

虞姬自刎后，霸王一直在哭，哭得撕心裂肺。

当然，因为骑着战马飞奔向前，他的眼泪和哭声很容易被忽略。

哭到难受处，他仰天长啸。

他忘不了虞姬看他的最后一眼，那眼神里有满足，有欣慰，有牵挂，还有一丝绝望。

如果雨能淋湿一个人，那虞姬的眼泪可以在他心上滴一个洞。

我不会让你孤单，等着我。

也许这就是我在世上的最后一天。他心里想。

忽然他想起了一个曾跟他很亲近的人，他现在是如此地需要这个人，他是"亚父"范增。

"竖子，不足与谋！" 4年前（公元前206年）他曾请刘邦到咸阳郊外的鸿门吃饭，亚父一急之下，曾这样骂过他。

时间过得真快，现在他觉得亚父骂得有些道理。

悠悠往事，历历在目。

2.亚父

鉴于范增是一个非常关键的人物，他的离开是霸王事业的转折点，因此在这里有必要交待一下他的基本情况。

姓名：范增

籍贯：安徽

照片：无

智商：很高，当之无愧的老狐狸。

健康状况：良好

脾气：大多数时候比较稳重，极少有人能使之暴躁（项羽是其中一个）。

造反年龄：70岁

造反理由：不明。

社会关系：西楚霸王的"亚父"，其他待查。

史书评价：年七十，素居家，好奇计。（司马迁）

代表作：很多。主要有：向项梁建议，拥立楚国皇族，因为走什么道路无可争议，关键是打什么旗帜（短期积聚了革命力量）；助项羽分封天下，成为西楚霸王；几次设计欲除刘邦，其中最好的机会是鸿门宴，可惜都没有成功。

死因：被刘邦施反间计成功，回乡后因生毒疮而死。

敌人评价：项羽有一范增而不能用，此其所以为我擒也。（刘邦）

死后影响：霸王的队伍就像一支失去铁锚的船，没几年即被刘邦、韩信、彭越联军击败。

3.高傲

之前屡次提及霸王出身贵族，为人高傲。

主要表现为自负（也有人说是自恋），听不进别人的话，即使这个人是他正式拜过的亚父（仅次于父亲的长辈）。

看来项梁很了解自己的侄子，知道要成千秋大业，需要勇猛，更需要智慧，这才在临终前，强烈要求项羽拜范增为亚父。

但项羽已不是当初的弱冠少年，经过铁与血的重重考验，他已经迅速成长起来。

如果说，以前亚父是他的拐杖，那现在他觉得自己长了翅膀，拐杖完全多余。

一个老人毫不客气的指指点点，确实让年轻人无法接受。

而霸王更是一个好面子到极点的人。

尤其是亚父几次当众数落他，令他很受伤。

鸿门宴刺刘失败后，范增到处摔东西，还大骂霸王，"竖子，不足与谋"，这句话后来进入了中国历史骂人词典。

这虽然是气话，却已彻底伤害了霸王的自尊。

鸿门宴遗址

相比之下，刘邦虽然能力平庸，却更能听取他人建议。

于是，另一个狡猾透顶的谋士陈平向刘邦献上一计，即用反间计来破坏霸王跟亚父的关系。

这个建议不是凭空的，而是建立在作者对霸王和范增长期跟踪观察的基础上，涉及历史学、政治学、心理学、厚黑学等多个学科。

其实这个计策并不高明——一个70多岁的老人都不知道还能活几年，会抛弃故主变节通敌，谁信。

但霸王居然相信了！

很有可能，那只是霸王的一意孤行，让自己顺理成章地跟亚父决裂，摆脱亚父在精神上的控制。

4.赴死

乌江的上空，已经飘起了细雨。

霸王正在给部下做战前动员，一会儿，他们将发起最后一次冲击。

"起兵八年，历七十多仗，战无不胜，才有我们今天的霸业，"他说，"现在困在这个地方，不是我不会打仗，是天要亡我。"

霸王决定，跟仅剩的二十多名士兵一起，最后痛痛快快地打一仗。

"让我们突出重围、斩杀敌将、砍其军旗，让他们知道我们的厉害！"他大声疾呼。

霸王带领骑兵分四面向山下冲，约在山东面会合。

他疾驰至一敌将面前，大喝一声，画戟过处，对方人头落地。

他已经记不清，这一天他斩杀了多少敌人。

回头一看，发现紧追自己的是杨喜，霸王"呔"地大吼一声，杨喜人马俱惊，退后数百米。

一瞬间，乌骓马与霸王已不见踪影。

这是一支特别能战斗的队伍，等到在东面会合时，清点人马，仅损失骑兵两名。

"大家觉得此仗如何？"霸王问。

"正如大王所说，带劲！"士兵们异口同声。

"今日突围，大王一人已斩敌兵上百。"亲兵颜榛说。

话刚落，不远处，数不清的黑影又开始涌动，汉兵又发起了新一轮挤压式进攻。

"大王，乌江亭长建议坐他的小船到江东。"颜榛凑到霸王耳边说。

"当年八千子弟兵，如果所剩无几，我又有何脸面见江东父老？"霸王将画戟一横，跳下马来。

"此马随我征战多年，它不该死，记得将它送给亭长。"他把缰绳递给颜榛。

霸王转身，挥舞画戟，冲入敌群，左挑右刺。

不知不觉又杀了上百汉兵，但他自己身上也受伤十几处。

血，沿着他的衣袖无声地淌下来。

生命的意义，就在于奋斗，我已尽力。

我的命由我，不由天！

他的意识开始变得恍惚，但那一刻，他认清了对方的一个将领，也是以前的下属吕马童（曾为霸王养马多年，也是一名勇士）。

已经力竭的霸王目光闪动，微微苦笑了一下，向吕马童大声喊道："老朋友，你拿我的头去领赏吧。"

说完，他挥剑向颈，一股热血喷射而出，冲上几米高的天空。

乌江边的群众说，那天他们都看到天空闪过一抹红色，那是他们之后再也没见过的异象。

细雨忽然变作滂沱大雨，将战场上的血，尽数冲入江流。

电闪雷鸣，老天不停地怒吼着。

西楚霸王，生得伟大，死得光荣！

杨喜、吕马童、吕胜等汉兵将领冲到霸王尸体边，露出他们狰狞的笑，各砍下一部分霸王的尸体，他们都因此被刘邦封侯。

◎ 囚粉说

江周梦蝴蝶：一直都不忍看项羽的故事，历史永远都是胜利者的，心不狠者难成王。项羽的悲剧，也许是太重情义，也正因为此，所以虽然他败给了刘邦，但他一样可以流传千古。

搬个月亮爬上来：英雄只分两种：个人主义独吞的悲壮，和集体主义分享的繁荣。

月光如水：今天去了荥阳鸿沟，楚汉边界，感受了一下项羽和刘邦之间的战争。（作者回复：非常向往的地方。）

存莲：浮生若梦，让他最后一次回眸，看清你的模样。楚河再深，汉界再长，难忘君模样。写得很感人。后半部分有琼瑶般的唯美深情，多了些乱世戎马生涯红颜薄命的悲欢离合。

紫陌红尘sky：写霸王的多写虞姬的少，用人的角度写两人的更少。历史的烟尘中，记录是融入功过的，且给小女子一缕墨香。

任合一：金盏花开了又落，无花果不开花结果。故人已远走，问去向何方？望不断千古云烟，挥不走山涧清风，看透世间事别说心在何处。一把情剑独上高楼，今夜星光灿烂。乌骓马已在江边嘶鸣，谁能再与我共醉同饮？朝朝暮暮的春秋，英雄只留下传说是非难分。菖蒲花死了又开，蒲公英飞去又飞来。岁月已远走，它去了何方？剪不断缕缕情丝，带不走千古遗恨，游弋千百年别问我在哪里？一腔热血抛洒疆场，痴狂只为今生。我是风徘徊徘徊空中，谁懂寂寞的无根方程，来来回回回的等候，春秋不锁人世间最真。

一骑风尘：项羽印证了一句话：不作死就不会死。

陈曦：心高自负的贵族气质，成也是它，败也是它。

生如夏花：既然写到项羽，要说两句了。后世之人将项羽粉饰成一个英雄的形态，但是真正的历史却不是这样。秦末虽说"楚虽三户，亡秦必楚"，项羽是楚人。项羽起兵与秦大战，破釜沉舟，但其每攻一城必屠城。不是后人想象中那么完美，屠夫而已。

4G
18:45
24%
888888/目前 888888人
项羽
关注
【别哭了
我的心都乱了】
乌骓：给项哥疯狂打call！！！！
刘邦：呜呜呜
¥

曹操／杀人是不得已的痛，写诗是与梦想重逢

曹操的身份很多，比如军事天才、政治家、阴谋家、思想家、文学家、疑心病晚期、严重睡眠功能紊乱患者。

但说到底，有两个角色最真实。

一方面，他是个杀人机器，另一方面，夜深人静的时候别人一般爬起来上厕所，他却经常偷偷爬起来搞创作，是个勤奋的诗人。

曹操跟一生写了几万首诗的乾隆皇帝相比，有一个明显的区别：一个是自己写的，一个是别人帮他写的。

杀人机器高速运转的时候，无数人失去性命；写诗最有灵感的时候，读者看了都会掉眼泪。

1.千古一白脸

从史料和各种戏剧看，曹操的个人形象并不好，戏剧中他永远是个白脸，而白脸代表奸诈。

总之，他是这样一种人——即使他突然出现在你面前，根据你的阅读体验和人生经验，你都不敢跟他做朋友。

而翻开史书，一股冰冷的杀气穿越将近2000年的尘烟，仍然令人恐惧和胆战。

这种恐惧，和他同时代的很多人都感受过。

这种胆战，在写史者的心中挥之不去。

窃以为，曹操被描述成那么凶恶残忍的一个人物，跟文人们的认知系统有关系。

隔行如隔山，白天不懂夜的黑，一个搞文学的，又怎能领悟一个军人的精神世界。

在有些人看来，他是一个高明的骗子。

有一次行军打仗，由于好久找不到水喝，战士们都快撑不住了，眼冒金星，开始有逃兵出现。曹操见状，临时任命自己为政委，给大家做思想政治工作。他说，前面不远的地方有好多梅子树，又酸又甜。好多战士听了曹丞相的话，情不自禁地流出了口水，满血复活。

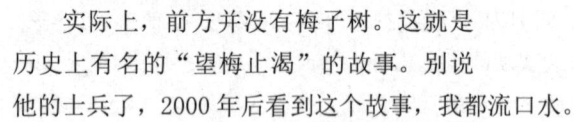

实际上，前方并没有梅子树。这就是历史上有名的"望梅止渴"的故事。别说他的士兵了，2000年后看到这个故事，我都流口水。

白脸曹操

据说，曹操还喜欢搞形式主义。

有一次，军队路过老百姓的大片麦田，曹操下达命令，大家爱护农田，不可践踏，违反军令的人处死。由于曹操的马听不懂人话，不小心踩了一些老乡的麦子。专管治罪的主薄特权思想比较严重，他说，根据古例，尊贵的人是不适用这些规矩的。

曹操说："自己制定的法律而自己违反，如何能统帅属下呢？"旁边的人一听急了，纷纷劝他。苦口婆心之下，曹操放弃了自刎。他说，虽然身为一军之帅，不能够死，但死罪已免，活罪难逃。说完，他割下自己的一缕头发，当作谢罪。

表演逼真，简直是影帝水平。

曹操还有一个致命的毛病，他喜欢在睡梦中杀人，不知道这是不是真的，反正效果很明显，在他睡觉的时候，一般没有人敢在他的卧室附近晃悠。

在那些跟曹操有关的电影中，不管他是主角，还是配角，他都是

036 历史的荷尔蒙

一个强横无比的人。甚至在赤壁之战,他的战舰被烧后,电影院几乎要爆发雷鸣般的掌声。

有点像抗日战争打鬼子。

2.他的养祖父为何是个太监

首先,我们要关注一下曹操的家世。

东汉时期,太监(宦官)显贵,对有志于仕途的人来说,跟当权的太监攀上关系,是一种特殊的向上爬的方式。

由于生理条件的巨大限制,太监生不了小孩,有时候看中的优秀年轻人,便收为养子,这在古代很流行,大家也理解。

曹操的父亲曹嵩就是太监曹腾的养子。曹腾侍奉过四个皇帝,汉桓帝时被封为费亭侯,有史料说曹嵩本姓夏侯,但这个说法历来争议不断。

官场就像一个脚手架,上面有手伸下来,下面有手伸上去,就此完成对接和繁衍。曹嵩就是这样,他继承了曹腾的侯爵,在汉灵帝时已官至太尉。

所以曹操算是一个富二代,但他又不是一个整天醉生梦死的富二代。大多数的富二代,只有两样不会,这也不会,那也不会。

据说,年轻时期的曹操,就特别机智警敏,善于随机权衡应变(从前面望梅止渴和割发代首的故事就可以看得出来,很多事情都要从娃娃抓起)。

他的另外一些特点跟其他富二代是一致的:任性、放荡、不羁,不修品行,整天不学习,也不参加各种兴趣特长班。

曹操府衙

认识曹操的人都觉得他平庸，认为他将波澜不惊地度过平淡的一生，连曹嵩都没料到他的儿子后来会成为一代"枭雄"。

当时只有少数几个人看出了曹操的不凡，梁国的乔玄就对曹操说："天下将乱，非命世之才不能济也，能安之者，其在君乎？"语气中还有些将信将疑。相比之下，何颙就笃定得多，他像个预言家一样说："汉室将亡，安天下者，必此人也！"

曹操雕塑

梅花香自苦寒来，宝剑锋从磨砺出。在其他富二代练舞的时候，曹操在练武。

他拜了很多师父，练得很辛苦。为了试验自己的武术水平，他潜入中常侍张让家行刺，被发现后，很多护院的人围攻他，他居然能够挥舞着沉重的大戟，越墙逃出（看来轻功也不错）。

他的好斗，从小就显露无遗。

壮年的武松打过老虎，其实幼年的曹操也打过鳄鱼。

10岁那年，有一次曹操在龙潭中游泳，突然遇到一条凶猛的鳄鱼（史料中这么说的，曹的家乡在安徽，既然游泳的时候都能遇到，有理由相信那地方跟泰国一样，以前也盛产鳄鱼）。鳄鱼张牙舞爪地向曹操攻击，但曹操一点也不害怕，反而跟那条鱼缠斗在一起。大概鳄鱼从来没见过这么勇敢的人，见势不妙就逃跑了。

曹操打过怪兽，当然不再怕其他的动物。有一次，他和几个大人在郊外野炊，一条蛇出现了，大人们作鸟兽散，只有曹操大笑。他说："一条小虫，有何惧也！"

他喜爱阅读，尤其钟情兵法，他将自己喜欢的诸家兵法韬略挑出来，屡次抄写，且在家中做沙盘，对一些著名的战争进行复盘和推演。

作为一个衣食无忧的人，经常做这些事，没有人逼他，纯粹是业余爱好。

这种业余爱好不久就变成了他的专业。

3.行军与打仗

跟曹操这个名字有关的故事，无一例外跟战争有关。

似乎他的一辈子，不是在打仗，就是在去打仗的路上。

他是一个绝对的战神。是战争史中最亮的那颗星。

客观上，也是寡妇制造者。

公元174年（东汉熹平三年），年仅20岁的曹操被举为孝廉，不久被任命为洛阳北部尉。这是他第一次有武官的身份。当时，这个身份相当于社会治安综合治理委员会下面的一个角色，任务是维稳。

他一上任，就申明禁令、严肃法纪，造五色大棒十余根，悬于衙门左右，"有犯禁者，皆棒杀之"。在水很深的皇城，很多人不信，但他们很快就相信了。

有一次，皇帝宠幸的宦官蹇硕的叔父蹇图违禁夜行，曹操毫不留情，将蹇图处死（够严的）。

公元184年（东汉中平元年），黄巾军开始起义，曹操被拜为骑都尉，进攻颍川的黄巾军，结果斩敌首数万级。从此，他的军事才能爆发，就像东流的长江水，挡都挡不住。

他开始了漫长的征战生涯，陈留起兵、逐鹿中原、官渡之战、远征乌桓、赤壁之战、平定凉州……

曹操唯一存世书法——"衮雪"二字

他摆过一个著名的pose：赤壁之战前夕的某个晚上，夜凉如水，明月皎洁。曹操在船上设酒，欢宴诸将。

酒酣，曹操回忆起自己年少的理想，环顾现实和周遭的一切，不禁泪流满面。他取槊立于船头，开始唱歌。

后来，苏东坡一脸崇拜地在他的《前赤壁赋》里描述道："酾酒临江，横槊赋诗，固一世之雄也……"

曹操墓中出土文物

曹操还是个出色的诗人。

写诗的时候他常被自己感动。

曹操是他的大名，他还有几个名字：曹孟德，曹吉利，此外，他也叫阿瞒。

阿瞒这个名字是我的偏爱，这个名字很传统，很中国化。他提醒我，无论曹操凶狠温和，功过是非，他都是历史的孩子。

一个写诗的人，首先要有丰富的生活经历，对生活有敏感深入独特的感悟。还要有对文字恰如其分的运用能力。

总之，说什么就是什么，贴切、自然、到位。做到以上这些，当然会成为经典。

不要以为他天生爱杀人，杀人也许是为了不杀人。

在东汉末年那种乱世里，如果他不挟天子以令诸侯，战争之祸可能把这片国土烧焦。

所以，曹操的诗里，除了胜仗后的喜悦，更多的是痛苦和忧虑，估计他写完也会经常被自己感动。

自己都不感动，还指望感动别人。

古人的诗是一种日记，有点类似现在的微博。比各种史官的记录还要一线，还要可触可感，诗里藏着他们的梦想。

千年以后再看，还能感觉到那些古人和大V们的呼吸和情绪。

这里选几条简单分析一下。

白骨露于野，千里无鸡鸣。生民百遗一，念之断人肠。

——这几句诗更像一个专业诗人写的，比如陆游和辛弃疾，充满了对战争的控诉（好像有些矛盾，但请允许我用这两个字）。

老骥伏枥，志在千里。烈士暮年，壮心不已。

——在有些人眼里，这是一个战争疯子老年时的唏嘘，我觉得这是一种大业未成的悲寂，有点像孙中山的"革命尚未成功，同志仍须努力"，是可以写成书法挂在办公室勉励自己的。

夫英雄者，胸怀大志，腹有良谋，有包藏宇宙之机，吞吐天地之志者也。

——这些文字不是诗，但反映了曹操诗一般的胸怀。胸怀这东西，自从有人类以来，就是稀缺品。

对酒当歌，人生几何？譬如朝露，去日苦多。

——豪气，外加一点恋世。

慨当以慷，忧思难忘。何以解忧？唯有杜康。

——这不是广告词，是曹操在酒中寻找人生价值的写照。

【听说有人在我的墓里发现了幼年曹操 这样的专家看我不收了他】

宋钦宗/我为父皇顶包的那些日子

在宋钦宗的故事开始之前,先交待一下有关背景。

1.当皇帝的风险

很多人都想当皇帝,他们认为,皇帝是世界上最幸福的工作,白天上朝(不用打卡),说一不二;晚上宠妃,说谁就谁。

但那只是表面,皇帝其实是一个非常危险的职业。

中国400多名皇帝中有三分之一死于非命,年龄以30多岁居多(最小的来自东汉,死时只有2个月大)。

他们的死法千奇百怪,死相也极其难看(因权力而死,死相都很难看),有坠马死的,有被乱刀砍死的,有被吓死的,更多的是被毒死的。

不幸中的万幸是,从生到死,他们经历的过程一般都很短。

像宋钦宗(赵桓)那样被囚于异乡30年之久,饱受屈辱,最后死于非命的,绝无仅有,堪称最苦命的亡国之君。

他同时被认为是历史上最软弱的君王之一,在蛮族入侵的时刻,由于他的指挥和判断存在严重失误,直接导致"靖康之难"那样的奇耻大辱。

其实,他虽然倒霉,但也不是没有努力过,但彼时种种偶然与必然共振,他别无选择地成为大宋的罪人。

2.汴梁，梦一般的城市

那是1125年一个普通的傍晚，天空正在上演火烧云，汴梁城里市声鼎沸，酒铺里传出店小二清亮的嗓音，街边高大的银杏树伸着劲节的枝丫，宽阔的汴河里，船行如矢，水鸟跳跃。

汴梁城是一个特别繁华的城市。165年前，开创本朝的太祖赵匡胤以其为都城，因为它"当天下之要，总舟车之繁，控河朔之咽侯，通荆湖之运漕"。

它不仅地势平坦，气候温和，而且河湖密布，水道纵横，俨然江南。

跟着太祖闹革命的那些人，大多在汴梁安家置业，一代又一代过着富足安逸的生活，当然也不再有造反之心。

朝廷不惜血本，以全国之力营造了一个美轮美奂的人间仙境，汴梁成为当时世界上最美丽梦幻的城市。

它有人口150万，由外城、内城、皇城三座城池组成，气势雄伟，规模宏大，富丽辉煌。

由于吸引力够强，各地人口涌入汴梁，其中很多是从土地中解放出来的农民——以前，他们都被束缚在土地上，不得随便迁移。

汴梁接连出现地王，房价暴涨，就连一些达官贵人，也买不到好地皮。

万众创业成为时尚，消费空前旺盛，市场上的风险投资都在寻找机会。

最能展示当时社会风貌的，有一本书，还有一幅画。

"一本书"是指《东京梦华录》，它记载当时的汴梁城"凡饮食、时新花果、鱼虾鳖蟹、鹑兔脯腊、金玉珍玩、衣着，无非天下之奇"。

城内72家大酒楼"不以风雨寒暑，白昼通夜"，为了竞争，他们从全国各地搜罗美女，陪客喝酒，夜生活可与今日北京三里屯和台北西门町媲美。

夜深人静的时候，有些富家子弟喝多了，还随意在大路上飙马。为确保社会治安以及消防、交通、卫生安全，政府不得不派出大量警察上街维持秩序。

"一幅画"是指北宋画家张择端绘制的巨幅画卷《清明上河图》，

它生动形象地描绘了城中的丰饶景象。

当张择端紧张而激动地把这一长5米多的画作呈送御前的时候,作为书法天才的宋徽宗毫不犹豫地在画上题上了自己的瘦金体。

一字一画,堪称那个时代最伟大书法家和画家的合作。

城里的年轻人开始拥有自己的偶像,包公、杨家将、王安石等名人,在各自领域独领风骚,拥有粉丝无数。

但是,繁华之下潜伏的巨大危险,在接下来的一年加速爆发,直接后果是将汴梁变成了一座废都。

清明上河图(局部)

3.不称职的父皇

刚入隆冬,千里之外的大雪中,金国军队的铁骑正在疾驰,乌泱乌泱的士兵从头看不到尾,就像几十只巨大的蜈蚣朝南方爬来。

数不清的军靴踩雪的声音,以及铠甲偶尔摩擦的声响,汇成整齐的、巨大的声响,令远在汴梁城深宫里的宋钦宗瑟瑟发抖。

汴梁城忽然看不到太阳了,光线忽而明亮,忽而晦暗,有时候还刮起大风。

人们的生活照常热闹,但只有消息灵通的皇宫显得有些慌乱——敌人来了!

钦宗的父亲徽宗并不是一个称职的皇帝，如果说登基之初，为图表现还做了一些工作，后面就完全沉浸在享乐之中。

我的人生我作主，何况我是皇帝！

他主要做了三件特别感兴趣的事，一是重用童贯等奸臣；二是躲在深宫练他的瘦金体；三是以皇帝的名义寻花问柳（经常偷偷出宫找姑娘，其中最出名的是李师师）。

他的五位皇后、数百名妃子（在档案中都是有名有姓的），为他生下皇子公主无数。

在他御宇期间，内忧外患逐渐深重。

前几年，先是宋江带他的兄弟们在山东起义，好不容易通过招安搞定了，安徽的方腊又开始闹腾。

帝国的统治基础受到沉重打击，但总体能正常运转。

4.禅让

相比之下，倒是外患更为深重。自建朝开始，宋就一直遭受北方辽国、金国的骚扰和威胁，以至于不得不每年给异邦上贡以苟安，成为中国历史上军事外交最弱的一个朝代。

看到宋徽宗玩物丧志，朝纲不振，北方那些狼一样敏锐的金人嗅到了机会，他们像一群疯狂的兽人一样，果断地朝南边扑了过来。

习惯歌舞升平的宋徽宗感到了深深的恐惧，一口气没上来，竟然晕倒在朝堂之上。

宋徽宗赵佶画像

这时，一位叫李纲的大臣出场了（后面还将发挥巨大作用），他建议徽宗禅位给太子。

补充一句，历史上皇帝都是终身制，不存在退休的问题，因为权力是皇帝的生活必需品，一旦拥有，天长地久。

禅让是比较罕见的，最著名的无非两例：唐朝李世民威胁他爹李渊退位，清代乾隆执政60年后下野，因为他很有孝心，不想超过他的爷爷康熙（康熙执政时间达61年）。

富丽宽敞的垂拱殿，硕大的宫灯亮如白昼。在百官的见证下，宋徽宗亲自主持禅让大典，为自己的儿子戴上通天冠，穿上绛纱袍。卸下皇冠那一瞬间，徽宗如释重负，众臣都看到了他脸上掩饰不住的微笑。赵桓半惊半喜地成了皇帝，是为宋钦宗。他的悲剧也由此开始了。

徽宗是个自私的人，将烂摊子甩给儿子后，他高兴地带着蔡京、童贯等宠臣，借口烧香，连夜逃往安徽避乱。
离死亡越远越好！他心里想。

汴梁城有一个最致命的弱点，那就是首都四野平畴万里，无险可守，极易遭受攻击。
不久，金军就像忽然窜出来的大章鱼，舞动着巨大的触角，将汴梁城紧紧地搂在怀里。
大宋王朝有史以来最严峻的考验，不约而来！

1127年初，大宋的首都汴梁成了这个星球最引人注目的城市，在那个寒冷的冬天，从皇帝到平民，人们的眼泪比天上的雨点还多。
战争、求和、城破、杀戮……一环扣一环，那么顺理成章，又那么冷血残酷。
其实，失败是战争的必然结果之一，历史上也经常发生，是可以被接受的。
但一座天堂般的城市被毁，文化的链条被斩断，记忆不可恢复，令汉人内心感到了深深的绝望。

5.孱弱的羔羊
徽宗曾与金国的完颜阿骨打合作，灭掉另一个政权辽。
那次战争，也是大宋灭亡命运的开始。

皇图霸业　047

在那次战争中，宋与金分工协作，金攻辽中京（今内蒙宁城），而宋攻辽燕京（今北京）。

兵强马壮、酷爱战斗的金人势如破竹，战无不胜。可是很奇怪，辽军打不过金军，跟老对手宋军干仗的时候却特别来劲，宋军只能原地踏步。

结论很明显：宋军虚弱，逢仗必输（有点像中国男足打韩国男足）。这一切，金国的将士们都看在眼里，一些有远见的谋士内心窃喜。

耶律家族气数已尽，又被两军夹击，不久宣告灭亡。

三足鼎立的形势被打破，力量失去制衡。

这时候，不要脸、不文明的金国开始耍赖（耍赖也需要实力）。

协议里本来约好了，事成之后，燕云十六州归宋，宋将本来献给辽的岁币转献金，辽的其余国土也归金。

但金国反悔说，宋在灭辽的战争中表现得实在弱爆了，贡献和作用可以忽略不计，所以燕云十六州就不还了。

宋提出抗议，一番游说哀求之后，金勉强答应归还十六州中的六个及燕京，而且还是一些空城（财富和人口被尽数洗劫）。

对于这些明显欺负人的条款，宋居然都答应了（虽然不太爽快）。

宋钦宗画像

又过了一段时间，杰出的革命家、金国统治者、大宋人民的老朋友完颜阿骨打去世，其弟完颜晟继位，主张对大宋开战的激进派占上锋，攻宋一触即发。

宋就像一只傻乎乎的肥羊，毫无反抗能力，谁要是不馋，不流口水，那绝对是装的。

物竞天择，适者才有资格生存！

6.惩治贪官

在王朝灭亡之前，有那么一段时间，人们依稀看到了希望和曙光。

新上台的皇帝钦宗虽然瘦弱，平常脸色苍白得吓人，但太医们没有查出什么大毛病，这身子骨做皇帝还是可以应付的。

汴梁城里，街头巷尾，人们翘首以盼，议论纷纷——新皇帝怎么也得给国家带来些新气象吧！尤其是那些大贪官得杀啊！

徽宗主政时期，朝廷的高级干部主要分三类：

一类是奸臣，像蔡京、童贯、王黼之流，拥护圣上的所有决定，创造条件让圣上扑在那些兴趣上（比如出宫寻欢），攻辽后也把败仗说成"不世之功"，拼命吹捧"生逢盛世"，鼓动百官致贺电贺信，粉饰太平，他们自己呢，只做一件事，欺压贫苦老百姓。

第二类是庸臣，他们的口头禅是"混口饭吃尔"，本身水平就不高，做官的宗旨也是"不求有功，但求无过"，做一天和尚撞一天钟，善于察颜观色，趋炎附势，是墙头草的主要组成部分，国家建设基本指望不上他们，国难来了跑得比兔子还快。

最后一类是忠臣，他们是帝国的财富，比大熊猫还要珍贵，一般对国家对人民怀着十分深厚的感情，是官场侠客。但这样的人非常少，因为做一个忠臣要忍耐寂寞，坚持真我，皇帝说往东，你说往西更好，一不小心就会被流放杀头。

灭辽后，北宋内部的权斗疯狂到极致。当时主要还是奸臣跟奸臣斗。

大臣王黼赎回了燕京，权势日盛，他有一个小小心愿，那就是把太子赵桓搞下来，代之以郓王赵楷。

另一派，右相李邦彦和蔡攸一起对抗王黼，御史中丞何也弹劾王黼"奸邪专横"，在这个回合里，王黼终于被罢免。

朝中一时无人可用，徽宗为平衡两派，只好再次起用他看着特别顺眼的老奸臣蔡京，当时，蔡年已八十高龄，眼睛也全瞎了。

蔡京眼瞎了，心不瞎，他一如既往地拍皇上的马屁。

眨眼钦宗上台了，金国的骑兵也长趋直入。国难当前，刚退位的太上皇居然带着几个近臣逃往南方避难。

消息传开后，人们的悲愤再也按捺不住，他们不顾天气寒冷，空中飘着细雨，纷纷走上街头，发起爱国游行，要求惩治贪官，游行一直持续到深夜。

汴梁的市民，还从来没有那么畅快地表达过自己的意愿。

太学生陈东等人也不失时机地上书，指蔡京、王黼、童贯、梁师成、朱勔、李邦彦为"六贼"，请求处死他们，并"传首四方，以谢天下"。

接下来，钦宗做了他皇帝生涯里为数不多振奋人心、也相当正确的事：斩童贯，赐死李邦彦、梁师成，流放蔡京、朱勔、蔡攸等人（蔡京在流放途中死亡）。开封府尹聂昌为赶政治时髦，还连夜派武士斩王黼首级献到御前。

汴梁城内，一时人心大快。那些天，城内的空气似乎畅快了许多，人们脸上的笑容也多了起来，一个政治昌明的时期似乎就要跟王朝说hello了。

7.英雄登台

可惜，宋钦宗跟他父亲一样，不适合当皇帝。

他父亲好歹有人缘，虽然是女人缘，一生阅女无数，还是中国历史上最伟大的书法家之一。钦宗就差远了，他最致命的弱点是，极没有主见，腰板似乎从没有硬朗过。

在位仅一年多时间，他走马灯似的换了26名宰执大臣。拜托，政治不是选妃，能那么频繁地试错。那26名大臣中最能对时局产生影响的有两人，一个叫耿南仲，另一个叫李纲。

耿南仲是继蔡京、童贯之后又一个大奸臣，外斗绝对不行，但内战绝对内行。他用自己的聪明才智和老谋深算，一辈子主要做了两件事，一是排除异己，二是与主张与金议和。

另一位就是我们要说的民族英雄李纲，他是老天送给大宋的最后一个机会。这个人注定会让金国军队闻名丧胆。

李纲是福建邵武人，29岁中进士。他是一个非常执着、认准目标不罢休的人。32岁的时候，他曾因非议朝政被罢官。几年后他不顾家人和亲友反对，又上疏请求朝廷"注意内忧外患"，徽宗认为奏疏中的指责和议论不合时宜，毫不客气地将他贬到沙县当一个税务官。

李纲再次回京任太常少卿（四品文官，平常一般见不到皇帝的面），缘于给事中吴敏的推荐。

李纲像

李纲第一个著名的提议，就是请徽宗禅位给儿子，以利于积聚抗金力量，提振民心。

钦宗登基后，升李纲为尚书右丞，后就任亲征行营使，负责开封的防御。

谁都知道，由一个文官来组织城防，挽救国家的命运，存在巨大的风险，跟赌博没什么两样。

时势就是如此残酷，偌大一个北宋王朝，居然没有一员武将可用！

正如《朱子语类》所说，"当时不使他，更使谁？士气至此，消索无馀"。

那个冬天，远在东北的金政权冉也按捺不住了。

公元1127年元旦刚过，金就派出了完颜两兄弟领兵的东路军、西路军，那都是金国的精锐部队，就像射向大宋王朝的两支毒箭。

飘雪的天空，战云密布！

8.汴梁城的遗像

张择端没有想到,他精心创作的《清明上河图》却是汴梁城的遗像。

徽宗对艺术很狂热,翰林画院也空前繁盛,张择端是那两年冒出来的特别有才华的年轻人。

画室内,灯如白昼,在几分钟内,来自琅琊东武(今山东诸城)的张择端都没眨一下眼睛。

这位翰林图画院的热血青年,并非对严重的社会危机毫无察觉,但他对王朝的爱从来没有变过。

市肆、桥梁、街道、城郭……包括路边的一堆乱石,奔马的表情,他都精细地刻画。

至少在艺术作品上,留住这个盛世。他心里想。

这是一个艺术家的国家理想。

宋徽宗字画

9.借口

凡是战争都需要一个借口。

金国攻宋,跟一个叫张觉的人有关。

兵荒马乱的年月,能保命最重要,至少张觉是这么想的,作为一名前辽国将领,他毫不犹豫地投降了金国。

投降会成为习惯,没过两年,张觉就又投降了一次。

这次他看错了形势——公元1123年7月,他带领平州(今河北卢龙县)百姓降宋,事败逃奔到北宋燕山府。

金国人很生气,以私纳叛金降将为由问罪,北宋燕山府负责人怕事情闹大,将张觉斩首。

之前说过,对宋这块肥肉,金人的口水已经流了好多年,宋虽然笨拙,却一直表现很乖很配合,金一直没有找到一个合适的理由下嘴。

不能等了，张觉这事就是理由！事隔两年多，公元1125年8月，金举兵数十万，开始大规模攻宋。

带头的大哥，一个叫完颜宗望，一个叫完颜宗翰。

宗望是金国二太子，也是金国的战神，性情粗野，杀人如麻。跟预想的一样，他带领的军队席卷金宋边境，一路上没遇到什么抵抗。

尤其是宋燕山府守将郭药师（不是黄药师）投降后，宋的北大门完全洞开。

很快，完颜宗望的先锋军离汴梁只剩10日路程。

另一路，完颜宗翰要表现得差得多，打到太原以后，遇到了宋兵罕见的抵抗（不知当时在太原领兵抗金的是哪位英雄）。

10.抵抗

呜呜呜……刺骨的寒风吹得紧，夹杂着黄河的浪拍浪，发出奇异的巨大的声响。

对于寒风，久居漠北的金兵甚是喜欢，但从未见过的大河，给他们制造了许多麻烦。

尽管事先已有计划，但大军渡河也用了好几天。

渡河开始前，宗望元帅召集连以上干部发表了重要讲话，讲话很有煽动性，经过一级一级传达，所有金兵的身上开始躁动，杀意大起，一个天堂般的城市不日可见。

1126年1月27日，完颜宗望的军队渡过黄河，继续加速行进。4天后，他们包围了汴梁外城。

汴梁百姓乱成一团，新帝钦宗刚即位，人们还在适应过程中，而金兵的到来，无异于世界末日。

宗望派一小股士兵发动了试探性进攻，却遭到了顽强的反击。这可不像情报里说的软柿子啊！

他很快知道了，汴梁城内刚经过一轮反腐，杀了很多大贪官。如今城内主持防卫工作的人，名叫李纲。

他从此恨上了这个名字。

宗望决定以静制动，反正汴梁城已经是快被煮熟的鸭子，飞不了。

11. 主降派

汴梁城，深夜，前敌总指挥部。

李纲正在看作战地图，他的眼睛里满是血丝，周围的部下不敢提醒他，这已是他第三天通宵不眠了。

李纲知道，这是一场很难取胜的战争。一只浑身散发着恶臭的大章鱼将汴梁城热情地搂住，另一只正在赶来的途中。

但更令他担心的是，城内的人心不齐。

钦宗虽然对他委以重任，但主张议和的耿南仲一派，小动作不断，影响着皇帝的判断。

为了国家，李纲不怕死。就在刚才，金人要求宋派人出城谈判，他主动请缨，却遭钦宗拒绝，理由是他性子太刚烈，怕得罪金人。

钦宗派了另几个性格温和的大臣前往，还偷偷地告诉他们，只要金国退兵，他愿意送很多精美好玩的东西给宗望。

但宗望的胃口很大，不仅索要黄金500万两、银5000万两、牛马等各万匹，绢帛百万匹，还要宋朝割让太原、中山、河间三镇，并以亲王、宰相作人质。

对这种无理要求，李纲强烈反对，但钦宗打算全部接受。

其实钦宗也知道，以宋之物力，断难满足。只是拖一时是一时——被称为帝国最精锐之师的10万勤王兵（当时驻扎在宁夏）不是快赶到汴梁了吗？

勤王兵确实对宗望是一个威胁，他不得不撤退到汴梁西北远郊。在这一过程中，李纲和种师道主张派10万大军追杀金兵，将金国最精锐的东路军打残以消后患。

钦宗表面同意李纲建议，私下却和吴敏（就是向朝廷推荐李纲的那个人）、耿南仲等投降派达成一致，派人在黄河边上树立大旗，严令军队不得绕过大旗追赶金军，否则一概处死。

种师道非常爱国，他执着地向钦宗建议，在黄河两岸布重兵，防金再次攻宋。对此，主降派认为，如果金国不再来犯，巨额军费就会被浪费，不划算。

钦宗觉得投降派说的非常有道理。他是一个见不得血的人，见到就浑身发抖。

为什么要打仗呢？只要不打，什么条件都可以谈嘛！

他把主战的李纲放逐到了江西。种师道一怒之下，竟然气绝身亡。

在主降派的不懈努力下，宋王朝最后的机会丧失了。

12.城破

公元1126年9月，在观望几个月之后，金军再次发起攻势。

这一次，因为宋内部高度一致，投降之风盛行，金兵作战要顺利得多，在一周之内，金两路人马抵汴梁城下。

宗望与宗翰都是金国不可多得的帅才，他们在汴梁城下的会师，正式开启了宋王朝的噩梦。

为了保汴梁，钦宗前往金营，与降表，行大礼。好不容易回城，看到迎接他的臣民，不由得悲从中来，号啕大哭。

等他说出金人的蛮横要求，汴梁城内的哭声就更大了。

那些要求，至少包括金1000万锭，银2000万锭，帛1000万匹。

就算再有两个大宋，也无法满足。

钦宗很执着，目光很坚定。他一声令下，汴梁城内开始大肆搜刮财富，尽全城之马才7000匹，各级干部只好步行上班。

金人又索要少女1500人，宋钦宗不敢怠慢，甚至让自己的妃嫔抵数，少女不甘受辱，死者甚众。

金人继续施加压力，说要杀入汴梁，屠城。

不得已，钦宗再次到金营，向宗望和宗翰求情。这次他在金营的土炕上，一睡就是一个月。寒冬的整晚，他与随从又冷又怕，瑟瑟发抖。

在皇城长大的钦宗，这辈子都没这么冷过。

为了把钦宗弄回来，汴梁的干部们发起了营救行动。

简单说，就是搜刮更疯狂。妇女但凡稍有姿色，即被开封府捕捉，供金人玩乐。当时吏部尚书王时雍掠夺妇女最卖力，号称"金人外公"；开封府尹徐秉哲也不甘落后，他将病中的女子涂脂抹粉，整车整车送入金营。

自从金兵围城以来，汴梁的风雪就没有停过，城中百姓无以为食，慢慢地开始吃树叶、吃猫吃狗，后来开始吃人。

疫病也来凑热闹，城内病死者不计其数。大街上门可罗雀，汴河上少见船只。

公元1127年3月20日，金人逼迫徽、钦二帝脱去龙袍，并贬他们为庶人（普通群众）。当时，随行的李若水抱着宋钦宗，不让他脱去帝服，还骂不绝口地斥责金人为狗辈。

看惯了软骨头，忽然看到宋朝有这样的臣子，宗望不由得眼前一亮，他想招安李若水。但李显然没打算投降，还是一个劲地骂金人的祖宗八代，金兵实在受不了了，最终割裂了他的咽喉。

当汴梁皇城大门打开的瞬间，金兵全都愣住了，人间居然有这样美丽的地方！他们开始了大规模的劫掠，宋历经160年的府库积累，被洗劫一空。

无数艺术珍品被他们潦草地拴在牛车上，其中一幅画就是张择端的心血之作《清明上河图》，金兵们屠戮深宫后，上面已沾满血迹和灰尘。

宋徽宗不仅曾是一个皇帝，还是一个重度的恋物癖，他的宫苑收藏有上万件商周秦汉时代的钟鼎神器，还有数千工匠精心制作的象牙、犀角、金银、玉器、藤竹、织绣珍品。

但这座天堂即将变作废墟，骄傲从那一刻起荡然无存。

为了尽量减少宋的人口，金人到处砍杀，史书记载"杀人如刈麻，臭闻数百里"。

这是一次前所未有的胜利，带着大量的财富，以及10万多名囚徒，金人踏上了归乡之路。

13.死亡

30岁不到的钦宗，头戴毡笠，身穿青布衣，骑着黑马，被金兵押往北方，一路上他都在思考人生。

想到悲伤之处，不由得仰天号泣。每当这时候，旁边的金兵便会大吼一声，钦宗害怕，收住哭声，偶尔吭吭几声。

当一个俘虏的感觉是很不好的。

金人命令徽、钦二帝及后妃、诸王、驸马、公主穿上金人百姓穿的服装，头缠帕头，身披羊裘，袒露上体，到阿骨打庙去行大礼。钦宗的朱皇后忍受不了，当夜自尽。

金人虽然文字水平不高，还是为父子俩起了两个好听的名字，一个叫"昏德公"，一个叫"重昏侯"。

作为一代帝王和艺术天才，徽宗深感屈辱，有一天晚上他将衣服剪成条，结成绳准备悬梁自尽，被钦宗抱下来，父子俩抱头痛哭。

不久，徽宗就死在土炕之上（公元1135年），钦宗发现时，太上皇的尸体已僵硬。

在坚持21年后，钦宗的屈辱生活终于结束。公元1156年夏天的某个傍晚，金主完颜亮命钦宗出赛马球，钦宗身体羸弱，又不善马术，很快从马上摔下，被乱马铁蹄踩死。

5年后，他死亡的消息才传到南宋首都临安（今杭州），他的弟弟赵构在那里过着幸福的生活。

那是宋人新造的都城，一个类似汴梁的温柔之乡。

依兰五国城遗址

◎ 囚粉说

细雨梧桐： 从艺术修养角度讲，宋徽宗跟李后主有一拼，他若再坚持一下，不禅让，连亡国都一样了。可怜了一身文艺细胞。艺术在铁蹄面前唯有被掠夺的份，没有尊严，哎！

卫军： 宋朝的三篇拜读完毕，作者似乎想用冷峻的目光检视历史，想用冷静的笔调讲述故事，甚至还想调侃一下，但依然不能掩盖情怀，那是深情的回望，也包含扼腕的叹息……"镜划红妆等谁归""谁在烟云处轻声唱"，我想起了《卷珠帘》的歌词。

阿神帅帅： 比乾隆还孝顺，作为爹地的背锅侠，连亡国的黑锅都背咯！还好姐妹们都被完颜家掳去后沾了皇亲，蹲监期间待遇才没太差。（作者回复：据我说知，待遇一直很差。）

李少华： 宋悲剧命运源于太祖禁军制度，兵不识将，将不识兵，文官统兵，战斗力大大下降。

简爱： 军事和外交事关国之存亡，宋朝的这两个皇帝都是昏君，只知道苟且偷安和享受伦乐，汉武大帝虽穷兵黩武，人民穷苦，但至少国威远播。不会识人用人，更是这两个皇帝的致命之处。

李闯王／我为什么要火烧紫禁城

"点火！"李闯王（李自成）骑着他的乌驳马，沿着宫墙跑了一个来回，大声向亲兵命令道。

火苗腾空而起，映照着大顺军们毫无表情的脸。

刘宗敏、牛金星等众将领跟在闯王身后，默默地看着火舌像无数游动的蛇，向四方飞窜。

那是公元1644年4月29日的傍晚，血红的夕阳下，紫禁城朱红色的宫墙似乎是被天空点燃了一样。百里外，吴三桂和多尔衮军队的马蹄声已清晰可闻。

义军面临绝境。

紫禁城

1.这些年

入城这一个月以来,红色一直是北京的主色调。

火烧紫禁城,似乎很矛盾,因为当天早上,闯王的登基大典刚在紫禁城武英殿举行。

但老天似乎写了一个无情的剧本来作弄他。刚刚登基,便要撤退。努力打下的江山,就要这样送人了吗?

……

紫禁城内的几个火点慢慢合围,火势根本没有消停的迹象,整个北京城上空飘着灰烬和焦煳的味道,住在皇城附近的人都感觉到了灼人的热浪。一道立柱失去支撑,在大火中轰然滚落,乌驳马嘶鸣了一声,前蹄腾空,后退了几步。

38岁的闯王摸了一下马儿的脑袋,低头说了一句话。

他没有下马,陷入了沉思。

他是一个天生的革命家,悟性很高。早年为明朝廷做驿卒,骑着马到处送公文的经历,穿梭在各种地理环境,锻炼了他良好的骑术,似乎是为他造反所作的准备。参加起义不久,他就学会了在马上射箭,几乎练到百发百中。

他还是一个非常朴素的人,在长达十多年的战斗岁月中,他做到了不好色、不饮酒、不贪财。估计历朝历代那些造反的人,也会自叹弗如。

他的装束也带有强烈的个人特色。史书描写他冲进北京城的时候,"毡笠缥衣,乘乌驳马";在京殿上接见百官时,"戴尖顶白毡帽,蓝布上马衣",打仗的时候,"戴绒帽,穿蓝布箭衣"。

保持本色、坚守纪律是这支农民起义军战斗力的来源,很多理想化的年轻人,满怀革命的激情加入这支队伍,很快汇起百万之众。

这支队伍的战斗力不用置疑,京城里的说书人,在他们进城之前就偷偷开始了创作,打算用最美的语言来歌颂闯王和他的军队。

"万金之赏莫能购,十道之师莫能征。"其中一个人写道。

2.李岩

陷入回忆的闯王,想起了李岩。

那是一个智慧全能型人物,闯王对他一见如故,作为农民和一介武夫,第一次感觉文化知识的重要性。

李岩告诉他,要少杀人,多收买人心,李自成立即向全军发布命令,"屠戮为减"。他还将掠夺来的财物赈济饥民,"民受饷者,不辨岩、自成也,杂呼曰:'李公子活我。'"

李岩很有组织工作的经验,帮他物色了不少人才,比如牛金星那样的将领。

可贵的是,李岩还是一个宣传人才,他简明地提出6个字的口号,":迎闯王,不纳粮",请军人和游民们四处传唱,连面黄饥瘦的孩子都成了他们的义务宣传员。

宣传机器开始运转后,一日不停(包括事实的和虚拟的宣传)。

在人们仰慕和崇拜的目光中,李自成感觉自己不再是一个"流寇头子",而是一个真正的、人民盼望的领袖。

那种感觉真的很好。

可是,他居然轻信牛金星,冤杀了李岩这位旷世奇才。

那是他错误的开始。

在那十多年的革命岁月里,闯王一直以刘邦和朱元璋为偶像,步步小心,可是事实证明,他达不到刘朱的高度。他只能学习项羽,临走前,烧了那些华丽的宫殿。有形的、巍峨的宫殿被付之一炬,至少说明我李自成来过了。历史上会有我浓重的一笔。

革命就像一场梦,不过现在,这场梦就要结束了。

他叹了一口气。

3.造反

和秦末陈胜、元末朱元璋一样,李自成开始并不想造反,因为成本实在太高了。

只是那个时代根本不让人活命,太监专权到彼时,已经变本加厉——魏忠贤专揽朝政、排除异己,到处搜刮欺压百姓。

在李自成(当时叫黄来儿,母亲生他时,梦见一黄衣人)所在的陕北农村，尽管连年饥荒，官府还是没有放松苛捐杂税，公差们的吆喝和怒吼，成了普通百姓的噩梦。

最初，李自成给地主家放羊，他常常躺在山坡上看蓝天——我这一辈子就这样过去了吗，很多次他问自己。他虽然没有什么文化，但经常听村里的老人讲古代的故事，每当讲到那些官逼民反的传说，他总是听得特别入神。

终于，公元1627年，第一个吃螃蟹的人出现了，他叫王二，是陕北白水县农民，李自成的老乡——他率领数百名愤怒的农民冲到县衙门，砍死了知县张斗耀。

也许及早处置这一事件，会将火星控制住。可惜当时的陕北巡抚得报后，怕被朝廷怪罪，对上级隐瞒了这一事件。刚刚登基的崇祯要是知道这件事情对于帝国的重要意义，一定会调集军队进行疯狂地镇压。

这次暴动影响并不太大，但它启发了李自成的革命理想。

4.变故

那时候的李自成，父亲刚刚去世，生存很是艰难。

他随着难民流浪到米脂城内，正好遇到公家招聘传递公文的驿卒，他因颧高目深，身高伟壮，矫捷善走而入选。

如果不算放羊，这是他的第一份工作。每月只要完成工作任务，他能得到二十多个小铜钱，他感觉自己过上了正常人的生活。白天，他不避风寒烈日，骑马传递各种公文，晚上住在马棚旁边的瓦房里，那是一个快乐勤勉的基层公务员形象。

但是不久，他的生活发生了重大的变故。

首先，他失业了，且欠下了很重的外债。

明朝末年的驿站制度有很多弊端，公元1628年（崇祯元年），帝国对驿站进行改革，李自成因丢失公文被裁员，失业回家的他，只得举债生活。

同年冬季，因为还不起举人艾诏的欠债，被告到县衙。

县令晏子宾没有做错，他像往常处理相似的纠纷一样，将李自成绑起来游街示众（"械而游于市"），这个过程，持续了好几天。

其次，他杀人了。

艾诏很过分，一天几次上门催债，李自成忍无可忍，一次争吵，"误杀之"。

人命在身，被官府抓住必死无疑。

1629年（崇祯二年），春节刚过，李自成带着侄儿李过到甘肃甘州投军。

5.公元1644年，四个皇帝的彷徨与挣扎

1644年，中国有四个皇帝。

第一个是大明王朝的崇祯，这一年他御宇已17年，是最正统、拥有最大国土的皇帝，但已老气横秋，行将就木。

下面三位同志都是公元1644年上台的。

大顺政权李自成，只是皇位的匆匆过客，屁股还没暖热就从紫禁城战略转移。

清世祖顺治，他继承了皇太极的位置，爱新觉罗王朝代表先进生产力的方向，即将取代大明成为全国性政权。

大西政权（成都）张献忠，他是李自成的陕西老乡，虽然没打到北京，也过了一把皇帝瘾，建立了一个地方小政权（该同志也是大西王朝唯一的一任皇帝）

天下还能更乱一点吗！

崇祯像

6.崇祯的绝望

跟列祖列宗相比,崇祯无疑是一个勤勉的皇帝,他一天要工作16个小时,自从政权被严重威胁后,他主动节省宫廷开支,过起了简朴的生活。

他不怎么穿龙袍,总是一袭青衣,有时候上面还有几个破洞(虽然马上由皇后打上了补丁),大臣们都不好意思直视。

有一年冬天大雪,因为看公文太专注,他的青衣还被烤火炉烧了一个洞。

工作这么拼,如果各地来的公文有好消息也行啊,可是他看到的,不是这里造反了,就是那里遭灾了。

作为大明的最高领导,他往各地派过一些巡视组,但也只能做一些修修补补的工作。

怪只怪,前几任皇帝给他留下了一个烂摊子。

严重的腐败已使帝国寸步难行。他登基之初,借东林党人之手,毫不犹豫地查处了臭名昭著的九千岁、阉党魏忠贤,一时庙堂民间一片点赞。可是查处那个人妖头子后,朝堂也不见得清静了多少。那些干部,该上班的继续上班,想腐败的继续腐败,根本没把崇祯放在眼里。

历史给了他时间,毕竟在这个岗位上一干就是17年。

但现在看来,崇祯的执着是有问题的。正确的执着是通往成功的阶梯,而错误的执着只会走向死胡同。崇祯就像一个陷入泥潭的人,越挣扎,陷得越深。

明朝的皇帝都得了一种怪病,就是十分倚重太监,崇祯虽然干掉了魏忠贤,但也没能摆脱这个怪圈。新出来的人妖,有点成气候的,主要是张彝宪、曹化淳、王相尧等人。一色的势力眼和狗奴才。崇祯心里也曾挣扎过,不想重复宦官专权的悲剧,可是他最终还是决定重用那些不完整的男人,让他们到各地处理政事,甚至负责城防。

只有一个原因,文官集团之中,几乎无人可用,他们不仅不为朝廷做贡献,还浑身都是知识分子的臭脾气。

宦官和文官之争,一天都没有停止过,崇祯只能暗中和稀泥。

那些高级干部们,其实内心早就没了朝廷,他们一个劲往自己兜里捞钱,在他们看来,那才是王道。

崇祯早就看透了这一切,他变得有些愤世嫉俗,但要把祖先的事业继续下去,总不能把那些人都清洗了吧。

青山遮不住,毕竟东流去。眼看大明朝一天比一天病重,却还得摆出力挽狂澜的姿势。这个姿势一点都不帅,这个事业也很令人绝望。

7.亡国

1644年2月23日,李自成的起义军攻占真定(今河北正定县),距京城仅300里,大明王朝"寂然无言者"。

过了好几天,陕西的余应桂才传来奏疏,大意是李自成号称百万之军,应该调集天下兵马全力围剿。

谁都明白,这道奏疏是一纸空文,情势危急,大厦将倾,即使有尚方宝剑与公侯之赏,也已回天无力。

由于先前误杀了袁崇焕,崇祯在军队里的威望急剧下降。掰着手指头数一数,可用的武将少得可怜,像唐通、吴三桂等人,已经叛国或将叛国,还有几个,像左良玉、史可法,远在江南,鞭长莫及。

帝国的首都,从朱棣开始,苦心布局经营那么多年,最后居然变成了一座孤岛。

接下来的故事,就顺理成章了。

3月2日,闯王的军队逼近北京,崇祯召群臣商讨对策,这时候的商议有点形式主义,因为参加会议的人都知道,京城武备松弛,国库早已无粮。

崇祯不甘心,第二天继续开会,满朝文武竟然没有一个人再说话。崇祯看着大殿里那些熟悉的脸,忽然觉得无比陌生,不由得悲从中来,他坐在龙椅上,以手掩面,居然开始抽泣。

男儿有泪不轻弹,更何况是九五之尊。但崇祯顾不了那么多了,他决定最后搏一把,当晚的诏书中,他要求大臣们捐款救国。

但是收上来的银两少得可怜,皇亲大臣、巨贾富豪纷纷装穷卖傻。

比如,周皇后的父亲周奎说没钱,只捐了1万两白银,但是显然他留了一手,因为后来起义军从他住处就搜出了52万两;太监首富王之心也只捐了1万两,大顺军又帮他找出来15万两,还发现他家有无数金银珠宝。

说起周奎这个人，其所作所为绝对令人发指。他不仅对国不忠，还没有一点亲情可言——义军攻入紫禁城后，混乱中太子朱慈烺（他的亲外孙）来敲门避难，他听到是太子的声音，居然拒门不纳。

这位 15 岁的太子很早熟，在崇祯吊死煤山、周皇后悬梁自尽后，他不久也被义军逮捕，并见到了闯王。

"我有三个请求，"他说，"第一，厚葬我父皇；第二，不要扰我百姓；第三，估计会有上千大臣投降。"

"替我杀了他们。"他注视着闯王，顿了顿说。

闯王看着这个倔强的少年，点了点头。

闯王是一个老江湖，他答应朱慈烺的事，一件也没做到。

崇祯的尸体被放在一个柳木棺材里，先是在东华门停放三日示众。后来在昌平十三陵刨开田贵妃的墓，将崇祯的棺材胡乱塞进去了事。

明朝的十多位万岁爷，加起来足足有十多万岁，但实际上这个朝代只延续了两百多年。

万岁，骗谁呢？

崇祯上吊的歪脖子树

8.箭射承天门

闯王的军队对明朝廷的官员非常了解，为了加快工作进度，他们建立了贿赂基金，以金银和官位诱之。一时间，投降者随处可见。

天要明亡，明不得不亡，起义军只是压垮明王朝的最后一根稻草。

闯王的檄文先期抵达京师，里面说道："我军，定于十八日入城……"

全体义军指战员都清楚地记得那个激动人心的日子,三月十九日,他们终于攻入北京城。

崇祯生前最信任的人最终都背叛了他。

当天京城"风霾,日色益晦"。正阳门外关神庙旗杆,忽然一断为二,横在马路上。大太监曹化淳象征性地抵抗了一下,就下令打开城门,而后德胜、平则(阜成)二门亦开。

进城之前,北京大街小巷已经开始流传闯王的故事。

有人说,闯王长像丑陋,见人就杀;还有人说,闯干斯文和善,他是为天下穷人来革朱家的命。

能在3天内顺利攻入北京,确实令人意外,曾经不可一世,高高在上的大明王朝,就像一堵破墙,一推就倒。

……

入城的那天早上,闯王试了一把好剑。

"噗",他将一根头发放在宝剑上,轻轻吹了一下,头发断为两截。

"好剑!"他不禁叫出声来。

这是刘宗敏献给他的一把剑,据说颇有些来历,是攻打昌平的时候缴获的战利品。

闯王没想到在造反后期,事业进入快车道,这种幸福来得太突然,令他有点晕眩。成功就像一个大巴掌,打在那些曾经看不起他的人脸上,要多响有多响,要多爽有多爽。昨天的经历,有甘甜也有苦涩,有成功的辉煌,也有失败的辛酸,有温馨的慰藉,也有冰冷的失意。

作为一个西北汉子,面临沉重的天灾人祸,他不得不造反。

要么去死,要么精彩地活着。

其实他只是想活命,过上正常人的生活。

这个愿望过分吗?

不过分。

但在当时,这是一种奢望。

皇图霸业

在革命过程中，他一直想走造反——招安的路线。

他曾非常真诚地让人带话给崇祯，希望划区而治，他回去当"陕西王"，但极好面子的崇祯拒绝了他。

别无选择，继续造反！

这条路很长，很险，很血腥，但也充满诱惑。

登上皇位的事，如果说李自成没有想过，是个人都不会相信。

但李自成渴望，又惧怕，这也是事实。

皇位象征着权力和光荣，但也容易遭人非议和谴责。

巍峨宫殿只存在于他的想象中，当那些亭台楼阁真切地呈现在面前的时候，他还是掩饰不住内心的狂喜。

他喜欢宫殿的感觉。

他边走边欣赏周围的宫殿，一仰头，"承天之门"四字赫然在目。

"我应该做一件特别酷的事"，他心里想。

"我射它一箭，如能射中四字中间，必为天下一主。"他转身对团队的几个创造合伙人说。

他从牛皮箭筒里拔出一箭。

"嗖"的一声，箭划过一道完美的线条，正中"天"字的下半部。

李自成咧嘴一笑，纵马冲入紫禁城。

这是历史应该凝固的一瞬间。

这是我的一小步，却是这个国家的一大步，他开心地想。

9.闯王的风险

明末，造反成了一种潮流和时髦，除了南方的李自成和张献忠，东北方向的后金军队一直耐心地观望形势。

现在，这只大老虎已经露出了它的獠牙。

然而，李自成和他的将士对这种危险明显预估不足。

这种政治上的幼稚病，导致闯王像个尴尬的男模，来到北京作了一场巨大的秀，迅疾退场。

东北虎要跑到北京咬人，必须经过吴三桂这一关。

这支关宁铁骑非常不一般，集中了明朝最精锐部队的十多万人，是帝国的窗口单位，也是崇祯的底牌，一般不会动用。

帝国其他地方的军队可能吃不饱，穿不暖，被拖欠工资，但这支军队肯定是要优先保障的。

崇祯自杀前后，吴三桂同志带着部分战士星夜兼程赶往北京，但他迟了一步，闯王攻入北京的速度，比他预料的快得多，打北京又不现实，他只好回到山海关。

作为这支野战军的领导人，吴三桂心里特别矛盾，一方面他预料到后金迟早独霸天下；另一方面，自己毕竟是汉人将领，投降会在历史上留下骂名。

其实，他想多了，投降也没什么大不了的。看人家张献忠，一辈子大概投降了十几次，反了降，降了再反，每次都能逢凶化吉，还倒赚不少银两。

他最担忧的是，一家老小三十多口人现在都在北京，成了义军的人质。

李自成鎏金皇冠

投降，不投降，投降，不投降……入夜，他在行军床上翻来覆去睡不着。

一大早，从北京来的探子报告，闯王只同意将他的伯爵升为侯爵，家产已被抄，老爹吴襄被暴打。

这让他很不淡定，另一个坏消息更是让他暴跳如雷，刘宗敏已将他的爱妾陈圆圆掳走。

"昂！"大账里传来这位战神的长啸，那声音，就跟原始人痛失伴侣一样。

"我要宰了刘宗敏！"他在帐内烦躁地徘徊，居然流泪不止。

"传令下去，全军穿白挂孝，报君父之仇！"吴三桂终于不用在义军和清军之间摇摆了。

这正是史书上记载的"恸哭六军俱缟素，冲冠一怒为红颜"。

10.桂圆的爱情

吴三桂与陈圆圆的爱情，可以简称"桂圆之爱"。

皇图霸业 069

为什么吴三桂这么生气?因为陈圆圆是他生命中最重要的女人。

这个女人的父亲是经商的,但生意很小,做货郎的。最普通的父母却孕育出了人间极品。

所以普通人不用着急,基因是个很奇妙的东西,有钱有地位人家的孩子,很多时候没有普通人家的孩子强。

由于圆圆从小漂亮乖巧,"容辞闲雅,额秀颐丰",家里送她去学艺。当她上台唱戏的时候,一举手,一投足,一媚笑,观众为之魂断。

圆圆之美,她的第一个男朋友冒辟疆有过详细描述,"妇人以资质为主,色次之,碌碌双鬟,难其选也。慧心纨质,淡秀天然,平生所见,则独有圆圆尔"。

这段古文的大致意思是,女人的魅力不在于漂亮,而在于端庄优雅。

只可惜最终冒先生和圆圆没能走到一起,因为造化弄人,又加上兵荒马乱,惦记圆圆者众。

吴三桂像

论巧取豪夺,皇帝身边的人最厉害。圆圆最终被外戚田弘遇劫夺入京。

因贵妃去世,田弘遇日渐失势。为找到新的后台,他想到了冉冉升起的新星,少帅吴三桂,并热情地邀请他到自己家里参加文艺沙龙。

这次相亲非常成功,三桂和圆圆一见钟情。

由于吴三桂同志经常"出差",和圆圆聚少离多。

虽然文化水平不高,但他也经常写一些诗来倾诉自己的思念。

比如:你在时,你是一切,你不在时,一切是你。

再比如,一个人不孤单,想一个人才孤单。

11.坑爹的刘宗敏

刘宗敏是闯王团队的高管,但有勇无谋,凡事不过脑子。

义军都打进紫禁城了,他还是一副土匪作风,有时候在宫殿里喝酒高兴,拨出剑来就砍桌角。

他这人长得比较抱歉,还有些表演性人格,做事咋咋呼呼,做了三分事,总爱说做八分。因为他深知,老板需要你埋头苦干,但领导看不见埋头的人。

李自成是义军的绝对核心,但他并不跪拜。"我和他同做响马,何故拜他,"当有人劝告他的时候,他总是这样回答。

闯王并没太较真,毕竟都是出生入死的兄弟。

这样一来,其他人更不敢监督,于是刘将军在北京城里肆无忌惮搞钱、搞地、搞女人。

在他家里,堆满了搜刮来的财宝,古玩字画和华美衣服随处可见。不怕神一样的敌人,就怕猪一样的队友,闯王有这样的下属,也是倒了八辈子霉。

刘宗敏一辈子最不该做的一件事,就是明知陈圆圆是吴三桂的最爱,还是控制不住自己的欲念。

没团队精神,不讲政治,他不配当高管。

12.闯王的谎言

公元1644年4月21日,李自成与吴三桂打了一仗,战斗进行了整整一天,关宁铁骑渐渐不支,义军这厢也累得够呛。

在这千钧一发的时刻,事先和吴三桂有约定的多尔衮忽然率军出现在义军侧翼,义军顿时大乱,主将刘宗敏受伤,只得撤退。

4天后,李自成逃回京城,10万军队仅剩3万余人,革命形势急转直下。

闯王根本不承认失败,他若无其事地藏在深宫,继续与他的美人们寻欢作乐。宋献策曾劝他谋划局势,并关切地询问他在战争中所受的剑伤。

"放心,我很好。"闯王说。

据统计,人一生要撒8.8万个谎,其中最容易脱口而出的便是:没事,我很好。

别低估了闯王，其实他一直在考虑下一步。

接下来，他做了三件事：第一，在武英殿称帝；第二，怒杀吴三桂家大小 34 口（陈圆圆除外）；第三，火烧紫禁城。

他将义军分成两路，由山西、河南撤退。

进攻难，撤退更难。从离开北京那一刻开始，隐藏在各个角落的地方武装，甚至普通百姓开始袭击义军。

在北京的 42 天，如果让百姓给义军打分，成绩肯定是负分——明朝虽赋税沉重，但绝不会像义军这样烧杀抢掠。

大多数人都想改造世界，却罕有人愿意改造自己。

由于南明朝廷的建立和大顺军节节败退，很多之前投降义军的原明朝将领，又开始出现投降潮。

尤其是吴三桂，就像一条杀红眼的疯狗，一路咬着闯王不放。

以前看电视剧的时候，每当有美女被坏蛋掳走，大家就在心里想，她会失身吗，她是怎样失身的呢？

当年，吴三桂的心理阴影面积也很大，他紧咬闯王的理由也大抵如此。

撤退前，闯王命人将搜刮来的金银铸成巨大的金锭，凡数千饼。

为了摆脱这位疯掉的战神，大顺军不得不沿途抛弃大量金锭和美女。

可惜吴三桂不要这些，他要的是闯王和刘宗敏的人头。

公元 1644 年（顺治元年）12 月，清军出击李自成退守的潼关，清军因主力及大炮尚未到达，并没有用尽全力，只是频频骚扰。

次年，红衣大炮到位，清军攻破潼关。

13. 身死

对于一些历史上的著名人物，很多读者不希望他们死，所以捏造了很多谣言，传来传去，真假难辨。

比如，有很多人说杨贵妃没死，她去了日本；张国荣也没死，有人在五台山上发现了出家的他，有好事者悄悄叫他的名字，那和尚居然流泪了。

以上都是无稽之谈，是吃瓜群众的一厢情愿。

历史总是很残忍，它不允许一个人淡去、失踪，他们的结局都是死亡。

让我们来看一看李自成这位英雄的末路。

人才很重要。比尔盖茨说，把我们顶尖的20个人挖走，那么我告诉你，微软会变成一家无足轻重的公司。

闯王的公司也迅速走向倒闭——在清军和吴三桂的强大攻势下，大顺军丞相牛金星投降清军，重要骨干刘宗敏、宋献策被活捉。

吴三桂要活剐了刘宗敏，以解心头之恨，被阿济格强行阻止。

仓皇流离中，李自成率领他最后的十余骑兵逃向湖北通山县，后与战士们失散，一人孤独无助地向九宫山逃亡。

闯王一直都想东山再起，但一个人最可悲的是，40岁的时候还有跟20岁一样的理想，甚至远没有20岁时的潇洒和不管不顾。

他想起了老领导高迎祥，高是一个老谋深算的人，在众多人中一眼看中李自成。

眼睛能看到的地方叫视野，眼睛看不到的地方叫眼光。

从最辉煌期的百万之众，战至光杆司令，是他做梦也想不到的。

在九宫山脚下，他在马上有点神情恍惚，一不小心连人带马误入泥潭。

九宫山李自成之墓

对于这个闯入者，乡民们早就注意到了，因为悬赏的告示，贴得到处都是。

皇图霸业 073

没有买卖，就没有杀害。

一个名叫程九百的乡勇头目冲入泥潭，想杀死闯王去领赏。

闯王即使落难，对付这样的乡勇也绰绰有余。

他将程九百按在泥潭之中，想抽剑斩其头，泥浆却将宝剑粘在鞘中。

另一名年轻的乡勇扑上来，用一把铲子奋力砸向闯王的头颅，血光一闪，闯王直直地倒在泥潭之中。

一代枭雄，就此别世。没有哀歌。

◎ 囚粉说

王小超：放到欧洲就该叫四皇之战了。

阿神帅帅：虽以刘邦朱元璋为榜样，却不能迅速转型管理大家大业，放火这事一看就是流寇路数，加上自身战略水平一般，又不会带团队，注定只能在历史上写一笔而已。

清泉石上流：时势造英雄，竟使竖子成名。这被时势造出来的英雄升起来是挺快的，可惜跌下去更快。他可以骑在马上打天下，适合当个先锋将军。干出杀李岩这样的事情，说明他不知道这实际上是在杀他自己。杀李岩的结果，只能令当时天下的才智之士弃他而去。良禽择木而栖，李岩找这样的人当主公，只能说明李岩没有能力给自己挑个靠谱的高枝，李岩实死于他自己才疏。

搬个月亮爬上来：这一年全球动荡彷徨：英国开始工业革命，美国进行独立战争，法国爆发大革命，意大利资产阶级夺取政权，俄国废除农奴制，日本开始明治维新。

卫军：甲申国难，大明气数尽矣！大辟疆吏，诛杀忠臣，口惠实不致，官僚极尽行私自保，形式主义和自私麻木是官场和社会的主色调。官逼民反，内忧外困，这位崇祯的中兴梦也是个气泡而已。

顺治／最帅皇帝的不羁岁月

1. 皇帝中的颜值担当

首先强调一下,之前看了太多古代皇帝的照片,照片中的他们,或阴鸷、或臃肿、或奸诈、或淫邪、或坏笑。

据说,相由心生,如果这么想的话,这些皇帝缺失一样重要的东西,那就是——心灵美。天天杀人,欺压百姓,鱼肉大臣,平均一天生产1000个阴谋,心灵美才怪。

最典型如流氓皇帝朱元璋,虽然他有一道棱角分明的剑眉,但其他部位很不争气,特别是五官搭配有严重问题,看了会让人做噩梦。

据说是朱元璋画像

同时也同情后宫无数来自全国各地的美女,她们都让猪给拱了啊。更可悲的是,她们绝大多数希望被猪拱。这真是矛盾的人生。

所以，当看到顺治同志的画像时，我的眼前一亮，他的俊美绝伦，简直令人魂飞魄散，必须是历史上最帅的皇帝哥啊。

帅气多金又有权，当时的顺治，一定是极其骄傲的。

外貌协会的同志们注意了，关于顺治的长相，史书上是这样介绍的，"生有异禀，顶发耸起，龙章凤姿，神智天授"。

这段极为对仗的古文，一看就是出自皇帝身边的秘书班子之手，既描述了皇帝的具体外貌，也把他跟一些神秘的事物联系在一起，比如天、龙、凤，让人心生畏惧。

秘书们虽然有吹马屁之嫌，但结合画像看，他们所叙非虚（古人并不知道今人的审美观）。

外貌平常的读者要淡定，虽然顺治这么完美，但他的人生并不完美，甚至是彻底的悲剧，这个接下来会详细写到。

再说了，父母只是给你一个大致的外表，后来的修饰都靠自己，黄瓜敷面、浓妆艳抹、粉黛深厚会遮住一些东西，但其实，生活和心态才是你的外表。

顺治画像

2.他的历史总成绩

说完长相，我们再来说正经的，中国古代的皇帝虽然是剥削阶级的总头子和全国最大的地主，但他们的存在也有一定积极意义。

那就是社会大抵安定，因为皇帝是天命神授，喊造反的人少了；经济上（主要是农业）看天吃饭，顺治进京以后还专门修了日坛和月坛，用来跟神秘力量拉关系；此外，文化艺术有繁荣的发展空间。

如果给古代皇帝打分，顺治应该是65分，刚好及格，多出的5分，是因为他16岁的时候生了一个比较伟大的皇帝，康熙。

可能有人觉得我太苛刻，才给这么点分。

不要太着急，这算是高分了。

因为大多数皇帝，都不及格。

顺治的爹地皇太极死得早，公元1643年夏天，"是夕，亥时，无疾崩"，没有留下一句遗嘱。

所以顺治6岁就上班了，现在这是一个小朋友刚上学的年纪。

他的叔叔多尔衮成了大清的摄政王，直到顺治12岁（公元1650年）的时候，衮叔叔病死在喀喇城，他才开始亲政。

之前，他是一个橡皮图章，衮叔叔说什么就是什么。

他很恨这个叔叔，后来把他从坟墓里挖出来，好好羞辱了一番。

他的主要工作业绩，是延续入关后的政策，将后金这个地方政权变成了全国性政权。

虽然不顺利，但作为王朝的先行者，为清之后267年统治打下了良好的基础。

3.大清是明朝搬来的救兵？

闯王败亡后，成了清朝反躬自省的最好教材。

人生最大的成功，不是拿到一手好牌，而是将一手坏牌打好。

闯王的牌算中等，但他犯了一个致命的错误，先出最大的牌，最后留在手上的，是最小的牌。

跟闯王虐待明朝皇族和旧臣不一样，清入关后，把这个问题当成头等要务，做了大量细致而有人情味的工作。

公元1644年，多尔衮带着全体重臣来到紫禁城，他选了一个办公的地方，同样是崇祯和闯王的最爱——武英殿。

顺治颁布诏书，以帝王之礼厚葬崇祯，专设管事太监2人，每年公款提供大量祭品，还禁止百姓在陵园附近砍柴放牧。

明太祖陵园配太监4人，为了进行保护，征良田2000顷。

就连陪着崇祯自杀的太监王承恩也得到死后的哀荣，政府为他立了碑。可惜王太监无后，不然也会享受好的待遇。

皇图霸业 077

为了让入侵中原正当化，大清的宣传机器开始传播这样的歪理，即明朝被闯王所灭，为给明报仇，他们才进的北京城。

这样的解释，有点欲盖弥彰，还不如不解释，因为除了精神病人，没有谁会信——首先他们自己是最不相信的。

不知道这是哪个宣传系统的干部想出来的馊主意，简直是低级红、高级黑。

不过呢，除了优待明朝的遗老遗少，清政府还做了一些得民心的工作。

喜欢考试的读书人发现，他们又有机会了，科举继续，八股文照旧。为了拉近跟知识分子的距离，顺治还专门去庙宇祭拜了读书人永远的偶像——孔子。

这个大胡子文化人已死去千年，在他的雕像前，顺治显得毕恭毕敬，无比亲热，就像多年没见的老朋友。

一些专家学者被组织起来，撰写《明史》，内容还挺正面积极，该书高度肯定了明朝在治理这个国家时所做的杰出贡献。明之所以灭亡，不怪他们，怪气数。

这些形象工程必须得做吗？

必须得做。

因为汉人众多，国土广袤，不如此，不足以拉近跟汉人的心理距离，消弭他们内心随时升腾的反满情绪。

对于不肯归附的汉人，清兵们一点也没有客气，顺治亲自出面，默许了"扬州十日"和"嘉定三屠"，无数汉人魂飞魄散，美丽江南，流血漂橹。

顺治还在公元 1645 年 6 月颁布剃发令，不从者砍头示众。

手无寸铁的百姓，真的遗忘大明朝了吗？

也许。

就像鲁迅同志那样，世上本无路，走的人多了，也就有了路。

遗忘也是如此，对于陌生总是要学着适应——走陌生的路，看陌生的风景，听陌生的歌曲。然后，在某个不经意的瞬间，原本无法忘记的事情，真的就忘记了。

鱼的记忆只有 7 秒，人的记忆不会长太多。
……

这位高颜值的皇帝，寿命却极低，仅仅活了 24 岁。

跟他平淡的工作相比，他的另外一面却很令人有挖掘的欲望。

有人问，他幸福吗？

我可以告诉你，他不幸福，所谓的表面风光，也存在着巨大的缺陷和危险。

他一辈子都生活在母亲的阴影下，就是那位历史上非常有名的孝庄太皇太后，小名"大玉儿"，斯琴高娃老师演的那个。

他跟董鄂妃的爱情悲剧，以及董去世后出家未果，都是促使他过早离世的重要原因。

人左右不了缘分，但缘分偏爱捉弄人，即使他贵为皇帝。

董鄂妃是第一个把他当男人看的女人，他们一起笑，一起哭，一起沉默。

和你一同笑过的人，你可能很容易把他忘掉，但是跟你一起哭过的人，你却永远不会忘。

顺治本质上是一个桀骜不驯的孩子，他的血管里流着爱新觉罗家族的热血。战争最残酷的时候，他还是一名幼童，没机会参与革命，却在和平年代展示了他刚烈的一面。

随着年龄增大，这种反叛到了极致。

他反叛的对象，一是他的母亲庄妃，二是他的叔叔、大清摄政王多尔衮。

公元 1645 年春天，紫禁城最北端的御花园。

另一张顺治画像
也许更帅？

一位身着明黄色朝袍的年轻女子在花园里漫步,她时而莲步轻移,时而轻抚花蕊。

她的衣服上绣着彩云金龙纹,这种装束,一看便知是皇宫内地位尊贵、等级最高的女子。

是的,她就是皇太极的遗孀、顺治的生母庄妃。

一年半前,皇太极死得毫无征兆,30岁的庄妃升级为太后,在此后的四十多年里,她像一位活着的祖宗,守望着大清的江山。

故宫御花园

御花园在明代称为"宫后苑",正对神武门,园内遍植古柏老槐、盆花桩景,各种奇石玉座、金麟铜像处处皆是,大部分是15世纪明代的遗物。

"福临,过来!"庄妃轻轻呼唤正在不远处闻花香的孩童。那孩子生得甚是清秀精神,听到母亲的召唤,他"蹬蹬蹬"跑到庄妃面前,扑在她的怀里。

搂着孩子,望着满目鲜花,庄妃的神情不由得恍惚了。

她似乎又回到了大草原,在那儿她有一个硕大的花园,一眼望不到头,春暖花开的时节,她会骑着马整整跑一天。

太阳下,还是少女的她放肆大笑,发辫迎风高悬,身材修长,丰满壮实。

作为蒙古科尔沁部贝勒寨桑的二女儿,她有着成吉思汗的高贵血统,是博尔济吉特氏家庭的骄傲。

正因为此,她人生的自由在13岁那年戛然而止——为了建立更深的联盟关系，父亲将她嫁给34岁的皇太极为妻。

她的大花园，终于萎缩成了盛京（今沈阳）和北京皇府内的小片花地。

时间会带走很多东西，慢慢只剩下回忆。

一年四季，御花园里的各种花儿从未停止争奇斗艳，高贵的牡丹，娇艳的玫瑰，桀骜的梅花……这些花儿的命运，就像后宫女子们的隐喻。

微风起时，落花零乱，已失去姿容的太妃们、新入宫的少女们，在花园里放风筝、踢毽子、抓蝴蝶……累了，她们掏出香帕，擦去额头上细密的汗珠。

还有一些不爱运动的女子，边晒太阳边唠嗑，交换着宫里的新闻和八卦。

盛年不重来，一日难再晨，时间就这样一天天过去。这些深宫里的女子，静静等待着生命的终结，像一只只绝望的宠物。

时间，对某些人来说，是没有声音的锉刀。但对她们来说，时间，无所谓拥有，无所谓失去。

她们注定被明天忘记。

因为深宫，便是一个华美的囚笼。

4.争皇位

在嫁给皇太极之前，庄妃在大草原上遇到过年龄相仿的多尔衮，她欣赏他的热血大胆，他思念她的如花笑颜。

虽然彼此爱慕，但这种爱刚开始便宣告结束。因为权力婚姻模式一旦开启，所有人都须遵从。

与皇帝的女人眉来眼去，即使在开放的后金也会招来风言风语。

爱情最美好的是，于繁华处戛然而止。

更何况庄妃认为，爱情，要么不开始，要么一辈子。

漫漫人生路，总会错几步。

但命运是一个很奇怪的东西，他的剧本无人可改。

皇太极与孝庄的感情淡泊如水，他却极其喜爱孝庄的亲姐姐海兰珠宸妃。

庄妃才 21 岁，便开始独守空房，残酷的寂寞像毒蛇一样噬咬着她的心。

她开始将生活的重心转移到孩子们身上，她共为皇太极生了三女一子，儿子取名福临，一个非常好听的名字。

不知道庄妃是否恨过姐姐宸妃，可以肯定的是，庄妃度过了一段非常艰难的岁月。

虽然集万千宠爱于一身，宸妃不久却迎来了她的噩运，她的独子（因为皇太极的偏爱，被立为太子）不到半岁即夭折。

之后的四年内，宸妃和皇太极因思虑过重，先后离世。

皇太极走得突然，没有留下遗嘱，为了抢夺皇位，清室宗族正走向内战。

皇位一直空缺了 5 天，接班人的问题仍然悬而未决。

……

深宫，深夜。

庄妃仍然未睡，她已对这些年来的孤独和无助习以为常。

她是一个坚强的女人，即使再痛苦，也会强颜欢笑。

但是，明明已经习惯了孤单，为何还是如此贪念温暖。

特别是与多尔衮在宫中偶遇的时候，她就控制不住自己的心跳。

一个人感觉最孤独的是什么？不是独自面对整个世界的冷漠，而是钟情的人在面前，却不能去爱。

现在，她对这个男人不仅有留恋，还需要他有力臂弯的保护。

她很明白，如果一味等待和退却，她和孩子们的生命将受到严重威胁。

多尔衮当时也是皇位候选人，但他很聪明，知道自立时机尚未成熟。

孝庄，包办婚姻的受害者和提倡者

急于登上皇位，必然激起家族的血光之灾，豪格、叶布舒等人不会善罢干休。

庄妃与多尔衮在慈宁宫密谋了一晚上，决定立6岁的福临为帝，多尔衮为摄政王。

年幼的福临不知道，从那一刻开始，他的人生悲剧便开始了。

5.摄政王

多尔衮比他的哥哥皇太极足足小20岁，是后金的战场之神。

他不仅勇猛，还很有头脑，他的军事才能在征服蒙古、朝鲜的过程中显露无遗。

史书评价他"定国开基，成一统之业，厥功最著"。

如果没有他，后金统一全国的时间，估计要向后推移几十年。

人是无法在快乐中成长的，因为快乐使人肤浅。

多尔衮并非一帆风顺，因为父亲努尔哈赤有很多儿子，在一个政治化的家族内，难免有亲疏远近。

小时候的多尔衮并不得父亲的欢心，因此，政治地位远不如兄弟阿济格和多铎。有时候后金举行重要国宴，兄弟们都去了，唯独没有他的份儿。

但多尔衮是一块硕大的金子，谁也挡不住他的光芒。

公元1626年，努尔哈赤病逝，指定多尔衮的母亲阿巴亥殉葬，那时多尔衮才15岁。彻底失去父母的庇佑，多尔衮开始拼命在战场上立功。

凡有所建功的历史人物，都不因幸运而固步自封，不因厄运而一蹶不振。

真正的强者，善于从顺境中找到阴影，从逆境中找到光亮，时时校准自己前进的目标。

多尔衮就是这样一位强者，虽然他只活了39岁，却在历史上留下了一个闪光的名字。

他很注意锤炼自己的大脑，密切关注着形势的变化。他能敏锐地分析家族各派力量消长，并暗中笼络支持他的力量。

他的座右铭是，走自己的路，让别人去说吧。

因为他深知，这个世界上最不开心的人，便是那些最在意别人看法的人。

慢慢地，他羽翼渐丰。

庄妃是他人生中最重要的女人，而命运却安排这个女人成了他的皇嫂。随着皇太极去世，于公于私，他都有理由跟庄妃结盟。

这种联盟牢不可破，他们开始为权力所环绕。

他们可以立下更大的功业——1644年是后金夺取天下的最佳时期，明王朝被李自成、张献忠等义军挠得千疮百孔。

1644年4月，顺治在笃恭殿拜多尔衮为大将军，赐大将军敕印，令他统大军南下入关，与李自成和南明王朝争夺天下。

6.顺治与董鄂妃，权利压制下的反叛爱情

人生就像茶几，上面摆满了杯具。

在顺治短暂的一生中，分野为两个阶段——做皇帝前，他无忧无虑；登上皇位后，他处处受限，等到青年阶段，这种痛苦明显加剧了。

我非常惊叹于顺治的早熟，6岁登基，12岁亲政，13岁结婚……除了处理国家大事，他还好好玩了一把叛逆青春。

他痛恨多尔衮，一方面是因为这位摄政王霸气外泄，自己成了提线木偶；另一方面，有朋友也提醒过我，顺治小时候很不容易：父亲皇太极尸骨未寒，母亲便与自己的亲叔叔摄政王出双入对，情何以堪（即使是真爱，也请务必注意社会影响，特别是要考虑未成年人的感受）。

老年的孝庄
依旧在为子孙操心

顺治对多尔衮的这种复杂感情，在历史上并不鲜见，比如嬴稷对义渠王、秦始皇对吕不韦，他们一旦掌权就要置后者于死地，好像只有如此对付那个强势的老男人，才能维护母亲的名节。

庄妃一直在等顺治长大，等待并不容易，伤害却轻而易举。

尽管顺治早熟，但在庄妃和摄政王眼里，他还是那个刚会走路的孩子，"嘴上无毛，办事不牢"。

孝庄很明白，女人固然脆弱，母亲却应坚强。

为了帮助儿子成长，稳固蒙古和满清的姻盟关系，孝庄一辈子为顺治指定了两位皇后，都来自蒙古，其中一位是孝庄的侄女、蒙古科尔沁部卓礼克图亲王吴克善之女博尔济吉特氏。

但很不幸，孝庄挑中的这个女人，从小娇生惯养，尖酸刻薄，跟顺治没有什么共同语言，两人经常吵架。

每当顺治看到这位被指定的皇后，整个人都不好了。

从小即被母亲严管的顺治，根本不敢违抗这种安排，他难受，他想哭，却无处吐槽。

博尔济吉特皇后在进宫后，努力爱上这个陌生的男人，她认为，只要付出，一定有收获，她哪知道爱情这事，强求不得，更何况她是孝庄姑妈介绍的，叛逆的顺治怎么可能喜欢她。

对于这些，博尔济吉特从来没有仔细思考过，所以她也没有认清自己的角色——生命中最难的不是没有人懂你，而是你不懂自己。

由于个人感情生活极其不幸，顺治内心甚是苦闷崩溃，暴躁、猜忌的极端情绪，开始与他为伴。

对他来说，母爱曾像座山一样令他有安全感，像巨大的火焰一样让他温暖，如果说世上有一种最美好的声音，那就是母亲的呼唤。

但现在，以前的那种感觉完全不在了。

我是亲生的吗？有时候，他会这样问自己。

他拥有世界上最大的权力，自身却被剥夺了爱的基本权利。

他开始反叛，皇后在时，他会故意跟陌生的女子亲热。

偏不喜欢你，他心里恨恨地想。

庄妃也曾纠结，但她很快说服了自己。

她经历过残酷的权斗，她信奉：只有手握权力，才有安全可言。

在权力的流转和瞬息万变中，她熬成了一个女汉子。

尽管她自己也是权力婚姻的受害者，但在儿子的幸福和权力的稳固之间，她选择后者。

深冬，紫禁城又下了一场大雪，孝庄徘徊在御花园，想想因为包办婚姻，儿子跟自己冷战已3年，不由得叹了口气。

宫殿，本来就是泯灭自我的地方，只有御花园这样的区域，才带有一点生命的气息。

亲情，一旦被权力和欲望的毒刺所伤，就无法回到从前。

正当顺治以为自己要苦闷一辈子、感觉不会再爱的时候，董鄂氏出现了。

遍查史料，我可以用三个词来评价董鄂氏：绝色、善良、薄命。

董鄂氏有多美呢？据说，她肌如白雪，腰如束素，齿如含贝。又据说，她以花为貌，以柳为态，以玉为骨，以冰雪为肤。很多文学家流着口水赞美过她。

总之，画面太美，令人不敢直视。

这样的人，一点也不比西施、王昭君逊色。

最关键的是，她无比美丽，还无比低调。低调，才是最NB的炫耀。

作为王朝的第一高富帅，顺治是什么时候，在哪里第一次见到董鄂氏，史料没有提及，很可能是董鄂氏按祖制到紫禁城服侍太后和妃子们的时候，与顺治偶遇。

只有一点可以肯定，董鄂氏的美丽和温婉像一道强烈的阳光，震撼了这位少年天子。而巧合的是，董鄂氏也是他的粉丝。

现在问题来了，顺治该怎么办？

喜欢一个人的表现是，一见面就尴尬，不见面就相思。

他每天盼着董鄂氏入宫，断断续续纠结了一整个夏天，他终于做出了一个艰难的决定：他要婚外恋。

顺治相信缘分，但他认为缘分不是上天安排的，而是自己主动争取的。

有一次，董鄂氏从内宫请安出来，刚好遇到顺治，他走上前去，对董鄂氏说,晚安这两个字,我想对你说一辈子。

皇帝喜欢董鄂氏的消息,很快后宫皆知。

虽然他是一国之君,但董鄂氏是有家室之人,她是襄亲王博穆博果尔(皇太极十一子,生于公元1642年)的福晋,也就是说,她是顺治的弟媳。

襄亲王在皇族里是比较内向的那种人,平常沉默寡言,习惯潜水,性格懦弱。他并非没有察觉到异常,但挖墙脚的小三,居然是自己的皇兄。

他痛苦,他恐惧,他内心抓狂。

他无法去阻止,由此也痛恨自己像烂泥一样扶不上墙。

家有万贯,不如出个硬汉。可对方是皇上,他硬不起来。

董鄂氏是完美的,他深知自己配不上,所以这位亲王每天都在镜子面前提醒自己:我真的很不错。

他变自信了吗?

没有。

一次酒后,他斗胆批评了自己的妻子。当这个消息传到顺治耳朵里的时候,这位皇帝居然召他入宫,亲手打了弟弟一个耳光。

1656年,襄亲王以14岁的低龄离世,有人说他是怨愤而死,也有人说,他是自杀身亡。

顺治在这方面比较不厚道,弟弟才死几个月,他就迫不及待地将董鄂氏接到内宫,不久封为贤妃,又过了一个月,顺治便以"敏慧端良,未有出董鄂氏之上者"为理由,晋封她为皇贵妃。升迁速度之快,历史上少见。

那个时候的囚犯应该感激董鄂妃——1656年年底,不差钱的顺治皇帝为董鄂妃举行了十分隆重的册妃典礼,并颁诏大赦天下。

在帝国近300年的历史上,因为册立皇后妃嫔而大赦天下的,这是绝无仅有的一次。

董鄂妃非常讨人喜欢,《清史稿》说她"上眷之特厚,宠冠三宫",不是没有理由的。

除了绝色,她还极会处理人际关系,她的格言是:以德服人。

她是真的以德服人,绝不是做做样子。

她跟前文所述的孝惠章皇后是竞争对手,但当这位皇后病重的时候,她亲自服侍,五天五夜没有合眼,她给皇后讲历史故事,开阔她的视野,有时候还讲些小笑话来解闷。

还有一次,永寿宫的一位普通妃嫔生了重病,董鄂妃又亲自前去服侍,三个昼夜没有休息,还安排这位妃嫔的家人来看望她。

当这位妃嫔去世的时候,董鄂妃哭得非常伤心,甚而超过了她的亲属。

我经常想,如果条件具备,像扶老太婆过马路,勇救落水儿童这样的好人好事,董鄂妃绝对做得出来。

这个善良的女人很喜欢孩子,她曾在宫中抚养承泽王、安亲王的三个女儿,视如己出。

有时候顺治在深夜坚持工作,她常在一旁服侍。一次,在看到一道秋决的奏折时,她流泪道,"民命至重,死不可复生,陛下幸留意参稽。"大意是:宁可留错,不可杀错。顺治果然将奏折打了回去。

公元 1657 年,这位深受宠爱的贵妃生下了自己的儿子。

顺治欣喜若狂,不顾其他儿子的不满,执意颁诏天下"此乃朕第一子",祭告天地,接受群臣朝贺,庆典之后更是大赦天下。

然而这个孩子生下不过数月就夭折,顺治追封其为"和硕荣亲王",为他修建高规模园寝,并亲笔写下《皇清和硕荣亲王圹志》。

善良重情的董鄂妃非常思念这个逝去的儿子,时间不长便积思成疾,绝代风华终告不治。

顺治伤心欲绝,他当着母亲孝庄太后的面,恍惚中,竟欲拿刀自刎。

作为一个活人,他的生命实际上已经终止,日日想着与董鄂妃团聚。

你走后,良辰美景虚设。我愿用三生烟火,换你一世魂归。

他想去当和尚,但在太后的授意和威胁下,寺庙住持以死力劝。

公元 1661 年正月,在董鄂妃死去一年后,一场天花袭击了万念俱灰的顺治,太后下令救治,但无力回天。

他的尸体虚弱地躺在养心殿，年龄永远定格在 24 岁。

三天后，在孝庄太后的主持下，顺治不到 8 岁的儿子玄烨即位，是为康熙皇帝，一段帝国历史上最强盛的时期拉开帷幕。

清东陵顺治陵

◎囚粉说

关胜 Daniel：最帅皇帝当属杨广：上美姿仪，少敏慧，高祖及后于诸子中特所钟爱。

心若兰：我很羡慕皇太极和海兰珠的真情。两人真心相恋，不管权位，不看容颜！

子五逸：朱元璋：能别拿我画像祭旗么？（作者回复：我对朱无璋没有恶感，他从一个和尚到皇帝，倒是令人佩服得很！）

江周梦蝴蝶：顺治肯定没有看《大秦帝国》，要不然就找到对付"宣太后"的招！

郝消息：顺治不过是真的爱了，他无怨无悔便是了。至于帅与否？他的那群助理们说了算！

小奇怪：我感觉顺治幼年缺少母爱，因为顺治刚出生就被奶妈抱走了，据说顺治没有在自己亲娘怀里睡过一次囫囵觉。（作者回复：你果然跟顺治很熟。）

元圆：顺治到底是死了，还是出家当和尚了？（作者回复：出家和当隐士，都是历史的美好畅想，最合理结果是死了。）

【当皇帝很重要
谈恋爱更重要】

第二章 丹心汗青

诸葛亮／『三顾茅庐』那天的蝴蝶效应

这又是一个大雪天,白茫茫的天,白茫茫的地,雪花漫天飘舞着,晶莹而飘逸,像玉色的蝴蝶,又像无数异地赶来的精灵。

1.感动自己的刘玄德

萧瑟的树林里,有三个人牵马前行。

为首的那个中年人,身高约 1 米 75,是个深沉温和的大叔。他硕大的双耳有点卡通,嘴唇上像涂了脂粉一般。

那是公元 207 年,一个普通的黄昏。

这个男人叫刘玄德,跟在他身后的两个汉子,一个叫关羽,一个叫张飞。

"大哥,这个卧龙先生有那么神吗?"张飞问道。

"不要有情绪,咱们的大事能不能成,关键看他会不会入伙。"玄德安抚道。

"可是咱们都已经第三次来了,他也太不给咱们面子了"。

"你且忍耐,听大哥的。"关羽拍了一下张飞的肩膀。

玄德回头看了看关羽,叹了口气。

接下来是死一般的寂静,静得可怕,偶尔会有马儿低沉的嘶鸣。

人到之处,雪儿似乎害羞了,纷纷躲向四方。

玄德心里太明白，此行甚是要紧。他似乎已经看到北方的曹操在沙场点兵，那狂傲的笑声特别刺耳。时不待我，只争朝夕！

这次去找诸葛亮，他心里也没底，却只能赌一把。毕竟，作为一个初创公司，家小业小，他现在甚至只能拉关系，投靠在刘表那里，保得暂时安全。匡扶汉室，诛杀曹贼，这是他的理想。为了这个理想，他要成立自己的公司。现在已经有了三个创始合伙人，还缺最关键的一个，这个人就是诸葛亮。如果诸葛亮不来，公司就没法开张。但问题在于，就那点年薪和期权，诸葛亮会来吗？

一旦创业失败，别的人转身就可以跳槽，他们这些领头的，只有一条路，死。如此执着地邀请一个陌生人加盟，有风险，但只能坚持。

雪后的道路，非常泥泞，虽然打了铁蹄，马仍然有几次差点滑倒。这是去诸葛亮草庐唯一的路。

入冬以来最大的这场雪，把天和地前所未有地连接在了一起。

为了御寒，出门前，玄德与两个兄弟喝了顿酒。

酒入肠，人易兴奋，头脑易发热。

但他很冷静。

因为他知道自己正坐在火山口上，此前他唯一能倚靠的谋士徐庶，也被曹操设计给骗走了。

徐老师在走之前，多次叮嘱，卧龙岗的诸葛先生可以代替他。曹贼不日将直取荆州，无法逃避。荆州的官民，能绝处逢生吗？

死并不可怕，自从他决定反曹那天开始，就不再考虑生死。自己不怕死，那家人呢？那些无辜的老百姓呢？还有等死的过程，简直令人窒息。

……

他觉得自己的执着有点可笑，但他笑不出来。

他觉得一个人的诚意可以打动其他人——现在他都被自己感动了。

如果诸葛先生能出山助他一臂之力，他会特别感谢上山的这段泥泞之路。

快到了，他隐隐约约看到了草庐的灯光。

风还是那么呜呜地吹，雪还是那么无声地落。

雪，似乎变得更大了。

2.草庐的日常生活

那一年的儒生诸葛亮，26岁，但搬来隆中，转眼已进入第六个年头了。他中等个头，皮肤白晰，偏瘦，一看就比同龄人成熟，尤其是那双大眼睛，深邃丰富，让人难以琢磨。当他嘴角上扬的时候，人们会发现，这个年轻人不仅礼貌，还特别英俊。

草庐四周种满了梅花，这是诸葛亮最爱的植物。他认为梅花高贵而典雅，不管天气多么寒冷，它都执拗顽强地傲立在这天地之间。

人也应该有这种傲骨，他经常想。

除了梅花，他最爱的是草庐里的灯光。

每天傍晚，美丽贤惠的夫人都会做好饭菜，拨亮油灯，等他回来。

他感激这种生活。

无数次，当满山遍野都是金黄色，他在路上走着走着，就想写诗。在安静的世界里，尤其适合写诗。

这里几乎与世隔绝，离最近的市集也有半天路程。

有时候，他会跟附近的村民谈论收成，这是人类有史以来亘古不变的话题。

他对大自然充满了好奇，这也是他后来成为一个发明家的原因。

生活很艰苦，有时候全天的口粮只有两三个红薯。作为寄身之所，草庐有几次刮大风的时候差点倒塌，他觉得自己对不起夫人。

夫人黄月英聪慧温婉美丽，在方圆百里是出了名的，才过14岁，各地提亲的人就络绎不绝，黄家不得不一年换好几次门槛。

月英的父亲黄承彦，为人仁慈爽快，是襄阳的社会名流。与庞统、司马徽、徐庶等一干人是惺惺相惜的铁哥们。

这样的人择婿，当然极有主见，不会随大流。

女儿咋看咋顺眼，越看越顺眼，一般的年轻人又岂能配得上。

他早就瞄上了一个人，这个人就是诸葛亮。

他与诸葛亮只见过两面，但诸葛亮给他留下了极其强烈而深刻的印象。

这种印象，主要有两部分组成。

一是惊异。他万万没想到，世上还有这么沉静自如的年轻人，虽然涉世未深，却对人心有着细腻惊人的把握，一件事刚开始，他往往就能准确地预见未来。

二是爱惜。黄老先生是一个爱才之人，他觉得诸葛亮是一个正在成长的伟大人物，他想尽一切能力保护诸葛亮，让他快速成长。这项事业需要时间，自己老了，不要紧，还有女儿！

转眼到了婚配的年龄，因为家里清贫，诸葛亮对自己的终身大事也比较着急。黄承彦不失时机地把他请到家里吃了顿饭。

两个年轻人一见钟情，马上开始约会。

婚事就这么成了。

3.诸葛亮的心事

住在草庐的6年，是诸葛亮收获最大的6年。

他出去看很多朋友，很多朋友也来看他。更多的时候，他在草庐看书，与夫人讨论兵法。心里烦躁不安的时候，他就拿起他的羽扇轻摇两下，顿觉神清气爽，心头豁亮。

扇子是他的师父水镜先生送给他的，里面没有传说中的神奇锦囊，只有一位老师满满的情和爱。后来他一辈子布阵行兵，只要羽扇一摇，便可计上心来（那是后话）。

晚上他会读书，写下自己的心得，石头做的砚，已被他磨穿几个。

他也常常会拿着一张地图发呆。

日子过得很快，一眨眼是中秋，又一眨眼到了春节。

很多时候，他是心安，舒畅的。

他经常一个人仰躺在山坡上晒太阳，感悟着活着的乐趣。

他爱这世间一切美好的事物。

比如，几只燕子在他家屋檐下筑了一个窝，这几年，燕子飞走又飞回，他有时候也会与燕子对视，跟它们说话，积累了深厚的感情。

但只有他内心知道，他时刻牵挂着天下。

这些年他听说了太多的杀戮故事，特别是比他大20岁的曹操，更是令人闻风丧胆的杀人狂魔。

那些消息都让他心碎。

有时候他还觉得自己很可耻。

能不能停止杀戮呢？他愿意跟那些杀人者好好谈谈。

那些人，包括曹操、孙权，还有袁绍。

最近的战场，离他的草庐不过几百里地，有时候他几乎能听到士兵们的嘶杀，战马的悲鸣。

无数次，他静静地站在附近的山坡，眺望不远处的荆州，更远的地方，有江南的吴，和北边挟天子以令诸侯的曹操。

他心里默默地祈求上苍，予世人多福。

他身上有一条无形的绳索，捆得他难受。

深夜，有时候他会从梦中醒来，发现自己满脸是泪。

他知道自己爱这个世界太深太深，他已经蛰伏得太久太久。

他忍受着常人无法忍受的寂寞。

他要解救百姓于水火。

因为他自己就是普通老百姓里的一员。

他很喜欢自己的名字，并由此感恩他的父母——3岁的时候，他可怜的母亲章氏就离开了这个世界，7岁时，父亲也撒手西去。

总有一天，我会照亮人间的黑暗，不辜负你们的养育和期待。他在内心说。

这条卧龙，终将一飞冲天。

4. "谋圣"下山

屋外的张飞已经等得很不耐烦了，吵着要一把火烧了草庐。

算起来，他们已经在外面等了好几个时辰。

确实很虔诚。可是诸葛亮明白，这一步跨出去，端的是非同小可。

他知道，一旦他走出这个茅庐，天下格局就将大变。

他知道，他会保护一些人，但同时，他也会给另一些人制造麻烦。荣誉、财富、地位都会随之而来，但同时来的，肯定还有痛苦、麻烦、暗算。他会变成大海上的一叶小舟，凡事都身不由己。但所有的这些，跟那么多可爱人们的生命相比，又算得了什么。

想到这里，他释然了。

那个雪夜，他不仅没感觉到冷，心里还很热。

确定吗？

确定。

他最后思索了几秒钟，脸上荡漾起了笑容。

而眼睛里，却全是泪花。

他推开了草屋的门。

古隆中，可会令你想起那个雪夜？

屋外的三位大汉，同时站了起来，像三尊忽然抖动的雕塑。

那三双眼睛定定地望着他，里面有一丝陌生，有一丝惊愕，但饱含热情。

俄顷，玄德快步冲向这位年轻人。

诸葛亮的心里，已经预料到三件将要发生的大事。

第一，气死周瑜，东吴开始走下坡路；

第二，曹操眼看要到手的江山，由于他的出现，竹篮打水一场空，注定此生无法统一天下；

第三，他要帮这三位热心的人建立一个政权，这个政权就叫西蜀。

……

"自董卓已来，豪杰并起，跨州连郡者不可胜数。曹操比于袁绍，则名微而众寡……"

深山里，万籁俱寂，只有诸葛亮布道的声音，那声音虽小，却像蝴蝶扇动的翅膀，就连远在数千里外的曹操，在那天都感觉到了空气的异样。

◎ 囚粉说

王瑾2017：这篇太赞！透视历史的目光，独到的心理激情，丰富想象力！

呢喃：美丽贤惠和黄月英很难联想到一起。（作者回复：我反复看了史料，争议很大，我宁愿相信她是美丽贤惠吧！）

赵夏：前半程诗意而温暖，结尾时却呈现诸葛多智而近妖的格局，程生看来是亮粉。

令狐：来来来，讲一下诸葛亮是襄阳的还是南阳的？

子五逸：字里行间满满都是粉丝的虔诚赞颂。俗一点就是"如那滔滔江水绵延不绝"，白雪一点就是"大道至简"。

李少华：古时开公司和现在一样，要找准人，动之以情，晓之以理，诱之以利，诸葛亮也有上当受骗的时候。

淡笑：据历史记载，历史上四大丑女是嫫母、孟光、钟无艳、阮氏女，其次有诸葛亮之妻黄阿丑（本名黄月英）也被列入丑女之中。但西蜀的成立不少出自于她的计谋，譬如"木牛流马""六出祁山""七擒孟获"等等！

豆妈：喜欢你写的黄月英！智慧与美貌并存！凭什么历史上智慧的女子大都丑，美貌的大都是红颜薄命或者祸水？我觉得历史上心胸狭隘且自尊心爆棚的男人太多！

【 *We ask not the same day of birth but we seek to die together* 】

屈原／不懂我的人，不要怀念我

1.

公元前278年初夏的一个傍晚，汨罗江边，天色如晦，清风徐徐。一个士大夫装束的老人，面色阴沉，正坐在江边思考。他腰上佩着一把剑，这把剑不是摆设，大概只有十多岁的时候，他就曾与众乡亲抵抗过外侮。他青色的帽子比别人还要高一些，腰带比别人的还要长一些。若有似无的夕阳投射在他身上。他一动不动，就像一尊镀金的塑像。

他叫屈原，就是那个两千多年后还让我们魂牵梦萦的人。

……

江水湍急，老头叹了口气，站了起来。他宽大的衣袖随风展开，就像一个欲飞的天使。

几个村民经过，回头奇怪地看着他。在他们看来，这等装束的人，一看就是贵族，离他们的生活很远。这样的人，平常应该生活无忧，精神无烦恼吧。

老人家，需要我们帮忙吗？村民们凑上来问。

屈原摇了摇头，揖了揖手。

待村民走后，他抱起江边一块赭红色的石头。一步，二步，三步……

他坚定地走向江水，有些吃力。

江水齐腰的时候，他留下了在这世上最后一句话。

"不懂我的人，请不要怀念我！"

江水逐渐浸没了他的身影，他的鹅冠长帽在消失前一秒，似乎挣扎了一下。

轰隆隆……忽然电闪雷鸣，天降暴雨。

2.

屈原投江后，他的价值并未被广为人识。

直到公元前154年，即他辞世124年后，他的第一个重量级粉丝出现了。

他的名字叫刘彻，如果你对这个名字比较陌生，那他的谥号你一定不陌生：汉武帝。他于下聚集了一批名臣，卫青、李广、霍去病、桑弘羊、张骞、苏武、司马迁、司马相如……为了网罗人才，他还开办了中国历史上第一所正式的大学——太学。

《汉书》总结说，汉之得人，于兹为盛，后世莫及。

正因为有这么多的人才，他得以平定闽越和南越的叛乱，稳定了北方匈奴。宋代诗人王十朋曾写诗曰：武帝英雄类始皇。

这样一位伟大的皇帝，在经世纬国之余，总觉得精神上缺点什么。

一天，他在宫里发呆，思考人生。

他的叔叔、淮南王刘安带着几本书来找他，于是有了历史上那段著名的对话。

"皇叔，你手上拿的什么书？"

"皇上听说过屈原吗？臣最近研读他的作品，觉得人生豁然开朗。"

"真有这么神奇？"

"真有这么神奇。"

汉武帝在百忙中开启了读书模式，上朝时看，吃饭时看，如厕时看，接见外宾时也看。晚上，美丽的皇后要求他保重身体，早点休息，他口上答应着，趁皇后睡着，他又在被窝里打着手电看书。

三天后，他将刘安召进宫。

"这真是一本奇书，就是看完后不解渴。"他说。

"你看这一段写得多好。"

刘安凑过去，看到了下面这几句。

> 秋兰兮麋芜，罗生兮堂下；
> 绿叶兮素华，芳菲菲兮袭予；
> 夫人兮自有美子，荪何以兮愁苦；
> 秋兰兮青青，绿叶兮紫茎；
> 满堂兮美人，忽独与余兮目成；

……

"啧啧，"汉武帝赞叹说，"简直美爆了，酷毙了。"

刘安遗憾地说："皇上有所不知，屈夫子虽然辞世才百年，但他的作品散落在民间，一直没有正式出版。"

"这不行，"汉武帝认真地说，"朕有生之年，如果不能为屈夫子出全集，那将是朕一辈子的缺失。"

他指定刘安来负责这件事情。

汉武帝找对了人，刘安是一个做事专注的人，他喜欢读书弹琴，不像其他贵族那样偏爱打猎赛狗。在他的治理和影响下，淮南国都寿春一时成了文人荟萃的文化中心。

他编著了《离骚传》，这是历史上最早的一部关于楚辞作品的注本，十分精彩。

因为受到屈原伟大的浪漫主义思想的影响，刘安还发明了热气球。

一次深夜读完《离骚传》，灵感忽然袭来，他将鸡蛋去汁，以艾燃烧取热气，使蛋壳浮升。这个尝试，使他成为世界上最早尝试热气球升空的发明家，外国人也很服气。

这是鸡蛋界的一小步，却是人类航空的一大步。

3.

屈原投江，看起来是一桩普通的自杀事件，却让后世无数中国人心痛不已。

其中一个人，堪称他的铁粉土，他的名字叫苏东坡。

他比屈原晚出生1300多年。

但他显然是一个懂屈老爷子的人。

烟雨泪罗江

作为一个不世出的巨星，苏东坡毫不掩饰自己对屈原的崇拜，而且年纪越大越是崇拜。

宋仁宗嘉佑四年，即1059年，东坡23岁，他告别故乡四川，随父亲苏洵取长江水道赴京师，中途专程到屈原庙祭祀。当时屈原庙已经破败不堪，抬头可见星星，低头皆是灰尘和蛛网，夫子像也模糊不可辨。东坡先生不由得悲从中来，从小他就熟读屈原的诗歌，早已视之为精神偶像。

他在《与谢民师推官书》中赞叹说，"《离骚》价值极高，足与日月争光可也"。他还说，"楚辞前无古，后无今"。

在湖北，他夜不能寐，含着热泪写下了《屈原庙赋》，后来该文章成为赋学史上的极品。

> 浮扁舟以适楚兮，过屈原之遗宫。
> 览江上之重山兮，曰惟子之故乡。
> 伊昔放逐兮，渡江涛而南迁。
> 去家千里兮，生无所归而死无以为坟。

……

带着感情写的，就是不一样。

后来他又写过多篇文章来抒发自己对屈原的思念。

他还发誓成为屈原那样的人，有志有节，绝不苟合。

古今万千作家中，苏东坡只服屈原一人。

有很多读书人慕名找到东坡求学，东坡推荐给他们的书目，《楚辞》和《离骚》总是排在最前列。即使到暮年，他仍多次忘情诵读《离骚》。他的弟子不止一次看到，师父独自一人读《离骚》，手抚书卷，泪流满面。

但苏东坡跟他的偶像屈原有很大的不同，他学会了迂回。不管人生境遇如何（十多次被贬），他从未迷失自我，也从未放弃希望。他要用更长的一生，来陪伴自己的偶像。

东坡与屈原，人类社会的两座精神高峰，实现了跨越千年的对话。

4.

苏东坡之后，又过了将近千年，关于屈夫子的讨论似乎更热闹了。也更令人心惊，心凉。

有人说，他不姓屈；有人说，他是同性恋；有人说他非为国自杀，是为女人殉情。在很多人眼里，屈原意味着假期、粽子和龙舟。

如果这个世界上真有时光机，我想回到两千多年前，和屈原来个对话。我会惋惜地告诉他——你的忌日成了人们的节日。

《楚辞》与《离骚》，文字再华丽，想象再奇特，内涵再深刻，人们也懒得去读，他们更喜欢在手机上看似是而非的鸡汤文。你的一生正在被编排。编剧们说你与楚怀王的宠妃郑袖谈情说爱，而郑袖是有名的醋王，是山西陈醋的最佳代言人。在郑袖和怀王之间踩钢丝，所以你被流放。编剧们还说，你被大量楚兵追杀，流传至今的赛龙舟和包粽子强烈暗示了当年的追杀情景。赛龙舟隐喻楚兵追杀你的激烈场面，包粽子意味着你被装在麻袋中投入汨罗江，粽丝象征着捆扎你的绳索。

就算你口才再好，也百口难辩。

这个时代，还有人是你的真粉丝吗？

……

◎ 囚粉说

T.H：《满庭芳·丁酉端午悼屈原》 白浪滔天，绿箬扑架，神州共祭端阳。思千里噫，彼洞庭沉湘。屈子高才雅好，明治乱、辞比苏张。遇奸佞，江南汉北，十八载流亡。 怀王。存政弊，偏听则暗，错攻丹阳。谩合纵连横，难抵秦邦。国破山河俱碎，身先死、沉汨罗江。千秋事，谁堪细论？聊自述离殇。

向左向右：我就服汉武帝被窝里打着手电看书，真是千古一帝呀！

远行客：这样的汉武帝太亲民，搞得我都想隔空和刘彻对话一把了！

四月天：《如梦令·端午抒怀》鱼泪龙吟擎橹，贤举抗秦谁主？郢破灭忠灵，清韵惊魂端午。千古，千古，饮露餐英翘楚。

魏捷：举世皆浊我独清，众人皆醉我独醒。屈朱生最大的优点是活的太明白，这也是他最大的缺点。历史证明，活的太明白的人都很累，对于我这个在外的游子而言，这一天，我特别怀念故乡和母亲。等了你的更新好久，囚徒先生，记得吃粽子！

中石：愿我至爱的朋友们：端午节安康，远诸般离痛。棕总入汨寻夫子，艾草浓郁雷峰塔，屈子不屈著"离骚"，但驶杭州觅素贞，妄痴端午弥珍贵，飘泊零落又如何。绿叶兮素华，芳菲菲兮袭予。

不知所以（综治）：我也是屈夫子的粉丝！！以前觉得《离骚》难背，但现在闲下来的时候再去看，屈夫子当真是才气过人，每一句都觉得意境超美。

周瑜／老天只给了我36年，你们却想了我1800年

无聊的时候，我常会思考一个更无聊的问题。

一个短命的英雄跟一个长寿的庸人，谁活得更有价值。

在周瑜那里，答案是显而易见的。

他至少有资格骄傲地对后世的人说这样一句话：我，只活了36年，你们却想了我1800年。

都是因为赤壁之战。时隔1000多年，那场大火仍然在人们的胸膛熊熊燃烧。似乎一不小心，热血就会喷涌出来。

1.

"怀瑾握瑜兮，穷不知所示"，在那篇著名的《九章·怀沙》中，来自湖北的屈原郁郁地写道。

这句诗翻译成白话就是，我的品德哟，既高洁又美好，可是没有人赏识。

这个世界上，每个人都是独一无二的，但要承认，大多数人的"独一无二"都是没有价值的。

只有少数人例外。

屈原没想到，他离世后五百多年，在安徽庐江的周家诞生了一个男婴，此婴儿的啼哭异常响亮，似乎在提醒别人，他不可忽视。

婴儿的爷爷奶奶是屈原的粉丝，特地给他取名"瑜"，字公瑾。

这是一个备受老天厚爱的天才，长大以后，不仅异常帅气、文武全才，而且谋略过人。正因为这份厚爱，在他36岁的时候，吝啬的老天爷就迫不及待地将他收回身边。

人类历史上，像他那样儒雅善战又有文艺气息的英雄，确实少见。扳着一只手的指头都数得过来。

……

现在你有答案了吗？

如果你是一个英雄，最好在顶峰谢幕，消失在人海，不然老朽的人生会让你增添很多遗憾。因为，这个世界上，没有任何一件事比英雄回忆过往更令人唏嘘。他不应该回忆，他应该活在人们的回忆中。

2.

风，呼呼地吹着；雨，儿声地落着。

典型的三国风雨，吹得英雄气短，儿女情长。

长江之南，赤壁岸边，一位年轻的将军正在沉思，他身材高大，皮肤白净，嘴角还带着一丝倔强和稚气。身边的亲兵欲上前帮他撑伞，被他拒绝了。似乎，他是故意想让雨淋湿自己，帮助自己思考。

将要发生的这场战争，对于江东吴地的军民来说，实在太重要，不能有半点闪失。

就在1个月前，曹操挥师南下，几乎没费什么力气，就攻下了上游的江陵，目前正在休整备战。而其先头部队，就像一群闻到血腥味的鲨鱼，已经迫不及待地，乌泱乌泱地朝赤壁扑来。

养活一场战争，催生杀人欲望的，只有血，敌人的血。这场战争，双方军力完全不在一个量级，曹兵80万，吴兵仅3万。人类有史以来的记载显示，东吴的失败毫无悬念。

一些腿软的官员正在制作降表，并一个劲地做孙权的思想工作。富庶祥和的东吴大地，一时间阴云密布，人心惶惶。

3.

年轻的孙权一向是一个有主意的人，遇到这种局面也慌了神。

东吴政权建立还不足10年，大大小小的战祸历经无数，最终都

丹心汗青　107

可以化险为夷。这次,实在是扛不住了。几万人跟80万人干,最傻的傻子都知道结果。

他只能一个劲地召唤周瑜,这个王朝的守护神。周瑜像往常一样急孙家之所急,想孙家之所想,火速从鄱阳赶回南京。又马不停蹄从南京赶到前线赤壁备战。

周瑜不仅是一个有本事的人,还是一个有性格的人。他这一生,最讨厌的就是逃亡派和投降派。逃或降,这一辈子就会有好日子过了吗?可是,为什么朝野内外,想逃想降的人那么多,挡都挡不住。

周瑜像

想到这里,周瑜叹了一口气,紧了紧身上的军大衣。

"都督,天太凉,我们回去吧。"亲兵王大同上前劝道。

王大同,27岁,性格直爽,剑术精绝,年纪不大,但作为警卫员,却已陪伴周瑜8年之久。

"再待会儿。"周瑜头也不回,摆摆手。

外人哪里知道,对于这场战争,他已经谋划了3个多月。他早料到魏吴必有一场恶战,只不过,曹操的部队推进之快,还是令人惊讶。在无数次推演研究之后,他最后决定赌一把。

这把赌注下得实在太大,在外人看来无异于以卵击石。但只有他心里明白,世事无绝对,这场仗并非完全没有胜算。

要打赢,只需满足两个条件:火和风。

火,足够大。

风,足够猛。

4.

深宫,深夜。

26岁的孙权同样夜不能寐,他是一个有抱负有责任感的领导人。

108 历史的荷尔蒙

他一次又一次翻看布防图，比较敌我双方的优劣势，但不管怎么比较，凶狠的曹魏似乎都是不可战胜的。

他一度有些绝望。

清早上班，他还得收拾自己的疲惫，安抚那些慌乱的朝臣，对于那些害怕得当场痛哭的干部，他免不了批评几句。他理解自己的属下，毕竟人只有一条命。本来孙家跟这些大臣就是一种合作关系，合作的前提是，保命。如果连命都保不住，谁还愿意干下去。

所以，这个时候，他特别思念比自己大 7 岁的周瑜。

周瑜不仅是东吴无限责任公司的创业元老，贡献巨大，而且拥有他人难以企及的忠诚。东汉末年那种乱世，是冒险家的天下，是赌徒的乐园。周瑜完全可以自己单独闯一番事业，甚至弄个皇帝当当，但是他没有。从孙坚、孙策到孙权，他尽心辅佐，起早贪黑，为东吴操碎了心。在这方面，即便是诸葛亮也要甘拜下风。

5.

单从军事上讲，虽然周瑜才 30 岁出头，却具备了一个战神爆发的所有条件。

受家庭环境影响（好几个长辈是东汉的高级武官），他少年时爱习武，因为有一双大长腿，他在战场上总是跑得比其他人快。

他不仅跑得快，脑子也转得快，对指挥作战情有独钟；而对敌我双方进行精准 SWOT 分析，更是他的拿手好戏。

他这个人，特别有主见，也特别有涵养。

他深信，一个人可以失败很多次，但是只要他没有开始责怪旁人，他还不是一个失败者。

老资格的高级军官程普觉得周瑜提拔太快，最初还跟他闹矛盾，后来，他也被周瑜的品德和才能折服。

他逢人便讲，"与公瑾交，如饮醇醪，不觉自醉"。

战场上瞬息万变，压力巨大，古往今来，无数将帅并非寡不敌众，并非勇武不足，而是败在心态不稳。

那他是如何做到敌兵压境而面不改色，打大仗如烹小鲜的呢。

据说是靠音乐，他不仅懂音乐，而且也擅长演奏，每当大仗来临，他总要焚香净手,抚琴一曲。

他的琴音令敌人丧胆,同时也俘虏了不少女粉丝。

据很多目击者反映,由于周公子精通韵律,又帅得离谱,很多年轻女子为了博他一顾,经常假装弹错曲调。

无数个夜晚,历朝历代的诗人们满腔嫉妒,写下了"欲得周郎顾,时时误拂弦"那样的诗篇。

没有办法,如此完美的男人,连囚徒现在都想为他打 call。

6.

一个男人光自身完美是不够的,他还必须有这个世界上最重要的一样东西,那就是机遇。

周瑜从小就懂得珍惜机遇。

190年(东汉初平元年),有"江东猛虎"之称的孙坚出兵讨伐董卓,曾打到周瑜的家乡,当时只有15岁的周瑜表现出惊人的远见。

他不仅大方地让出自家大宅院,供孙家居住,还经常去问候孙母。

从此,他成为孙家的座上宾,常与各路英雄喝酒撸串,同时参加的还有孙坚的长子孙策。

可是仅过一年时间,"容貌不凡,性阔达"的孙坚在征伐荆州的过程中,不幸头中飞箭,脑浆逆流身亡,只活了37岁。

如果跟孙家交好是一种投资,那一次周瑜的投资遭遇了重大挫折。

他一直在观察孙策,看他能否接孙坚的班。

跟父亲一样,孙策是一个热血的大帅哥。

同时,他的胆子也很大,眼看父亲的军队要被袁术收编,他做了一件很多人都不敢做的事。

他跑到著名"屠夫"袁术的营地,据理力争,要求归还父亲的士兵。

其他的随从都吓得发抖,可是周瑜看在眼里,喜在心里,这正是他要找的创业伙伴。

袁术是老江湖,一边假意还兵,一边骗孙策去打仗。

一天晚上,孙策和周瑜喝闷酒,他们没有流泪,比我们想象的坚强。

经过对局势的深刻分析,他们觉得空间很大,决定另找人马重新干。

他们敢闯敢试,敢做敢为,很快攻克安徽和江苏的一些地方,队伍也发展到几万人。

7.

公元198年（东汉建安三年），周瑜助孙策平定江东，建立东吴政权。23岁的周瑜被破格提拔为中郎将。

眼看霸业在向他们招手。

可惜的是，公元200年（东汉建安五年）四月，孙策在打猎时遇刺身亡，年仅26岁。

临终时他把军国大事托付二弟孙权。

当时东吴的地盘很小，仅有会稽、吴郡、丹阳、豫章、庐陵数郡，形势依然很严峻。

周瑜不得不开始第三次，也是最后一次创业。

赤壁考察结束，周瑜回城与孙权密谋之时，大概没有想到，赤壁是他一生的高潮，也是他谢幕的地方。

他只知道这次大战会很惊险，很刺激，如果能够取胜，那是可以载入史册的。

不仅因为对阵双方的兵力极为悬殊，也因为这是一次将火运用到极致的战争。

想到这里，他很激动，眼睛已经被未来的赤壁之火点燃……

在一个天才的指引下，人类历史上最著名的战役已经箭在弦上。

赤壁之战还没开打，熊熊烈火已点燃周瑜的眼睛，而千里之外的曹操眼里出现的，则是长江的滔天巨浪。

这一点也不诡异，一个指挥千军万马的首领，他一定有一双强壮的、想象的翅膀。

现实中的大战还没开始，他们脑中想象的战争已经结束。

参加赤壁之战的人很多很多，但归根结底，这是属于曹操和周瑜的战争。

战前，周瑜只是一个中规中矩、小心翼翼的将领；战后，他的光芒亮瞎人的眼，从此自带光环。

千古第一儒将周公子的风采，定格在公元208年。

现在让我们来看看，一千八百多前他怎样与巨人曹操过招。

8.

掂清一个男人的分量，要看他的对手。

曹操确实是一个可怕又可爱的对手，这一点，以前我在前面《曹操：杀人是不得已的痛，写诗是与梦想重逢》一文中谈到过。

公元207年左右，他刚过五旬，开始走上人生颠峰。

这些年，他一一收拾对手，很疲惫，也很兴奋。

公元207年，他击败最后一个老对手袁绍的残余势力，由此也统一北方，一时声名远播，妇孺皆知。

强者一辈子最渴望做的只有一件事：征服。

强者一辈子最悲惨的事情是，另外一个强者神不知鬼不觉地出现了，他却毫无察觉……

在邺城刚刚修筑的高台上，他远远地眺望南方，隐约之间，似乎看到了长江流域的孙仲谋和刘皇叔。

出于对谋士行业的高度重视，他也关注到了周瑜和诸葛亮。

南下！南下！自从消灭袁氏家族之后，这个辉煌的梦想就烧得他晚上睡不着。

毕竟，古往今来，不是每个人都有机会在这么辽阔的国土上施展本事的，很多人刚走了几步，就一命呜呼。

高烧之后，曹操马上恢复了一个军人的理智，因为他深知，要打过长江，并不是一件容易的事。

现在，自己的队伍确实兵强马壮，特别是官渡之战后，敌人闻风丧胆，天下几乎再无敌手。

除了几十万人马（外宣的时候凑了个整数，100万），他还拥有数不清的参谋，特别是荀彧、郭嘉、程昱、贾诩、荀攸五大谋士，凡事都能算个八九不离十（算无遗策）。

他根本没把刚出道的诸葛亮放在眼里。

9.

曹操跟邺城很有缘分，这里曾长期是袁绍盘踞之地，后来，他告别许昌,将自己的幕府也迁到这里。

他的后半生除了在外征战,就在邺城研究他的天下大计,还计划出版《我对阴谋与阳谋的基本看法》一书。

他知道自己的劣势——南下之前,他领军在邺城训练整整一年,主要是为了让士兵们适应南方的水战。为此,还专门挖了一个玄武池。

平日,士兵们训练时的呐喊声,传出十几里外。

邺城复原图

为了做好战备,他至少还做了以下几件事:派遣张辽、于禁等驻兵许都以南,准备南征;令马腾等人质迁至邺城,以减轻西北方向的威胁;改革吏治,罢三公官,自任丞相。

为了维护自己的权威,他处死了出言不逊、自由主义思想浓厚的孔融,对敢于逃亡的士兵,实施残忍的诛连。

一切的一切,似乎都很顺利,天下姓曹只是时间问题。

然而,他只漏算低估了一点,那就是周瑜的智慧。

未来一年时间,他会痛悔自己的轻敌。

并由此,在内心深深记住了这个很帅的男人的名字。

10.

除了曹操,荆州的局势也时刻影响着东吴小朝廷。

荆州是曹操南下攻击的第一个目标。

古人打仗,还是很讲礼貌的,开打之前,一般要请军中文采最好的人出来,写一封劝降书(恐吓信)。

大意是，咱们还是别打了，打起来你们肯定输，到时候我们还要屠城，很不人道，也很辛苦。只要你们愿意投降，不仅能保命，还能继续让你们吃香的喝辣的。

既然是例行公事，就没人拿这样的劝降书当回事，喜欢文学的人，欣赏一下书信的文采也就够了。

但本来身体就不太好的荆州最高长官刘表却特别当回事，竟然被活活吓死了。

想当年，他也是江南三杰之一，铁血男儿，到老年，胆子却忽然变小了。

他那不争气的儿子刘琮，继承父亲的遗志，第一时间举起了投降的大旗，同时投降的，还有荆州的10万守军。

意外收到这份大礼，曹操禁不住在大帐中狂笑：原来恐吓信写得好，能抵千军万马。

照葫芦画瓢，他让秘书班子给孙权也写了一封信。

信中说，"最近，我奉天子之命，统领80万士兵，讨伐有罪的叛逆，军旗指向南方，刘琮降服"。

……

"这次，我要好好在你们东吴的地盘打猎。"他在最后一句中说。

11.

吴宫大殿，灯火通明，孙权在召开东吴常委扩大会。

会议的核心是研究曹操的劝降书。

孙权一字不漏地将书信念了一遍，注视着大臣们，问道，大家怎么看？

据史料记载，孙权的眼睛是碧绿色的，很多人因此怀疑他有欧洲血统。这样一双眼睛，在那个晚上闪烁着复杂的光芒，里面有愤怒、有威严、有期盼，还有一丝犹疑。

大臣们就没有那么强的定力了（无不惊惶失色），长史张昭等人更是强烈请求投降。

"我们唯一的依靠是长江天险，"张昭偷偷看了一眼面无表情的孙权，说道，"现在他们已经占据荆州，控制了刘表的水军，这些豺狼虎豹水陆并进，我们唯一的出路是——投降。"

大臣们听了，你看我，我看你，纷纷点头称是。

只有"东吴战略规划委员会主任"鲁肃显得特别镇定，他一句话都没有说，独自站在那儿想事。

看孙权起身去洗手间，他马上追了上去。

"这些人真是贪生怕死，人人怀有私心，不足以谋大事。"他气呼呼地说。

"唉，我也觉得特别失望，这些人都是什么玩意儿！"孙权重重地关上厕所的门。

"可是，还有谁能救东吴呢？"他皱了皱眉头。

忽然，他和鲁肃四目相对，几乎同时说出了一个名字：

周瑜。

……

公元208年，芸芸众生之中，只有他与神的距离最近。

12.

一个古人最悲惨的遭遇，莫过于离开这个世界以后，他的形象不断被歪曲，甚至到后来面目全非。

直到现在，很多人还在误会周瑜，认为他优秀，但是没有心胸，最后才会被诸葛亮气死。

其实，他的心胸可宽广了，西晋史学家陈寿对周瑜的评价极高，在他的专著《三国志》中，周瑜堪称完美。说他"性度恢廓，实奇才也"。

在这里，囚徒要控诉一下元朝末年的作家罗贯中，为了创作出《三国演义》，他修改历史的尺度不是一般的大。

其中形象被损最严重的，便是周瑜。

对于这一点，我们要有基本认知，不被各种野史和八卦所左右。

古人的诗词也是宝贵的历史资料。在周瑜逝去之后千年，享有世界声誉的文学大师苏东坡，写下了那篇中国文学史上最著名的千古名文《念奴娇·赤壁怀古》。

这首词被无数人膜拜。

大江东去，浪淘尽，千古风流人物。
　　故垒西边，人道是，三国周郎赤壁。
　　乱石穿空，惊涛拍岸，卷起千堆雪。
　　　江山如画，一时多少豪杰。

　　遥想公瑾当年，小乔初嫁了，雄姿英发。
　　羽扇纶巾，谈笑间，樯橹灰飞烟灭。
　　故国神游，多情应笑我，早生华发。
　　　人生如梦，一樽还酹江月。

　这100个字无比雄辩地证明，周瑜是人类历史上难得的一个德智体美全面发展的好人。

　任何对他的置疑，都是不厚道的。

今日赤壁

13.

　昏黄的月光下，几十匹快马狂奔，为首的一人，高帽白衣，丰神俊朗，令人过目难忘。

　"吁……"眼见前方有一块平地，他勒住马头，回头对属下吩咐道，"大家且在此地休息10分钟。"

　这个声音，年轻、清亮、沉稳，听得出来是安徽庐江一带口音。你猜得不错，他就是东吴小朝廷的顶梁柱，又帅又有才的周瑜。

　"你说，主公是想战呢，还是想和？"周瑜回头，问护卫王大同。

　"将军，如果让我猜，我觉得主公想战，曹操也是人，怕他作甚！"王大同圆睁着铜铃般的眼睛，回答道。

　周瑜微笑了一下，摸了摸马儿的头，他的马，名叫大雄。

　主公真的想开战？还是想听我的想法？周瑜的心里有些捉摸不定。

这几年，虽然他一直在鄱阳训练水军，但很注意完善信息报送系统，收集了大量从各种渠道来的情报。

他知道，从去年开始，曹操也在邺城玄武池大练水军；同样也是去年，刘备从隆中草芦请了一个年轻的军师，名叫诸葛亮。

诸葛亮的兄长现在是东吴的高级官员，名叫诸葛瑾，字子瑜。

是不是有点晕？是的，这个名字跟周公子特别像，似乎那个年代的父母都不看脸，只是希望孩子心灵美。

……

周瑜很担心孙权的意志，他的担心不是没有理由的。

9年前，孙策遇刺忽然暴亡，当时只是少年的孙权情绪失控，把自己关在小黑屋里，一哭就是好几天。

当时很多人都觉得，孙策选择弟弟孙权继承权力是错误的，一个做主公的，怎能如此软弱。

这些年，东吴虽然战争不断，但没有什么大的危机，日子还过得去。

而这次曹操挥师南下，铁蹄到处，莫不归服，整个长江流域都在颤抖。

真正的考验来了，曾经懦弱的孙权，这次扛得住吗？

如果真的开战，东吴胜算几何？

14.

初冬，残阳。

离建业不远了，一群不知名的鸟儿在天空飞过。几个茶农正在采摘，空气里有一种氤氲的香味，令人陶醉。附近的村庄传来敲锣打鼓的声音，声音逐渐变弱，直至消失，应该是有人家娶媳妇了。如此美好的生活，会因为曹兵的入侵而停止吗？

曹操的残暴，周瑜早有耳闻。他忽然变得有些伤感。

正待起身，大雄兴奋地嘶鸣了一声，前蹄高高悬空。然后是焦躁的马蹄擦地声，这是大雄求战的表现。这战马跟随周瑜多年，已与主人心意相通。

牵着大雄，周瑜凝视远方，沉思片刻。战马的狂躁确实感染了他，人的一生，就应该雄壮激烈啊！生命是宝贵的，但与其低着头活，不

丹心汗青 117

如昂着头战。一霎那，他内心的选择更加坚定。

曹贼，要战，便战！

可这该是多么重要，又多么艰难的一战啊！

从鄱阳到建业，全程498公里，他只花了两天一夜。

那是他一辈子赶路最快的一次。

因为他知道孙权和东吴需要他。

一个人在被需要的时候，会觉得自己的存在特别有价值。

15.

建业城外，晨曦初露。

骑在战马上，周瑜远远地看见了孙权。

在一群大臣的陪同下，他正焦急地张望。

这个时候，他已顾不上主公的威严。

周瑜一众人立即下马，疾步朝孙权奔去。

孙权热情地拉着周瑜的手，边走边说。跟着的各色人等，大多神色凝重，一言不发。

不知不觉走进了大殿。

这大殿历史上便称为"吴宫"，是孙策做主公的时候修筑的，集合了江东所有知名建筑的精华，无数能工巧匠参与建设。

投入使用后的宫殿，煞是巍峨壮观，就连硕大立柱上的画作都栩栩如生。

宫墙上是八个醒目的红色大字：富国强民　厚德载物。

这是东吴八百万儿女的共同心声，也是东吴精神的集中体现，群众几乎人人都能背诵。

……

经过路上的简短交谈，周瑜已经知道，目前的形势比他想象的更严峻。

因为荆州10万守军投降，曹操根本没杀过瘾，第一时间派出先头部队沿长江南下，而他的雄伟主舰不日也将下水。

接到劝降书后，孙权第一次与群臣们的讨论也很不愉快。

既然周公子来了,这个早晨,孙权将主持举行第二次大讨论。

16.

主公孙权与众文官武将疾步走进多功能中心,按桌牌坐定,会议正式开始。

这位东吴最高领导人生气地说:"曹操老贼早想要废掉汉朝皇帝,他自己来当,以前他还顾忌袁绍、袁术、吕布、刘表与我,现在,其他人都已故去,只有我独撑局面,大家再讨论看看,到底怎么办?"

周瑜紧接着发言,他的发言非常简单,却十分有力。"在来的路上,我想了很多,这次战斗虽然很艰难,但不是没有胜算"。

他的理由有三。

一是北方尚未完全平定,马超、韩遂驻兵函谷关以西,是曹操的后患。

二是曹贼舍弃鞍马,改用船舰,与生长在水乡的江东人战斗,这不是搬起石头砸自己的脚吗?

三是中原地区士兵远道跋涉来到江湖地区,水土不服,眼下正是严寒季节,曹营之中必会发生疾疫,士兵不战死也要病死。

一旁的鲁肃为周瑜打call,"曹操出师南下,根本就是贼喊捉贼,东吴虽然小,但方圆也有几千里,无论如何也不能投降"。

"现在确实是最危险的时候,但同时也是打败曹操的最佳机会。"周瑜面朝孙权,双手一拱,"请让我领精兵,在夏口拦截并击败曹军。"

主降的大臣们被周瑜的一番话震住了,想发表意见,却又不知从何说起,纷纷朝长史张昭使眼色。

张昭正欲上前发表意见,忽然他愣住了。

只见孙权猛地抽出佩剑,"咔嚓"一声,砍下了酒桌一角。

这一砍,确实很用力,宝剑抖动,余音不绝。

"谁要是再敢说投降,就跟这个桌子一样!"孙权大声警告道。

待众人退下,周瑜赶紧上去握住孙权的手,发现他的虎口已震裂,有少许鲜血渗出。

"谢谢主公!"周瑜感动地注视孙权。

"应该是我谢谢你!"孙权回答。

"只是不知道这场仗,你要多少兵?"

"不多,5万!"

"只有3万!"

17.

周瑜被任命为左都督,这个职位,相当于东吴三军总司令。

由于这一战实在重要,孙权亲自来到柴桑督战。

同时赶到柴桑的,还有一位中国历史上非常著名的女性,何晴、赵柯、林志玲都演过她,不过囚徒觉得演得都不像。

她就是周瑜的结发妻子小乔。

在古代,一个男人三妻四妾被视为平常之事。

权力、财富、才华、颜值,这几个要素里,只要一个男人有其一,必有众多年轻女子青睐。

周瑜是男人中的极品,最可贵的是,虽然有众多女子为他疯狂,但他一辈子只喜欢小乔一个,从来不跟其他女人传出绯闻。

其中有几个特别自信的异性,曾经出现在周瑜的周围,希望进入他的生活,但最后她们都知难而退。

因为他与小乔的感情实在太深了。

"世界上的好男人那么多,不要在我这里浪费时间。"他总是劝那些女人。

……

小乔嫁给周瑜,已经整整十年。

他们的感情始终如初,就像最初见到周瑜一样,小乔经常会脸红。

这个世界上,会脸红的女孩像天山雪莲一样稀少,又像永远美好的传说。很多时候,周瑜这样想。

最令人开怀的是,小乔特别善解人意。

在他人生最重要的时刻,她从不曾缺席,总是在一旁默默地安慰他,给他力量。

其实,周公子的初恋并不是小乔,而是孙策的妹妹孙尚香。

两人年龄相仿，曾经试着相处过一段时间，后来觉得对彼此都太熟悉，完全没有恋爱的感觉而作罢。
……

他特别喜欢回家的感觉，还没进门，就能远远听到小乔的笑声和脚步声。
她会跟他讨论很多问题，大到天下形势，小到街头八卦。
他们婚后生有两子一女，男的潇洒，女的漂亮。
拥有这么幸福温暖的家庭，除了一世安稳，夫复何求？

"这场仗后，我不知道能否活着回来，你做好心理准备了吗？"那天晚上，在开始弹琴之前，他小心地问她。
"回来，或者永别，我都为你骄傲！"她默默地抚摸着他的双肩。
周瑜认真点点头，开始弹奏。
那琴声，时而激越，时而忧伤，时而铿锵，时而悠扬。
琴声毕，他和她忽然发现，对方的眼睛里满是泪水。

18.

跟周瑜小乔的感喟和忐忑不同，曹操的心情好得快要上天了。
此时，身着大红袍的他（这里不是茶叶广告），已经登上高大的主舰。
站在楼船甲板上，看着汹涌澎湃的长江水，他心头顿时卷起了巨浪。
从江陵到夏口的江面上，无数战舰正疾行如矢。
这支军队，似乎可以征服世界上任何对手。
曹操的身后，站满了文武百官。
曹操缓缓回头，开始发表战前演讲。
"各位先生，各位将军，"他说，"你们随同孤南下，目标只有8个字，是哪8个字你们知道吗？"
"饮马江东，生擒孙权！"众人开始呐喊，士兵们兵器相交，发出刺耳的响声，完全盖过了江风的呼啸。

丹心汗青　121

当日，前方探子一早就发来密报，东吴都督周瑜已经开始在赤壁排兵布阵，誓死抵挡曹军。

曹操听到情报后，略显轻狂，哈哈大笑道："可笑公瑾小儿，自不量力，螳臂当车，且看孤如何踏平江东。"

末了，他还轻佻地加了一句："不过，老夫一定会善待卿之佳人小乔的！"

所有人都跟着曹操狂笑。

临近赤壁，正是11月15日深夜，曹操的船队悉数靠岸，沿江四五十里扎下水寨。

那天的月亮，特别的亮，十分的圆。

长江就像一条巨大的白绸，慵懒地躺在大地上。

曹操的睡眠一直都有严重问题，需要吃褪黑素。医生告诉他，晚上不要兴奋。

赤壁之战

大战前夜，曹操吃了六粒褪黑素，还是睡不着，只好叫醒谋士荀攸，一起散步。

散步完毕，更难入眠，干脆让所有人起来一起喝酒。

眼看就要征服天下，那种亢奋你们体会不到。

几杯白酒下肚，曹操心情大快，又吩咐后勤多添了几十坛酒，庆祝可以预期的胜利。

那一众将士、谋士，纷纷前来敬酒，并且说了一些十分肉麻的话。

大意是，曹公广纳才俊，海内归心，实现了昔日袁绍、袁术、刘表等人都没有实现的梦想，这是名留青史之举。

平常对那些话，曹操是十分警惕的，但今天听起来，特别受用。

对敬酒的人，曹操来者不拒，每次都一饮而尽。

看看喝得差不多了，借着酒劲，曹操取出长槊，左右挥舞了几下。

"我自从起兵以来，至于今20年之久，"他朗声道，"破黄巾、擒吕布、灭袁术、败袁绍、入太行、直捣辽东，纵横天下，为国家除凶去孽，胜利之日，当与诸位共享富贵！"

他顿了顿，开始吟诗——

  对酒当歌，人生几何？譬如朝露，去日苦多。
  慨当以慷，忧思难忘。何以解忧？唯有杜康。
  青青子衿，悠悠我心。但为君故，沉吟至今。
  呦呦鹿鸣，食野之苹。我有嘉宾，鼓瑟吹笙。

  明明如月，何时可掇？忧从中来，不可断绝。
  越陌度阡，枉用相存。契阔谈䜩，心念旧恩。
  月明星稀，乌鹊南飞。绕树三匝，何枝可依？
  山不厌高，海不厌深。周公吐哺，天下归心。

念完这首诗，曹操眼睛微闭，俄顷，居然睡着了。

一名将领欲叫醒他，荀攸阻止说，让丞相多睡会儿吧，这些天他太累了。

那一刻，杀人如草芥的曹操，就像个婴儿。

他最期盼的大战终于来到了！

19.

为何曹操想尽早开始战斗，因为他有一个难言之隐——军营里已经出现了瘟疫。

相反，周瑜不仅不着急，而且越来越沉稳。

两军对垒，沉不住气的那一方，往往会先出手。先出手，就会有破绽。

孙权派出的豪华阵容是，左都督周瑜，右都督程普，各自带领万余人迎敌，鲁肃为赞军校尉，从战略的高度进行筹划。

其实，周瑜现在最关心的只有两件事，一是老天什么时候刮东南风，二是找到点火的最佳方式。

就像现代奥运会一样，点火是整个事情的关键，一定要精妙，一定要保密，悬念要留到最后一刻。

丹心汗青 123

点火点得妙，战争结束早。

不得不提的是，刘备在百般观察之下，勉强与孙权联盟，派关羽、张飞率 2000 士兵跟在周瑜的后面，且东吴方面对这些士兵不具有指挥权。

战争刚开打，曹操的新编水军部队就被打败，特别是其中一些荆州投降的士兵，战斗意愿不强。

曹操重整战队，水陆两军会合，战船都靠到北岸乌林一带，东吴军队则把战船停靠南岸赤壁一侧，两军开始对峙。

因北方士兵不习惯坐船，曹操命人将上千艘船的首尾连接起来，建设了一个江上浮城。

入夜，周瑜在长江边观察敌情，久久未果。

他干脆坐在地上，开始弹琴。

很多人会不理解，大敌当前，为什么还有闲工夫弹琴？

这就是天才跟普通人的区别了，他们寻找灵感的方法总是千奇百怪的（比如很多人在洗澡和便便的时候才有灵感）。

5 分钟后，周瑜果然计上心来。

他找来老将黄盖，如是这般进行了吩咐。

黄盖先派人送信给曹操，谎称打算投降。

暗地里，周瑜准备战船 10 艘，装上易燃枯柴并浇油。

东南风正急，离曹军还有二里多远，黄盖命令 10 艘船同时点火，火烈风猛，船只像巨大的火把一样掷向曹军战船，火势还蔓延到曹军岸边营寨。

曹营一片混乱，烧死和淹死的士兵不计其数。

周瑜引兵杀出，鼓声震天。

庆功酒还未全醒的曹操，经历了这辈子最耻辱的一刻：慌不择路地逃跑，以前他也曾跑路，但从没有这么狼狈。

这次跑路，他还特意回头看了一眼——

他似乎看到了东吴主帅周瑜脸上的微笑。

◎ 囚粉说

文捕快： 多年前写过一首《巴丘夜》：三军帐外行装待，将帅营中画略忙。曲断弦惊空数叹，巴丘月夜病周郎。

熊磊： 也为公瑾"平个反"：一个容貌出众、迎娶美女小乔，胸怀韬略，官拜大都督，英勇善战，赢取赤壁大捷的帅才，情场、官场、战场场场得意的男人，怎么可能会去忌妒别人？追溯"浪花淘尽英雄"的激荡三国，还得品读《三国志》！

湘西无名氏： 老天给了他智慧，给了他勇气，给了他才华，给了他颜值，给了他美女，却唯独没给他足够的时间，让他在这世间再次惊艳！

Dingyp： 辛苦了，在了解三国演义故事之后，读者对重新演绎历史人物故事的期待，不是一般的高，因为起点不低。要超越古战群儒，草船借箭，柴桑吊孝，火烧赤壁，这些智慧经典很难。真实的历史可能琐碎而丰满，因为有细节。还原的历史所以感人，因为有想象和人格魅力。

霖杰： 据我理解，赤壁之战，功在周瑜，孔明料事如神，自然不是一般人。如果说要公平理性地看待历史，论人高低，是非功过，实有欠妥之处，一并非时人，二况且道听途说，三有历史为据，信与不信，皆由各人自己。读史明哲，以史为鉴，我认为其目的断然不是茶余饭后，当是鉴之改之，莫使后人而复哀后人，这是读史应有的态度与意义，如此看来高低不是论史的主调，这是我的愚见，大家多多指教。

【我要制造人类历史上最大的水上火灾】

文天祥／前半生官场浪子，后半生民族英雄

国内一家著名媒体曾发起调查，如果让你穿越时空，你最愿意回到哪个朝代？

排在第一的居然是宋朝。

这是中国历史上最憋屈的汉族政权，因为，总有一个更小的政权在那里欺负它。

最初是辽国。宋单打独斗不行，却善于群殴。公元1125年，它联合后起之秀金国，干掉了辽。在联军作战的时候，金军发现宋军根本不会打仗，比游击队还业余，就开始欺负宋。后来打到汴梁，将宋活生生掰成了两半——北宋，南宋。

君子报仇，百年不晚。

公元1234年，宋故伎重演，联合彪悍的蒙古灭掉了金。然后，蒙古像一头北方的狼，望着宋，直流口水。

此时，南宋最后一位大英雄横空出世。他的名字叫文天祥。

1.

文天祥的颜值与文采，绝对属于天赋。

他身高1米80，《宋史》描述他，"体貌丰伟，美皙如玉，秀眉长目，顾盼烨然"。

要知道,史书描述一个人的外貌,一般很难超过10个字。享受这待遇的,只有少数几个人,比如周瑜、项羽、司马相如。

文天祥的帅,据说很多异性(15岁到51岁)都抵挡不住他的微微一笑,因为他的笑,既有现场的即视感,又有历史的沧桑感。据说,很多萝莉、御姐在路上遇到他,都会不自主地咬手指,口中喃喃着"偶稀饭"……他的风采,大致相当于今天的郑少秋和黄晓明。

尽管颜值越高,责任越大,但很少有人仅仅因为外貌而留名青史。

不要紧,文天祥还有他的第二杀招——他的锦绣文章,万里挑一。

他的老父亲文仪,一辈子不做官,却嗜书如命,经常通宵苦读。受父亲影响,文天祥给自己取了一个寓意丰富的外号:文山。

这是一个绝对的学霸,智商260。19岁,他轻松拿下庐陵乡试第一名。20岁,即公元1256年(南宋宝祐四年),文天祥迎来了人生中第一个颠峰时刻。

当时大宋的最高领导人宋理宗在位已32年,对于这个岗位,已经发自心底地厌倦,开始三天打鱼,两天晒网。

朝堂上下,没有人敢劝他勤政。但是,文天祥是初生牛犊,他敢。

那年他参加殿试,自己定题"法天不息",意思是,连老天都勤倦不息,更何况是天子。用他的文氏书法,一口气写下来,居然写了一万多字,写完,交卷。

看到这样的文章,宋理宗惊呆了,当皇帝三十多年,年年看考卷,人都疲了,还从来没有哪个人能写出这么漂亮的策论。沉吟片刻,他做了一辈子最正确的一个决定——在试卷上画了一个大大的钩。

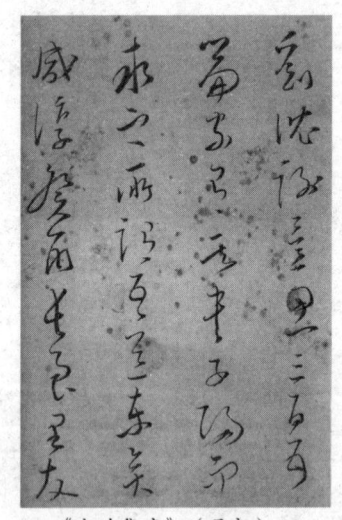

《木鸡集序》(局部)
文天祥投笔从戎前的最后一件作品

考官王应麟心领神会,这人就是今年的状元了。他向宋理宗行了一个礼,顺便拍了一个马屁,这个马屁很有预见性——"此卷借古喻今,忠心可鉴,恭喜皇上又得一个人才!"

……

更可怕的是,这样有貌有才的人,还很有理想(第三杀招)。

10岁的时候,他就已经读初三了,当同学们放学后鱼贯而出的时候,当其他同学忙着刷朋友圈、玩《亡者荣耀》的时候,他却经常在学校的走廊里发愣。走廊里挂着很多巨星的画像,苏轼、范仲淹、欧阳修、胡铨等赫然在列。

"什么时候,我才能成为他们中的一员呢?"年幼的文天祥心想,"那才是真正的男子汉。"

历史注定他是那样的男子。

但一开始,他其实是个浪子。

2.

南宋的皇帝,很好地秉承了创始人赵构的执政理念,那就是对外收缩乞怜,对内碌碌无为。

宋理宗赵昀也是这样一个人,他19岁登位,做了40年皇帝。与上不完的班、开不完的会相比,他更喜欢在后宫与群妃玩耍,后来觉得不过瘾,常常坚持调研,到宫外考察青楼发展状况。

有什么样的皇帝,就有什么样的大臣,庙堂之上,几乎所有人都奉行及时享乐主义。

文天祥,以意气风发之年,进入了这样的朝廷。

他曾经很感激理宗的钦点。毕竟,中状元在古代读书人的一生中,是最大的荣耀。但考中状元才4天,父亲就患病去世,他循例请假回家,为父守丧3年。

文家祖上很有钱,父亲去世后,文天祥继承了价值不菲的家产,够他任性地花几辈子。仕途上也一片光明——经过考察,组织部门任命他为宁海军节度判官,上来就是副厅级。对于一个20岁出头的年轻人来说,似乎人生已经提前圆满了。

那些年，他活得很享受——住豪宅，吃盛宴，穿名牌，开跑车。《宋史》说他夜夜笙歌，左拥右抱，纸醉金迷，极尽奢华。（天祥性豪华，平生自奉甚厚，声伎满前）他豁达豪爽，最爱结交江湖上的朋友，还给自己取了一个超脱的名字：浮休道人。哪儿有这样的道人，完全是一个浪子。

他爱喝酒，尤其是神医华佗创制的屠苏酒，一喝就是两三斤。他是个爱运动的美男子，喜欢与众多美女一起游泳，在自家的泳池里，每当他露出健硕的肌肉，总能引起一阵惊呼。为了跟老官员实现良好的沟通，他还养成了下象棋的习惯，后来变成了一个绝顶高手，每到任一地，总是将当地的职业选手、棋坛名宿杀得片甲不留。

出来浪，就要浪到底！

不久，他就将生活中的这种浪延伸到官场上。

3.

如果文天祥一辈子做太平官，那他就是一个普通的状元。

自有科举开始，历史上前后即有状元数百人（两宋即有118人），但几乎所有的状元都无声地陨落了。因为他们无个性、不折腾，高中状元后进入官场，他们往往会随波逐流，今天拜个老师，明天认个干爹，很快失去自我。

文天祥跟所有的状元都不一样。当官第一年（23岁），他就向官场射出了一支利箭。

那是公元1259年（南宋开庆初年），蒙古军队在二十多年的准备后，终于开始向宋朝进攻。过惯了舒坦日子的南宋君臣，哪受得了这种刺激。在大宋王朝召开的紧急扩大会议上，宦官董宋臣第一时间向理宗提出"合理化"建议：迁都。

大脑门的宋理宗赵昀

惹不起，躲得起！不少人为这个妙计叫好。

也有大臣心想，脑子是个好东西，董宋臣同志，你也应该有一个。

但站出来明确反对的只有文天祥，他向宋理宗上奏说，"请求斩

130 历史的荷尔蒙

杀董宋臣，以统一人心"。

皇帝虽然叫理宗，却不喜欢理人。人妖没杀成，倒碰了一鼻子灰，文天祥郁郁寡欢，不久就请假回了江西老家。

他一直憋着这股气，几年后他官至刑部侍郎，再次上书，一一列举董宋臣的罪行，理宗仍然不予理会。

来而不往非礼也，这次董宋臣没跟文天祥客气，他在黑市花高价钱找了几个写文章的高手，专门搜集黑材料，写告状信。几年之内，文天祥的职务一贬再贬，从瑞州知州、江南西路提刑到尚书左司郎官，又到军器监（管武器制造）。中间有段时间，他甚至主动要求担任江西仙都观的主管，他才27岁，却一度想退隐。

他一直跟现实较劲，没多久，他又瞄上了一个更大的官，宰相贾似道。这个人地位很高，是皇帝的小舅子，理宗平常以"师臣"相称，百官都尊称他为"周公"。

文天祥不按官场规则出牌——他曾有机会起草圣旨，字里行间都是对贾似道的辛辣讽刺，而且故意不提交审稿。

贾似道很是生气，马上做了两件事，一是向皇帝提出病休；二是暗中命令言官张志立马上行动，奏劾罢免文天祥。

一个月后，文天祥以37岁的"高龄"退休。

民间有关他的故事，早已流传甚广。他的志向和气节，引起了一些退休官员的注意，其中包括前宰相江万里。

公元1273年（南宋咸淳九年），文天祥被起用为荆湖南路提刑，见到了江万里。两人一边喝下午茶，一边叹息，江万里忧伤地说："我老了，根据我一辈子的阅历，感觉能治国的，只有你一人！"

握着江万里苍老而微微颤抖的手，文天祥忽然热泪盈眶。

这个国家，太需要硬骨头。

你们未竟的事业，我来！

丹心汗青 131

4.

更大的考验马上来了。

公元1275年（南宋德祐元年），蒙古大军沿汉水南下，直指临安。太后急发《哀痛诏》，令天下勤王。

39岁的文天祥时任赣州知府，捧着诏书痛哭流涕，经过几天彻夜不眠的思考，他做了一个决定：变卖家产，积极救国。

他开始了一生中最高亢最悲壮的事业。

经过多年积累，他的家产不菲，不久就聚集了3万多士兵。

朝廷似乎看到了一丝希望，命他火速入卫京师。

一些朋友奉劝他说："元兵分三路南下进攻，势不可挡，你这万余乌合之众，与驱赶群羊同猛虎相斗有什么差别呢？"可文天祥认为，大宋抚育臣民三百多年，现在理应拼死捍卫，不然"后人又怎么评价我们"？他以一文臣身份，从不曾拿剑，现在却不得不穿起铠甲。

南宋临安城

当年8月，文天祥率兵到临安，大臣们已作鸟兽散，跑了大半。

朝廷刚刚提拔投降派吕师孟为兵部尚书，又封吕文德为和义郡王，想与蒙古修好。

不知道大宋的领导人是不是脑子进水了，在打仗这种事上，退一步海阔天空，再退一步就会掉下悬崖。文天祥向朝廷进言，详细分析当下形势，劝谏皇帝应该奋发有为，果断处事。在奏折末尾，文天祥请求朝廷处斩吕师孟，作为战事祭祀，用以鼓舞军中士气。可是，朝廷怎么会听他的，太皇太后谢氏装作没听见。

文天祥被任命为右丞相兼枢密使，出城与元朝丞相伯颜谈判，伯颜口才不佳，说不过他，一怒之下将他关了起来。在镇江的一次战乱中，乘人不备，文天祥成功逃脱，决心前往南方坚持抗元，他写道：

> 几日随风北海游，
> 回从扬子大江头。
> 臣心一片磁针石，
> 不指南方不肯休。

在那个走向没落的年代，有人在血与火中焚烧成灰，随风吹落；也有人在血与火中痛苦涅槃，直上九霄。文天祥就是第二种人。

大宋，hold 住！

5.

在蒙古兵锐利的攻击下，大宋 hold 不住了。

数不清的宋人成了囚徒。

公元 1282 年（至元十九年）十二月初九，文天祥 46 岁，终于结束 3 年多的牢狱生涯，在大都柴市（今北京交道口）被处斩示众。

文天祥一直在行刑台上站着，当巷口围观的群众越聚越多，他忽然问旁边的刽子手，哪边是南？

刽子手是个长相粗鲁的胖子，他不耐烦地朝南边努了努嘴。

天祥朝南下跪，拜了三拜——

一拜在世的亲属好友；

二拜家乡的青山绿水；

三拜在战乱中受苦受难的同胞。

却唯独没有拜宋家王朝，那个王朝已经在几年前灰飞烟灭，只留下无尽的叹息和难以忘却的纪念。

他为大宋努力过。在瑞州知府任上，25 岁的他实行宽惠政策，筹资建立"便民库"，当年底，一向交不起税的赣州，居然还上缴了 5000 两税银，连皇上都惊讶了。

作为一个文臣，为了保卫国土，他率领众将士经历过大大小小几十场苦战。他唯一的儿子和母亲也在战争中死亡。

丹心汗青 133

在对元作战的同时，因为顾及百姓安危，他还要带兵剿匪。在潮洲，他将为害一方的土匪头子刘兴斩首，这也让他招来了杀身之祸，侥幸逃脱的土匪陈懿向元将张弘范出卖情报，导致文天祥在五坡岭被捕。

匆忙之间，他吞食了两片樟脑，却因饮水不干净而腹泻。

求生不得，求死不能，他含泪写下了那首千古绝唱——

过零丁洋

辛苦遭逢起一经，干戈寥落四周星。
山河破碎风飘絮，身世浮沉雨打萍。
惶恐滩头说惶恐，零丁洋里叹零丁。
人生自古谁无死？留取丹心照汗青。

为求速死，在押往大都的路上，他整整8天未进食，希望像不食周粟的伯夷、叔齐兄弟一样，饿死守节。但每天，元兵都会温柔地强行往他口中灌入一些流质食物。

到大都后，他一人独守囚牢，只有孤灯相伴，连饮屠苏酒的梦也不再做了。（无复屠苏梦，挑灯夜未央）

元当局面对刚打下来的广大国土，特别希望有汉人为新政府做事。名单上排第一位的，就是文天祥。但一轮又一轮的劝降过后，封官牌、同事牌、亲情牌通通失灵，蒙古人也彻底死了心。

临刑前一天，忽必烈专门见了文天祥一面，想亲眼看看这是怎样一块硬骨头。

他们的对话很简短。

忽必烈：你就是文天祥？你有什么愿望？

文天祥：但求一死。

忽必烈：天下已经是大元的了，难道你就不能在我朝为官，一心一意搞建设？

文天祥：不能。我的心是大宋的，又怎能为它朝卖命？

忽必烈：你真狭隘，我很难过。

文天祥：别难过，以后你会更难过。

（后来元朝果然只延续了九十多年）

……

处斩后几日，妻子欧阳氏前来收拾他的尸体，发现了衣服夹层里的绝笔诗——

> 衣带铭
> 孔子曰成仁，孟子曰取义。
> 惟其义尽，所以仁至。
> 道之所在，虽千万人，吾往矣。

这段话的简单译文是：孔子主张仁，孟子主张义……真理所在的地方，即使有千军万马和莫大困难，我也要继续前进。

地球队上最强大的军队，拥有最令人胆寒的砍刀，却始终没有征服一个读书人强人的心。

◎ 囚粉说

秦巴浪子：这就是中华民族生生不息的原因。

笑意、浅：你写之前说过：为什么皇帝那么渣，文天祥那么傻？其实好多人都会这样问，回溯历史，很多人都在这样做，都说文人有两个理想，一是居庙堂之上，施展自己的主张。二是居山水之间，在义字里逍遥。他们思的是天地、信仰、理想，虽手无缚鸡之力，但面对死亡也无所畏惧，还能且诗且歌。每每读到这些，我心存敬畏。历史有温柔，有理想，有操守，有温度，有情义，他们是民族的脊梁。

醉南山：细细读来，乱世的英雄没有一个真正的家，却有一群真正的粉丝。

Eric：看得我浑身发麻，尤其是读到《过零丁洋》时，已不禁满眼泪水！何谓中华，正是辛弃疾、文天祥、于谦……这些人才代表最为光辉的中华精神！

海瑞/世人都说我怪，谁能懂我的痴

公元 1587 年（明万历十五年）对于中国来说，是一个极其重要的年份，它不仅是中华帝国由盛入衰的转折点，还有一层颇具隐喻意义的是，这年冬天，朝廷有个退休的高级官员去世了。

他的名字叫海瑞。

1.被理想之火烧了一辈子

如果说他是史上最知名的清官，估计有意见的，只有宋朝的包拯。

最近几年看过很多资料，窃以为，海瑞才是真正的古今第一清官，包公更多是被演绎出来的。包公还有他的展昭、王朝、马汉和虎头铡助阵，威风凛凛，可是海瑞只身一人对抗着整个官僚体制，包括至高无上的皇帝。

他像一个踩钢丝的人，在夹缝中求生。他更像一匹野马，冲得明朝官场人仰马翻。这样的人，一般在影视剧里活不过前 10 集，因为他的做法纯粹是"找死"。可是他结结实实地活了 74 岁。在古代，这无疑算高寿了。

有人说他偏激怪异，难于相处。还有人说他爱发神经，而且发起神经来，特别精神。其实，那都是表象，不是本质。他一生都痴迷于自己的理想，那熊熊大火烧得他不能自已。

爱之深，责之切，其实他一直深深地爱着那个体制（以皇上为代表的）。当然，他更爱黎民百姓——凡爱百姓的人，那都是大爱，是我最为佩服的人。

这个世界上有两种人，一种是别人点火他才燃，另一种是自燃型，海瑞就是后者。

怪就怪点吧。

2.笨拙的海南青年

以前我说过，考察一个人，还要看他生活的环境，特别是他的父辈与祖辈。

看起来，他遗传了父亲的笨拙和母亲的偏执。

公元1514年（正德九年），他出生在海南岛，那个时候海南岛可不像现在这样是渡假胜地——陆地上到处是要命的瘴气，鳄鱼们虎视眈眈地等待猎物，移民与土著们一言不合就干架。

海瑞一家就是移民，祖籍福建，南宋时祖先迁到广东番禺，洪武时期又迁到海南岛。他的祖父海宽曾任福建松溪县一把手，海宽有子侄共5人，其中4人中举，只有海瑞的父亲海翰无所作为，被评价为"愚钝"。但海翰娶了一个伟大的老婆谢氏，其德行可以与岳飞的母亲相媲美。

海南海瑞墓

海翰在儿子4岁的时候就去世了，从此娘俩相依为命。可以说，没有母亲的严格要求和言传身教，就不会有海瑞后来的性格和人生（这个背景相当重要和关键）。谢氏性格极其刚强，靠仅有的几亩祖田和替他人缝缝补补，硬是把小海瑞给拉扯大了。

海瑞奋发读书，那是穷人家孩子的华山一条路。为了搞好学习，小海瑞失去了童年的快乐，当其他小朋友蹦蹦跳跳玩耍的时候，海瑞在啃书本，史书载"有戏谑，必严词正色诲之"。这也养成了他以后一本正经的个性（绝不是装的）。久而久之，海瑞在其他人眼里，变得有些孤僻和自闭（家长勿模仿）。

看到这里，大概大家都会猜，这么听话努力的孩子，学习成绩一定很好吧？

很遗憾，他的成绩很差。

有人认为他的智商有问题，跟他那无所作为的父亲一样。

跟那些学霸比起来，他唯一的武器是：坚持。

那个时候的明朝，科举取仕，八股盛行，已进入极其变态的时期。35岁，他才考中举人，第二年参加会试，落榜。认真复习，再考一次，又落榜。

他放弃了。虽然学业不成，但他继承了母亲的刚强秉性，而且将之发挥到极致。他立誓要做一个不谋取私利，不趋炎附势，刚正不阿的好官（虽然做官这事，八字还没一撇）。

一个人的名字由长辈所起，可能不准确，但他成年后，自起的号却永远是准确的。海瑞的号是"刚峰"，顾名思义，他要做一座刚直的山峰。

公元1554年（明嘉靖三十三年），40岁的海瑞首次为官，开始了他二十多年的公务员生活。

海瑞雕塑

3.初试锋芒

海瑞的第一份工作是福建南平教谕，相当于县教委主任。这个职位在完备的封建官制史上，连"九品芝麻官"都算不上。

他却觉得责任重大，使命光荣，还干得津津有味。

在这个岗位上，他做了两件事。

首先，他看到教育系统纪律松弛，便开始整风，颁行《教约》十六条。对生员在修身、处事、待人接物甚至作息、礼仪等方面都作了明确的规定。

其次，因为在一次接待中令人目瞪口呆的行为，他开始走红官场。当时，某御史到县学（古代秀才读书的地方）视察，海瑞带着两名训导前往迎见。面对上级，两名训导毫不迟疑地跪了下去，海瑞却拒绝逢迎，站在两人之间行抱拳之礼。这三个人两低一高，就像一个笔架。从此，"海笔架"的名声就传开了。

海瑞狂狷、执拗，很多官员不高兴，但也有人赏识他。

44岁的时候，海瑞被提拔为浙江严州府淳安县知县。

第一次做地方主官，他深感官场之难。淳安是一个穷地方，经过调研，海瑞认为当地干部群众关系比较恶劣，决心进行改革。

更广阔的背景是，当时正是首辅严嵩当权之时，腐败已经深入大明王朝的骨髓。

但海瑞认为，腐败不腐败，关键看个人。

所以，对于强权，他一律坚决抵制。史书很清楚完整地记载了两个典故（都跟高级官员管不好身边人有关）。

一是将七省总督胡宗宪不可一世的儿子暴打了一顿，二是拒绝接待严嵩的亲信鄢懋卿。

采取的策略很简单，写信。

他给胡宗宪和鄢懋卿写的信如出一辙，就是肉麻地吹捧对方高风亮节（使之惭愧），然后又义正辞严地晓以厉害（使之畏惧）。

如此看来，他还是一个写作高手，通过写文章就达到了目的（度很难拿捏，同样请勿模仿）。

在江西兴国知县任上，海瑞为民办了不少实事，平反了不少冤假错案，真正做到了干部受教育，群众得实惠。从这一时期开始，很多人叫他"海青天"。

不久，掌权20多年的严嵩倒台，海瑞被认为对抗过严嵩的人。他进入了人事部门的视野。

他遇到的一个重要伯乐是陆光祖，时任吏部尚书。

新去处是到京城任户部云南司主事，从职位上看，仍然是一个处级。

京官难当，这是绝对的真理。

但这个"真理"对海瑞是失效的，因为他敢于跟皇帝对着干。

那一年是他人生最闪光的时候。

4.躺在棺材里的活人

明世宗朱厚熜是一个怕死的人。

当皇帝40多年，每天上朝退朝，他腻了。

他决定把更多的时间用在自己的兴趣上，那就是追求长生不老。

一定有办法的，他坚信。

对于皇帝坚信的事情，大家都信，即使不信，也要表现出相信。

嘉靖穿着"皇帝的新衣"，只有一个人不愿意看到，那就是专拣硬骨头啃的海瑞。

他要用自己的方式唤醒皇帝。

排场的嘉靖皇帝銮驾——《出警图》

嘉靖四十五年二月，海瑞单独上了一封《治安疏》（直言天下第一疏），毫不客气地列举了皇帝所犯的所有错误。

所犯错误类别：用人不行，朝政不行，国防不行，等等。对皇帝进行了全盘否定。

看了奏折，一向刚愎自用的嘉靖皇帝开始怀疑人生了。

一个没见过面的官员，居然敢在奏折上把他数落得一无是处，一点面子也不给。皇权威严何在？

估计几千年来有这遭遇的皇帝，他是头一个吧？

海瑞是一个理想主义者，更是一个完美主义者。

此次上疏，他不是没有准备的。

反正基本原则是：光脚的不怕穿鞋的。上疏前，他到棺材铺里买好了棺材，和妻子也作了诀别。

由于没有什么钱，他买的棺材还是薄皮的。

为了体验那种死亡的感觉，以及做这件事的意义，他还在棺材里躺了许久。

他想了很多事，过去的，现在的，将来的。

他心里也比较矛盾——抬棺上疏，其实就是一次赌博。

赢的概率很小。

可是他愿意去赌一次。

听说海瑞已有必死之心，嘉靖叹了口气，继而默默无言，把摔在地上的奏折拣起来又看了几遍。

他决定不杀海瑞，请注意，不是舍不得。

因为首辅徐阶提醒他说，别上这老小子的当，他就是想让皇上杀他，他好留一个忠臣的美名于青史。

杀忠臣的皇帝，会是一个好皇帝吗？

徐阶也是明代的有名人物，矮小清瘦却诡计多端。

对，咱们不上当！

海瑞被关进了监狱。

又过了两个月，嘉靖皇帝归天，海瑞被释出狱。

海瑞对嘉靖同志是有深厚感情的。出狱前，海瑞为这位炼丹皇帝哭了一整夜，连晚上吃的东西都吐得一干二净。

5.黄昏及死去

公元1570年（明隆庆四年），56岁的海瑞任右佥都御史（正四品），外放应天巡抚。辖区包括应天、苏州、常州等富有的鱼米之乡。

由于之前海瑞刚正不阿、嫉恶如仇的声名早传遍国内，一些干部害怕海瑞，不少人自动辞职。

为了不让海瑞注意到，一些权贵偷偷吩咐下人，将红色的大门刷成了黑色。

海瑞是一个非常有头脑的人，他在应天府展示了他的执政能力——大修水利，推行"一条鞭法"。

最关键的是他想方设法安抚穷困百姓——据说老百姓一天的告状信就超过1千封，确实令人惊讶。

更让人惊讶的是，海瑞很勤奋，基本上都能按时处理完。

反腐，当然会得罪不少人，但他心里甚是平静，这是他年少以来一以贯之的梦想。

甚至对徐阶，这位对他有救命和知遇之恩的前高官，他也没有优待。

海瑞与老百姓

徐退休后回到原籍，刚好属海瑞管辖。作为当地最大的地主，本以为可以受到照顾，没想到海瑞翻脸不认人。

这家伙，不是每次见面都特别感激我的吗，徐阶心里想。

但他心里也明白，海瑞对人对己，一视同仁。感激与工作，一码归一码。

为彻底解决地主侵占农民土地的问题，海瑞做的也很绝——徐阶的两个儿子，一个被充军，一个被免职。

在海瑞看来，为国尽忠，才是真正报答徐阶的知遇之恩。

海瑞得罪的人太多，很快就被弹劾了。至于罪名，都很可笑，如：给事中戴凤翔弹劾海瑞"庇护奸民，鱼肉士大夫"。

听说海瑞解职而去，应天的百姓呼号哭泣，有的家庭还绘制了海瑞像要纪念他。

海瑞称病引退，回到海南老家。

他白天种地，晚上当自由撰稿人，勉强维持生计。

一代名相张居正掌权时，海瑞已年近60，虽有很多干部推荐，但他还是惧怕海瑞的严峻刚直，不敢任用。

张居正去世后，吏部才记起海瑞，当时他已隐居12年。

说起来，是万历皇帝非常器重海瑞的名望（也有人说是为了给人留下重视人才的印象）。才委任海瑞为南京吏部右侍郎，那其实是一个二品虚职。

这么安排，就有点叶公好龙了。

不过，海瑞奋斗了一辈子，累了。他时年72岁。

他多次上疏请求退休，万历都没有同意。

终于，他的生命在等待中走到了终点。

由于一生俭朴，海瑞去世的时候，家产只有十多两银子，外加几口破木箱，见者无不落泪。一些朋友凑钱为他办理了丧事。

临终前，他做了最后一件事——他向仆人交待说，兵部给他的柴火银（一种高级官员的补贴），多了七文钱，绝不能占公家便宜，一定要退回去。

他的灵柩被船运回家乡，祭奠哭拜的人百里不绝。

一个对事业如此痴迷的人，他就是一个高尚的人，一个伟大的人，一个脱离了低级趣味的人，一个有益于人民的人。

◎ 囚粉说

什么果都不如开心果：记得年少时候，爱好阅读，三观特别正：好人就是好人，坏人就是坏人。年纪大了，随着阅历增加，对人性有了更深刻理解。尤其是对于农村出身的干部而言，钱、权在手上，要克制人性本贪的欲望，确实是需要完善的法律和制度的约束，要心里有人民，而不是假装有人民

巩帅：都云海公痴，谁解其中味。

李少华：有赤诚报国之心方能成此文章！代表草根感谢在岗位上为实现中国梦而奋斗的海瑞们。

暮霭天涯：也有人认为海瑞纯属清流，有清名而无实用，故张居正不用海瑞。

笑意、浅：想起《老残游记》里说的：有时清官比贪官更可怕。他是清官，但不是好官。我敬佩他的精神和操守，但不苟同他的做法。

无关：我觉得作者应该把海瑞的故事写的再详细点！我觉得很多人对海瑞还存在标签化的误解！什么逼死女儿（并无明证），偏执刻薄（有些，但不极端，了解的过少），不食人间烟火（两封信就能看出海瑞并非不懂的为官策略），清官无能（了解一下海瑞修的水利工程），希望还海瑞一个有血有肉，德才兼备的真实形象。

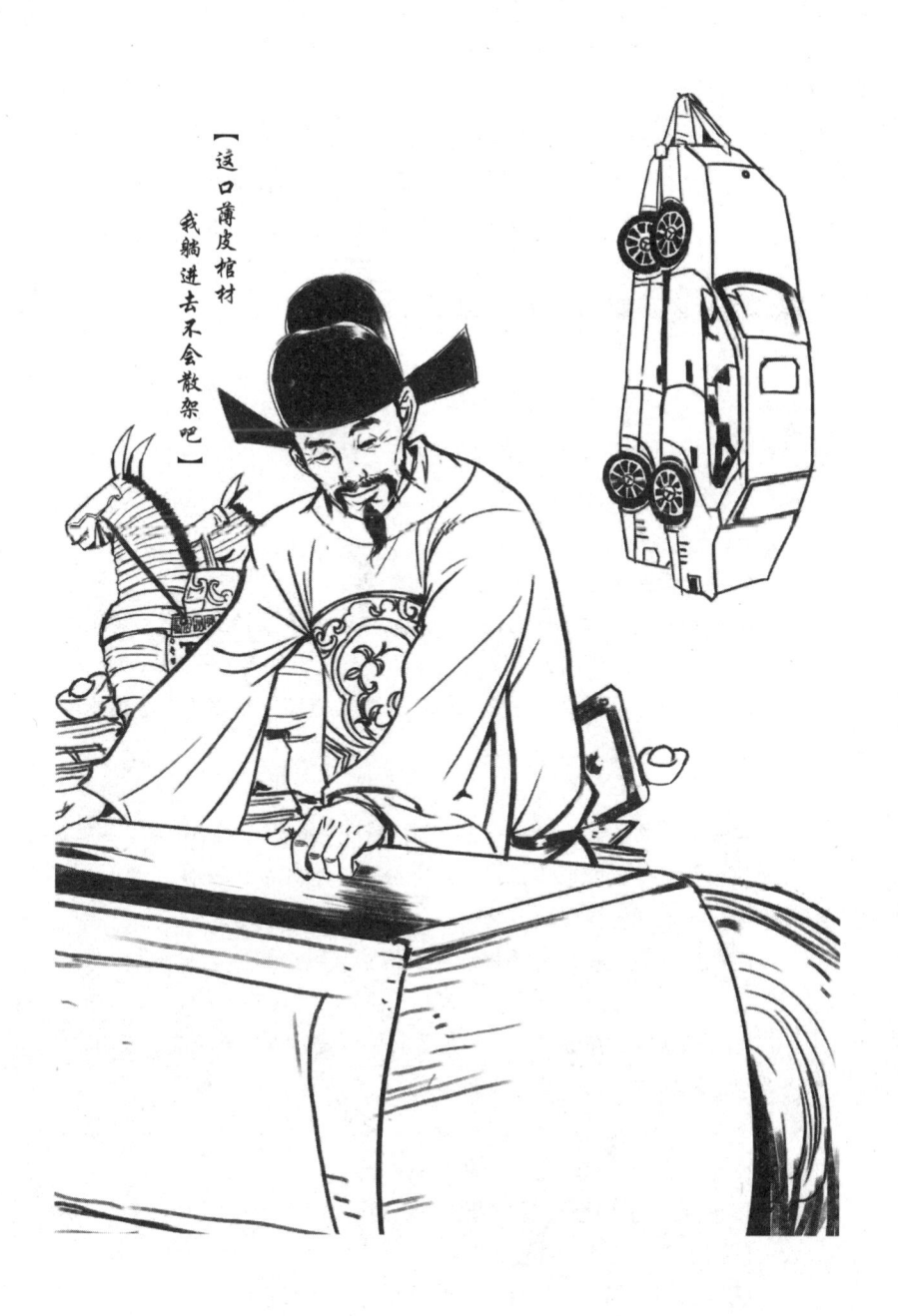

【这口薄皮棺材我躺进去不会散架吧】

戚继光／我如何成为打鬼子专业户

1.

如果说戚继光是一位专业抗日的大神，应该不为过。

倭患曾是明帝国永远的伤口，朱元璋通过造反当上皇帝后，主动与日本眉来眼去，但因为该国政权混乱，外交上的努力收效甚微。

明朝末年，戚继光几乎是凭一己之力，克服重重困难，将嚣张的日本浪人赶出了东南沿海。

要知道，由于害怕唐朝的藩镇割据重演，有明一代都是重文轻武。

熟读八股文的文职干部们坐在办公室，一杯茶一袋烟，一张邸报看半天，到点都能提拔。

而在前线拼死奋战的武将却很少得到重用，真是"流血流汗又流泪"。

文官们认为，在战场上打打杀杀只不过是匹夫之勇，要建设国家，还要靠老祖宗传下来的孔孟中庸之道。

于是，一个武将，即使他打赢了对帝国来说重要的一仗，其意义未必比得过文官熬夜写出的一篇千字文章。

军事人才的仕途终点，不过一地总兵，相当于省军区司令员，这大大压抑了将士们建功立业的热情。

戚继光一生都在与这种官场潮流作斗争，其报国之志、坚决果敢和严密细致，无不令人惊讶。

　　他是一个不世出的军事天才，而且看起来对生活也充满热情，这就死气沉沉的明朝官场来说尤为可贵。

　　除了"民族英雄"这个最知名的头衔，他还是书法家、诗人、兵器专家和人民工程师。

　　他之所以令人瞩目，首先因为他是一个幸运儿，特别是跟另一位勇冠三军却很不走运的大将俞大猷相比。

　　这个后面会详细写到。

戚继光画像

2.

　　所谓倭寇，是一个历史的产物，专指14—16世纪劫掠中国和朝鲜沿海地区的日本海盗。

　　倭指"身材矮小的人"，虽然现代日本人平均身高有了很大改善，但历史上他们的身材确实是被嘲笑的对象。

　　说他们是海盗，并不完全准确，因为他们的目标不是船只，而是陆地上的城市。

　　我们先分析一下，好好的百姓不做，日本人为什么要当强盗。

　　14世纪，日本进入南北朝分裂时期，战火连天。

　　地区狭小、资源贫乏、工作岗位偏少，老百姓三天两头集体上街散步，要求公平、正义和尊严。

不少日本人实在活不下去，开始从事人类最古老的职业：抢劫，而且是跨国抢劫。

这伙半军事化的劫匪，尤以九州一带的渔民最为凶悍，因为那地方最穷。

他们划着小船来到中国东南沿海，象征性地干了几票，发现特别顺利，几乎没有遇到什么抵抗。

他们高兴地向国内同伙发出强烈信号：此地钱多，人傻，速来！

3.

当时的大明朝正是嘉靖皇帝执政，他上台第二年（公元1523年）就发生了著名的"争贡之役"。

那一年，日本两派政治力量先后派出宗设、瑞佐与明朝做生意，瑞佐虽然到得迟，但他雇佣了一个中国人，宋素卿。

其父朱漆匠，由于跟日本人做生意失败，只能以儿子抵押，宋素卿在日本生活十多年，后加入对华贸易公司。宋以黄金千两贿赂宁波市舶太监赖恩，得以在酒席坐在上座，而且其货船也率先受检。

宗设气性大，一怒之下，杀死瑞佐，将其船只烧得精光，闻讯赶来维持治安的明将刘锦、张镗战死。

随后，紧张的明朝廷取消浙江和福建市舶司，只保留广东一处机构，并实行严厉的海禁。明朝和日本的官方贸易关系正式结束，这对本不平静的东南沿海来说，无异于火上浇油。

由于正常的贸易渠道被堵死，在暴利的诱惑下，日本一些游民与江浙一带的不法商人勾结，在沿海抢劫，其中为害最盛的地区是浙江和南直隶（南京、苏州和安徽一带）。

……

客观地说，作为一个工龄很长的皇帝（在位44年），初期嘉靖也做了一些有益的工作，还经常加班加点，帝国面貌为之一新。正当朝堂上下对他充满期待的时候，他却开始研究超自然力量，其中一项就是痴迷长生不老。

中国历史上的皇帝们都有点封建迷信，但嘉靖不仅迷信，还非常虔诚地实践。

路漫漫其修远兮，吾将上下而求索。

官方民间都知道，皇帝做梦都想搞到一样东西，那就是长生不老药。自从他的兴趣曝光后，一些道士开始走红。公元1542年，在登基21年后，他干脆搬到西苑，一心修仙，不问朝政。

嘉靖皇帝像

4.

皇上不想上班，给帝国带来的影响是严重的。

当时的首辅严嵩得以专权，全国吏治败坏，而且他还把黑手伸向军队，肆意吞没军饷，导致军队庞大却军饷不足。

在战场上，士兵们甚至只能几人共用一把刀，你砍累了，我接过刀再砍。

这样的军队怎能不败？

在这样的国防守备之下，一股几十人的倭寇居然能长途奔袭中国内地，一路烧杀抢掠几千人，最后明军完全靠人海战术，才把倭寇活活耗死。

在戚继光隆重登场之前，有两个人不得不说。

一个是时任直浙总督的胡宗宪，以前在海瑞文章里曾提及过，他是严嵩的利益代言人之一。

对于胡这个人，历史上一直有争议。

赴任之前，他说了很多豪言壮语，大意是：我这次去，一定平定倭寇，杀掉某某和某某，不辱使命，否则绝不回京。

丹心汗青 149

事实上，他也为抗日做了很多实际工作，即使他后来被弹劾，忧愤而死，也掩盖不了这个事实。

另一位值得一提的先行者是朱纨。

在戚继光20岁的时候，朝廷派朱纨任浙江巡抚兼提督福建军务，他封锁海面，处斩通倭寇的李光头等近百人。

由于他动了某些人的奶酪，不法商人对他恨之入骨，鼓动在朝官员攻击朱纨草菅人命，最终强硬的朱自杀。

此后，朝中朝外，对海禁之事噤若寒蝉，客观上助长了倭寇的嚣张气焰。

5.

中华帝国不可欺，一位英雄勇敢地站了出来。

这个人就是戚继光。

一个在部队大院里长大的军事天才。

他的父亲戚景通原是义乌"南塘"外戚宁之子，后过继给伯父戚宣（时任登州指挥佥事，四品官）。

因原配张氏不育，后娶王氏，公元1528年生下儿子戚继光，继光呱呱坠地的时候，戚景通已经56岁高龄。

戚景通虽然没有特别大的成就，但他通过"世荫"的方式继承登州指挥佥事后，为官清廉，政声颇佳。

史书评价他"刚毅好学，聪明正直"，而且他为人孝顺，屡立战功。

最重要的是，他对倭患有切肤之痛，平日里更是遍览群书，寻找克倭之良策，据说留下了几百张文稿。

历史的囚徒相信，对于老父亲的这些文稿，戚继光一定不陌生。

也就是说，从他刚认识字开始，他就开始思考怎么打小日本的事情。

只有结合他的成长经历，才能充分理解，为什么后来面对日本人的时候，历八十余仗，他能屡战屡胜。

可以说，不管在战术上还是在精神上，他一直占据着制高点。

而他克敌致胜的法宝，是因为他训练出了一支令倭人闻风丧胆、纪律严明、战斗力满格的新型军队——戚家军。

他是典型的少帅，开始招兵训练的时间是公元 1548 年，那年，他才 20 岁。

6.

戚继光很不容易，之前说过，明代的大潮流是重文轻武。

就跟如今学校重理轻文一样，学文科的同学，一般是数理化方面七窍通了六窍——一窍不通。

要在考试排名表上找到这些同学的名字，只能从后面找起。分文理科的时候，他们只能在大家同情的目光中，流着眼泪，收拾书包，灰溜溜地来到文科班。

……

戚继光雕塑

明代的重文轻武，不是一般的严重。

应该说，中国历史上武将的社会地位在那个时期到了最低点，一个普通士兵转业即意味着失业。

所以，当时凡参加相亲的女青年，听到对方是当兵的或当过兵，一般扭头就走。

相应地，文官的社会地位达到了中华帝国历史上的最高点。

这个时候，戚继光选择学武，是很需要勇气的。

当其他小朋友摇头晃脑读经书的时候，他却在沙盘上研究攻防之术。

他最爱的书是孙武写的，书名叫《孙子兵法》。

他认为决定战争胜负的因素除了士气和战术，武器也很重要，所以他亲自钻研，成了一个武器专家。

如果那个时候有职称，他应该是教授级高工。因为他的发明既充满奇想又贴合实际，是浪漫主义和现实主义的完美结合。

一切都是为了来之能战，战之能胜。

7.

戚继光没有其他选择，他的祖上几代都担任武将，现在光耀门楣的希望落到了他身上。

公元1544年（明嘉靖二十三年），戚继光因祖荫继承登州卫指挥佥事一职，当时他不过16岁。

这个四品官位是开国皇帝朱元璋御批的长期饭票，批准有战功的戚家世袭罔替。

和150年间的数次接任一样，这次任命很平静，庙堂上下，几乎没人关注到这宗地方人事变动。

世代根红苗正，没什么可怀疑的，组织部门也只是简单做了一下考察就公示了。

戚继光这个名字，最初大家都实在太陌生。

但后来的事实证明，对明帝国来说，这次任命意义极其重大。

从此，戚继光成为一名职业军人，并以自己的天赋和努力，为明朝军人赢得巨大的荣耀。

那荣耀，照亮了明朝官场的黑暗，为阴鸷的帝国注入了一股阳刚之气。

他在日记里写道，人生为一大事而来，我的大事就是打鬼子。

对倭寇的恨，他从小就种在心里，现在已长成了参天大树。

8.

少年将军戚继光上任第三年，即公元1546年，一伙倭寇猛烈袭击了山东沿海一带，沿途烧杀抢掠。

就像不时到来的火灾和水灾一样，群众对倭患也习以为常，他们本来没多少值钱的家当。

倭寇流动作案，只为图财，百姓以"躲"为主，等倭寇过境，再回去重建家园。

不过这次倭寇来得迅疾突然，又有汉奸带路，人民群众生命财产遭受严重损失。

戚继光闻讯追击倭人，目睹父老乡亲惨状，他写下了千古名句：

呼樽来揖客，挥麈坐谈兵。

云护牙签满，星含宝剑横。

封侯非我意，但愿海波平。

作为一个战地诗人，最后两句是他的代表作，体现了他崇高的志向和大无畏的革命精神。

此后人生40年，他是这么说的，也是这么做的。

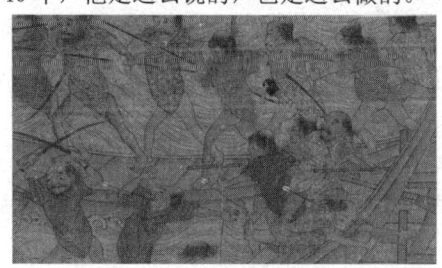

明朝《倭寇图卷》

9.

公元1553年，戚继光迎来了他的命运转折点，可以说，没有这个转折点，他无法实现他的抱负。

这一年，他认识了一个人，名字叫张居正。

这有点矛盾，在明代，武将历来为文臣所不齿，连下套使绊子都唯恐不及，还谈什么帮忙。

但命运就是这么奇特，张居正与小自己3岁的戚继光成了最好的朋友，而且是一辈子。

张居正此人，是明朝最伟大的政治家，模样也长得俊，正因为此，他后来跟万历皇帝的母亲李太后屡传绯闻。

明朝牛哄哄的大臣不少，但像张居正这样，皇帝太后全搞定的，

丹心汗青 153

仅此一例。

所以当时的各种自媒体像疯了一样，抓住这个皇家八卦题材猛炒，管都管不住。

年轻的时候张居正就很知名了，他的履历可以亮瞎人的眼，5 岁上小学，7 岁熟读诗书，12 岁考中秀才。

13 岁那年他参加乡试，文章写得极其漂亮，当时的湖广巡抚顾璘认为他是奇才，为增长其历练，特别吩咐下属，此人不得录取。

但张居正实在太厉害了，3 年后参加考试，顺利考中举人。

如此低龄中举，简直是奇迹。大家知道，范进中举那年是五十多岁，其实那也是很多人中举的年龄。

由于张居正太优秀太传奇，忍不住在这里多说了几句。

公元 1553 年，张居正还在官场爬坡，他只是一名不得志的翰林院普通官员，屡遭严嵩、徐阶等人排挤，不得不回家乡荆州休假三年。

能在芸芸武将中一眼看中戚继光，肯定是有机缘的，只是现在还是个谜。

受张居正的推荐，戚得以管理登州、文登、即墨三营二十五个卫所，专职防御山东沿海的倭寇。

公元 1555 年他又被调往浙江担任参将一职，防守宁波、绍兴、台州三郡。

10.

岑港之战是戚继光的成名战。

公元 1557 年（明嘉靖三十六年），倭寇进犯浙江乐清、瑞安、临海等地，戚继光率军前往救援，但因为道路遥远，等到达目的地的时候，日本人早跑得一干二净。

由于张居正帮着说话，朝廷并没有治戚继光的罪。

在这段困难时期，戚继光认识了他一生的战友俞大猷，俞大他 24 岁，同样志向远大、武艺高超，但运气跟戚继光相比，不是一般的差。

他们在岑港共同攻击汉奸海盗汪直的余党,倭寇见势不妙,准备连夜逃走。

收到消息后,俞大猷和戚继光发动进攻,打得倭寇抱头逃窜。

此战后,倭寇们记住了一个中国人的名字:戚继光,连做梦都恨得牙痒痒。

戚继光总结这次战斗后发现,士兵不会打仗,贪生怕死,出工不出力,是最大的短板。

在山东他就发现,明军将骄兵惰、纪律松弛,业务不熟,毫无战斗力。

到浙江赴任后,他发现卫所的将士作战能力一般,而金华、义乌的人比较彪悍,尤其善于械斗,打群架,不打赢不罢休。

他眼前一亮,这正是优秀士兵的基因啊。

他在当地招募了3000贫困农民,并不断训练他们,最终炼成一支精锐的部队,后称"戚家军"。

根据南方多沼泽的地理特点制定阵法,戚将军又给这支部队配备火器、兵械、战舰等装备,戚家军因此闻名天下。

从公元1559年开始,戚家军战无不胜。

——仅仅在接下来的7年,就取得13场大型战役的胜利,每次全歼敌人,而自己损伤无几,创造了战场上的奇迹。

……

当时京城已经有乐队创作《倭贼的恶梦》《嫁人就嫁戚将军那样的人》等歌曲,传唱广泛。

公元1565年的大明春晚,戚继光还带他最出色的将士出现在晚会现场,表演了荡气回肠的《鸳鸯阵》和《盾牌舞》。

◎ 囚粉说

一帆:戚家的家教很好呀。人性易于同奢避苦,容易顺从于安乐清逸的现状。小小年纪便得志却不被世俗的荣利蒙蔽的典范,世界观很正派,能跟张居正心意相连的武人,非草莽武夫之流,一定是受过智慧教化的能士,不能将戚继光单纯的看成一个军人。

Mass:历史是一通打乱的拼图,就像雾中寻踪猫眼看人。要跟古人混得熟,就看历史的囚徒。

旅途:所有的错误都出在自以为是的朝贡贸易上,让老百姓贫困交加,还要搭上性命去与敌人作战,这种朝廷不要也罢。希望作者能从人类文明的角度去讲述历史。

烟雨流年:戚继光真的是一个天才,自创的"三才阵",在当时几无敌手。

血白雪红:嘉靖皇帝虽然几十年不上朝,但一直牢牢把持帝国的财政和人事大权,加之有内阁的存在,明帝国仍然正常运转。

赵夏:戚继光是嘉万时期先进军事生产力的代表,也是和中枢搞好文武先进关系的代表。

元圆:我认为戚继光最牛的一件事是情商极高。

远行客:纵观整个明史,留下最深刻印象的有张叔大一人。有过初为翰林的甚微,有处江湖之远的担忧,有居庙堂之高担任万历朝内阁首辅的变法御国。同朝处事者有严嵩、夏言、徐阶、高拱、戚继光、谭纶等。那个时代是如此的浩瀚深远。

第三章 得失诗意

『大宋第一古惑仔』辛弃疾／看我把栏杆拍遍

一个成熟男子的标志是，他愿意为某种事业卑贱地活着。

——题记

这个世界从来不缺牛人，但在两宋交替之际，他们的出现显得有些密集。

公元1140年，爷爷辈的苏东坡已逝去40年，李清照阿姨正在杭州苦熬晚年，粉丝们还在朋友圈争论——苏东坡、李清照、柳永，到底谁是第一词人。

此时，又一位巨星划破天际，降临齐鲁。

和苏东坡、李清照一样，他将会是个大词人。

不一样的是，涉世之初，他是一个仗剑走天涯的侠客。

他热血、暖心，堪称"大宋第一古惑仔"。

他的名字叫辛弃疾。

1.

惨淡月光下，一个少年，正在追一个和尚。

少年不是在追求和尚的感情，是在追他的命。

一追就是两天整。

那是公元1162年，济南郊区。

两个人的坐骑，都累吐了，第三天，终于追上了。

要问少年为什么追和尚那么凶，因为那个叫义端的和尚偷了一样东西，那东西非同小可，是抗金义军的印信。

义端准备拿去献给他的金主，而这个少年正是当时保管印信的辛弃疾。

竟然敢偷印信，我追，我追，我追追追。

眼见已无路可逃，义端回头，提刀欲作最后的挣扎。

少年一个侧翻，剑光同时闪过，和尚人头落地。

果然是一个冷血剑客，快得匪夷所思。

少年叹息了一下，擦干净剑上的血。

这个时候，他还没有过 21 岁生日。

他是一个年轻的带头大哥，几个月前，他带着 2000 个兄弟投奔老乡、义军领袖耿京。

最初吸引老耿的，是辛弃疾的文学才华，于是任命他为机要秘书（掌书记，从八品）。

辛弃疾出生的时候，他的家乡早被金国占领，是敌占区。

尽管宋廷孱弱无能，人民却英勇不屈。

公元 1161 年（南宋绍兴三十一年），金主完颜亮大举南侵，想毕其功于一役，彻底终结南宋的小命。

乌泱乌泱的金兵，就像一支支北方射来的毒箭（以黄河为弦），直插南方。

由于战线拉得太长，越是往南，金对宋的攻击力越弱。

后方沦陷区经常起火——宋人又不堪压榨，奋起造反者，这里一群，那里一堆。

血气方刚的辛弃疾是其中的杰出代表，从小他苦练剑术，熟读兵书，凡是有眼睛的人都看得出来，日后这是个优秀军人。

……

当义端的头颅被扔到耿京面前的时候，义军的阵营发出了震耳欲聋的欢呼。

"带我战斗带我飞。"一些娃娃兵狂喊。

"年轻的老司机。"耿京的评价，言简意赅。

一个古惑仔，就应该热血澎湃。

得失诗意 159

2.

辛弃疾是一个寡言少语的人,但关键时刻冷静果断。

几乎在义端事件发生的同时,金人内部矛盾爆发,一把手完颜亮在前线被部下干掉,金军开始向北撤退。

辛弃疾很有政治远见,一次喝酒撸串,他向耿京建议,主动与临安当局联系,利用这个机会光复中原。

"此主意甚好,这个任务就交给你了!"耿京端起酒杯说。

他越来越喜欢这个小老乡了。

辛弃疾雕塑其一

事不宜迟,辛弃疾和战友贾瑞立即收拾行李,火速赶往南宋都城临安。

一切都很顺利。

但是在回程的时候,义军队伍里出了大事——耿京在海州(今连云港)被叛将张安国杀害。

革命总是很复杂危险,有起义的人,必有不义之人。

一代叛徒张安国认为,识时务者为俊杰,金国退却,只是暂时的,而征服南宋,却是永久的。

他还认为,大哥,就是用来出卖的。

于是他跟几个同伙,趁耿京在大帐睡觉的时候,将其乱刀砍死(三国名将张飞也是这么惨死的),一时义军内部人心涣散。

由于情况不明,很多人认为,辛弃疾应该先躲起来,然后再图大事。

160 历史的荷尔蒙

但辛弃疾满肚子气,欲除张贼而后快。他质问道:

"躲起来,你的良心不会痛吗?"

"我们现在就去干掉那个叛徒!"

就这样,他率领50名骑兵夜袭金营,于数万敌人中,活捉了叛徒张安国,并连夜狂奔千里,将其押解到临安正法。

这样的英勇和果断,在历史上也只有关羽、赵云等名将做得到。

怎么样?我辛弃疾,照样可以做到!

那段痛快杀敌的时光,是辛弃疾一生回忆的重点。

后来他在《鹧鸪天》中写道,"壮岁旌旗涌万夫,锦襜突骑渡江初。燕兵夜娖银胡䩮,汉箭朝飞金仆姑。"

每次读之,凛然杀气,喷薄欲出。

八百多年后,我要再为他打一次call,厉害了我的哥!

一个古惑仔,就应该有万千气概。

3.

对于辛弃疾的出现,宋高宗赵构却并未表现出惊喜,甚至还有些担忧。

他任命这个年轻人为江阴签判,这个职位相当于市委书记兼军分区司令员的秘书。

从此辛弃疾成了南宋的一名公务员,文职的。

他觉得自己终于能报效国家,抵御外敌,开始五加二、白加黑地干活,可是他错了。

23岁,那是他噩梦的开始。

南宋官场是一个只懂享乐、不思进取的大染缸,上上下下讨厌暴力,流行不抵抗主义。

有理想有抱负的官员根本没有出路,主战派更要靠边站。

他似乎遇到了假朝廷,从公元1181年到1207年,他被开玩笑一般、频繁调任多达37次。

在福建、浙江、江苏等一些地方的为官生涯,往往时间不长就以罢官收场。

得失诗意 161

总之，朝廷怕他，烦他，不想让他好好工作。

幸亏还有很多人跟他志同道合，担忧着这个国家的未来，希望拯救世道人心。

公元 1175 年 6 月，首届中国哲学高峰论坛在江西上饶铅山县的鹅湖寺隆重举行（史称"鹅湖之会"），参会人员都是大咖，除理学大师朱熹之外，还有著名学者吕祖谦、陆九龄、陆九渊等。

论坛结束后，鹅湖寺一带马上成了大宋著名的文化旅游目的地，"鹅湖寺的鹅"长期霸占旅游文化类公号第一名，发表的文章，阅读量篇篇都是百万加。

辛弃疾常常一个人骑马去寻古觅幽，一待就是好几天。

陈亮像

公元 1188 年秋天，辛弃疾的好朋友陈亮建了一个名为"统一大业"的微信群，成员除了辛、陈，还有朱熹。

他们约好当年冬天一聚。

但这种会面总是不容易的。

据历史记载，那年冬天特别寒冷，很多人都冻成了狗。辛弃疾身染恶疾，无法下床，而朱熹也因档期排不开，未能前来赴会。

"阿疾，我还是会来的。"陈亮在群里发言说。

那个傍晚，雪后，残阳。

辛弃疾在瓢泉扶栏远眺，一眼看见驿道上骑着大红马飞奔而来的陈亮，顿时虎躯一震。

两人久别重逢，感慨万千，开始在村前石桥上对酌。

想到山河破碎和当下绵软的朝政，他们内心几乎崩溃。

回到书房，他马上写了一首新词：《贺新郎·同父见和，再用韵答之》，"……男儿到死心如铁，看试手，补天裂"。

没人理解他的苦闷，一次酒后，他曾路过一片松林，觉得松树在故意阻挡他抗金，于是拨剑便砍。

一个古惑仔，他的雄心永远都在。

4.

公元1181年（淳熙八年），一股邪恶的风暴朝前战斗英雄辛弃疾刮来。

那年冬天，辛弃疾由江西安抚使改任浙西提刑，还没走马上任，就遭到监察御史王蔺的弹劾。

王蔺控告辛弃疾，"用钱如泥沙，杀人如草芥"，意思是他的军人作风太粗鲁，用钱不节俭，杀人很随意，这样的人，怎么能用？

朝廷果然"明察秋毫"，马上更改任命——辛弃疾被撤销一切职务。

虽然为官断断续续，但那些年，辛弃疾一直在坚持他的执政理念：对属下严苛，对百姓宽厚。

他对百姓有特别深厚的感情，觉得在相对和平的时期，应该努力让群众休养生息，安居乐业。

由于他的武将经历，朝廷曾派他平定南方的茶商叛乱，平叛结束后，他连夜给宋孝宗写了一封信。

他控诉说："田野之民，郡以聚敛害之，县以科率害之……而又盗贼以剽杀攘夺害之。不去为盗，将安之呼？"

这段话的大意是，基层老百姓饱受压榨，不当盗贼，他们又怎么能活得下去呢？

他向朝廷建议：严格管束各级官员，给老百姓更多的生存空间，让他们生活得有尊严。

他对手下的官吏非常严格，动辄追究法律责任。（历威严，轻以文法绳下，官吏慑栗）

得失诗意 163

相比之下，他对百姓极尽仁厚关怀。

在福建做提点刑狱时，辛弃疾给犯人判罪，第一原则就是"宽厚"，这在福建几乎到了家喻户晓的地步。（比居外台，谳议从厚，闽人户知之）

有一次他还亲自复审某县六十多名囚犯，释放了其中五十多人。

南宋官场一向崇尚庸碌保守，辛弃疾的作派与体制产生了剧烈的冲突。

然而，有什么不可以。

一个古惑仔，就应该对百姓有炽热的爱。

辛弃疾雕塑其二

5.

南归之后，辛弃疾再也没有机会奔赴疆场，为国尽忠。

既然英雄没有用武之地，他被迫将手中的利剑换成了软笔。

英雄情结一直在他心中熊熊燃烧，让他不能自已。

不管在何处为官，他都不停地给朝廷上书，在各种微信群唠叨收复中原那些事儿。

他也一直在准备上前线，在当湖南安抚使的时候，尽管这个职务跟军队一点沾不上边，他还是创办了2500人的"飞虎军"，当他披上铠甲，似乎又回到了热血的少年时代。

事实上，随着光阴飞逝，他已不再年轻，白发丛生。

无奈郁闷之时，他开始写词。

宋朝已经有了苏轼、柳永、李清照这三位巨咖，写词，纯属自寻死路。

可是，勇武的辛弃疾，硬是在无路之处，砸开一条大道。

就如后人对他的评价，"人中之杰，词中之龙"。

他自由挥洒，大大扩展了词的题材范围。

写壮志豪情，他有《破阵子》，"醉里挑灯看剑，梦回吹角连营，八百里分麾下炙，五十弦翻塞外声。沙场秋点兵……了却君王天下事，赢得身前身后名。可怜白发生。"

诉报国无路，他有《水龙吟》，"楚天千里清秋，水随天去秋无际……落日楼头，断鸿声里，江南游子。把吴钩看了，栏杆拍遍，无人会，登临意。"

记乡村情趣，他有《清平乐》，"茅檐低小，溪上青青草。醉里吴音相媚好，白发谁家翁媪？大儿锄豆溪东，中儿正织鸡笼。最喜小儿无赖，溪头卧剥莲蓬。"

玩婉约沉郁，他有《青玉案》，"蛾儿雪柳黄金缕，笑语盈盈暗香去。众里寻他千百度；蓦然回首，那人却在，灯火阑珊处。"

总之，他一言不合就开写。

写政治，写哲理，写朋友，写恋人，写田园，写民俗，写读书……只因为他深深地爱着这个世界。

生活虐我千百遍，我仍待它如初恋。

不管他手中拿的是剑还是笔，他永远在作战。

一个古惑仔，就该永不言败。

【古人访谈录】
唯有热血，才能暖心——辛弃疾访谈录

（画外音：各位读者朋友，欢迎收看"古人访谈录"第1集，不知道大家注意到没有，最近国内复古风劲刮，历史号走红，人们对那些天才诗人、勇武英雄产生了浓厚兴趣，并疯狂为他们打 call）

得失诗意　165

历史的囚徒： 为成为风口上的猪，前几天囚徒给大家讲了辛弃疾的故事，很多人觉得意犹未尽，经过多方辗转联系，今天我们把他老人家请到了访谈现场。现在我们用热烈的掌声欢迎他。

辛弃疾： 大家周末好，我是来自南宋的军人兼词人辛弃疾，很高兴跟大家见面。我知道你们现在有一个伟大的发明，叫互联网，真的很羡慕你们，你们生活在最好的时代，不像我当年那么憋屈。

历史的囚徒： 疾哥，我知道您是山东人，但刚才您上台的时候，我还是吓了一跳，您这身高超出我们的想象，绝对的长腿，得有1米90吧？

辛弃疾： 没有没有，不穿鞋的时候只有1米84，我是我们家族里最矮的。

历史的囚徒： 那我要说一句，在古人访谈录已经采访的11位嘉宾里，您的个头是最高的，难怪工作人员说，您不像一个文人，更像一个军人。

辛弃疾： 我觉得你们搞错了，我就是行伍出身啊，哦，我知道大家为什么误会了，我只当了4年兵，写词却有40年。

历史的囚徒： 是不是可以这样说，您短暂的战斗生涯，为您的一生打下了军人的底色？

辛弃疾： 是的，我生活在一个特别需要狼性、特别需要热血的时代。我的祖父辛赞之是开封府知府，通过他的关系，我认识了很多英雄壮士，大概只有14岁的时候，我就已经跟他们去过几次燕山了，在那里我们观察战争形势，进行过激烈的争论。我还可以告诉你，虽然朝廷一直不想收复中原，但民间的小规模抵抗和战争从来没有停止过，要不然南宋早就亡国了。

历史的囚徒： 您早年杀义端、抓安国的英雄事迹，真是令人热血沸腾啊，能具体回顾一下当时的情况吗？

辛弃疾：你说到了重点，一个人活着，不是有血就行了，而要活得充实，一定要有热血。所以你说我是"古惑仔"出身，我一点意见都没有。一个人没有热血，其实他的心就已经死了，一个社会没有热血，这个社会肯定也没有任何希望。

辛弃疾：冰冻三尺，非一日之寒。在参加义军之前，我一直生活在沦陷区济南，你不知道金狗是怎么虐待大宋吃瓜群众的，我看到很多悲惨的故事，包括我的家族也有很多人死在他们手上，所以我发誓，在有生之年，一定要将金狗彻底赶出去。

历史的囚徒：所以在义军冲锋的时候，您总是冲在最前面？

辛弃疾：是的。和尚义瑞偷印信之前，其实我们关系非常好，他给我讲在寺庙里偷学功夫的事，我也给他讲我的初恋和感情生活，但在大是大非面前我还是看得很清楚的，我最不能容忍的就是朋友的背叛。至于叛徒张安国，我一直觉得他图谋不轨，也多次提醒过耿京将军，但没想到他那么残忍，为了投降金国，居然砍死了老耿。真是人心难测啊。

历史的囚徒：从军人转到文职，落差一定非常大吧？

辛弃疾：我说没有落差，你能信吗？但我跟陆游兄弟、陈亮兄弟比，又是非常幸运的了，我毕竟在战场杀敌 4 年。陆游虽然也特别希望去抗金，但他一辈子都没有机会上战场。

历史的囚徒：说完战场那些事儿，我们再说说文坛那些事儿，您的词写得惊天地泣鬼神，很有感染力，这也是大家喜爱您的重要原因。我有个问题特别想知道答案，您怎么评价同时期的三大词人柳永、苏轼和李清照？

辛弃疾：他们都比我的年龄大，是我的偶像，很多人都说文人都瞧不起同行的"体重"，因为文人相轻嘛（大笑），但我就特别欣赏他们。别看柳永整天出入妓馆，你了解他内心的痛苦吗？我从他的词里看到了，其实他深爱着这个世界，而且是纯粹的真爱，我最初接触他的词的时候，只有十多岁，可以说他是我写词的启蒙老师。

辛弃疾：苏轼就更别说了，他的很多作品我都能背诵，我一直没想通的是，世界上为什么还有那样深刻博大、又特别诙谐有趣之人，他对文字和情感的综合表达能力，是一种超能力，他根本不像我们这个星球上的人。至于李清照，我一直想去杭州拜访她，但一直没有去成，我知道她晚年过得不太好。

历史的囚徒：能够说说"鹅湖之会"时的朱熹？

辛弃疾：他是一个十分严肃的人，在几个朋友组的饭局上，我们喝过几次酒，但他很少笑，我觉得他活得很累。另外，我对他研究的理学也没有什么研究，所以没有什么好说的。

历史的囚徒：您留下来的词有 620 首之多，很多词都是化战场热血为纸上墨迹，但我最偏爱最喜欢的就是"把栏杆拍遍"这一句，特别形象地写出了您的内心戏，所以我将这一句当作我文章的标题，也算是一种致敬，创作这首词的时候，您是怎么想的呢？

辛弃疾：其实我个人更喜欢"醉里挑灯看剑"这一句的意境。既然你喜欢"把栏杆拍遍"，我就给你讲一讲当时的背景吧。那是我南归后第三年，为了推动抗金大业，我向朝廷上书《美芹十论》，但是皇上那边一点反应都没有，也许只有在新纳的妃子面前，他才有反应吧。他就是特别固执，一直不想收复中原，彻底终结"靖康之耻"，他觉得自己的生活过得还可以，讨厌我一直那么劝他。我的工作岗位经常变化，一次比一次离他远，那些年，应该说朝廷上没有任何一个干部，有我那么丰富的基层工作经验。（苦笑）

辛弃疾：有一次，大概是公元 1174 年，我登上建康的赏心亭，眺望远方的山川风物，不禁百感交集，眼泪控制不住地流下来。当时觉得自己坚持那么长时间，还是一无所成，真是一种悲哀，朝廷根本不是百姓的朝廷，也不是我们这些臣子的朝廷，只是皇上一个人的，世事无奈，莫过于此。所以当天晚上就写下了这首《水龙吟》。

历史的囚徒：我看过资料，您出生在 5 月 28 日，典型的双子座，据说双子男都很有探索欲望，反应很快，但在生活中喜怒无常，没有什么安全感,您觉得自己是这样的吗?

辛弃疾:其实我觉得自己不像双子座,倒像是摩羯座,因为我符合这个星座的绝大多数特征,而且跟我关系好的人,很多都是处女座和金牛座。

历史的囚徒:您在弥留之际,仍然大喊"杀贼,杀贼"?

辛弃疾:这两个字是我一辈子的期待,想到我的呼吸将要停止,热血将要冷却,我就不甘心。

历史的囚徒:对您这种战斗终生、坚持终生的精神,真是佩服至极。

历史的囚徒:十分抱歉,导播提醒我,节目到这里,必须要告一段落了。今天谈得特别高兴,按照惯例,在节目快要结束的时候,每位访谈嘉宾要送一句话给粉丝,现在轮到您了。

辛弃疾:我想说,一个人活在这个世界上,只有献出热血,才能得到生命。

历史的囚徒:好的,谢谢疾哥,咱们下次节目再见!

辛弃疾:各位再见!别忘了,要跟古人混得熟,就看历史的囚徒!
历史的囚徒:各位,see you!

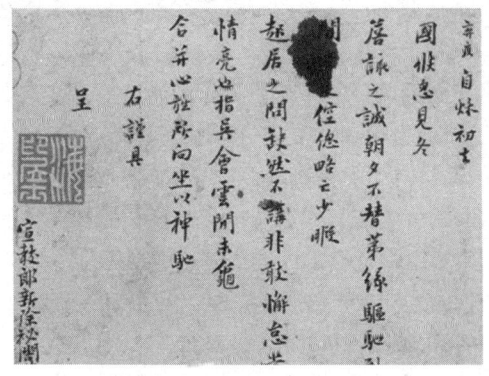

辛弃疾唯一传世书法作品:去国帖

得失诗意 169

◎ 囚粉说

闻师长月：这已经是我第三遍拜读这篇文章，可以说辛弃疾是我最喜欢的词人，没有之一！他的那份豪情里总带着一份江湖血性，曾因为喜爱辛弃疾的词，在自己独自置身一个陌生的城市孤军奋战，郁郁不得志的时候，没日没夜一遍又一遍书写他的词句，宣纸写了四五刀。其实，我们应有些幼安的豪情与执拗……我看过很多评写辛弃疾的文章，却独爱这一篇，爱不释手！也在囚徒的文字中找到了与自己对历史相似的想法和情怀！于是疯狂地将囚徒的公众号推荐分享，我觉得，每一个认真严谨的历史解说者更值得尊重。

烛影摇红：可豪放，可婉约，可杀敌，可做词，能文能武，一代英才！

甯长东：东坡何罪？才太溢也。柳七何罪？情太傲也。易安何罪？情太痴也。稼轩何罪？志太旷也。天下英雄谁敌手？赢得身前生后名！

四月天：说实话，乍看标题，心里对囚徒泛上了"浅薄"二字。于是，怀着犹疑，手滑下去，当题记"一个成熟男子的标志是，为了某件有意义的事能够卑微地活着"出现，心里呼啦啦地明朗起来，知道下面的文字有得看喽！果不其然，从参军到当官，到被开除公职，再到投剑从笔，过程衔接得当，叙事张弛有度，意蕴递进升华，让我体悟到把栏杆拍遍的意思。除了赞，一定要打赏。这两件事之后，我还能做什么呢？哦，可以发给朋友们欣赏。

九流稗官：三百年动荡，六十载春秋，从腰间金印、头上貂蝉到淡月疏星、鱼虾入梦，从工于谋国、以武起事到拙于谋身、以文成家，拍刀催马本是凛然豪气，笔走龙蛇无奈泪洒宣纸，常人之心多言真情至理，爱国之志空徒旷世奇才，只叹少年鞍马尘，儒冠多误身。当满江红唱成清平乐、破阵子唤作水龙吟、鹧鸪天长伴西江月、念奴娇自嘲丑奴儿，又有谁知君王天下事未了，春风白髭须已生的悲愁？他不是古惑仔，却用一生把苟且活成了热血，每闻其词，不禁热泪崩怀！

徐谦：这是现实版的"为国为民，侠之大者"，每次读稼轩先生的《破阵子》《清平乐》等，总感叹"侠骨柔肠"这个成语说的就是他了。

李志明：请到的原来是辛大哥！老师的江湖地位和人脉关系太深厚。这次访问辛大哥听他细说了对柳永，东坡与清照，还有朱夫子的看法，很贴切，原来他也是苏粉，对东坡老师的评语可以给五颗星，朱夫子确是如我们想象的那样木讷，不好玩。辛大哥在访问中对赵家不满，埋怨他没有斗志，不想收拾旧山河 朝天阙，可能只站在宏观场面看问题吧，不知道如果真的收拾了旧山河，赵家的老爸老哥回来后，位置只有一个，谁坐？岳元帅就是死在这纠结的事情上。赵家对辛大哥的喋喋不休只不过叫他那凉快去那里歇着，也算是厚道了，对他的苦心忠心后来赵家也不亏待，大哥百年之后追赠为少师，溢号忠敏，这也是很高的评价。

陷礼央：正因有一代又一代前人未冷的热血，中华民族得以薪火传承。

沉默是我：宋朝，不只杀自己的英雄，还活活憋死多少英雄！我一直觉得宋朝的文人只分两类，一类是只管自己醉生梦死生活滋润的，另一类就是栏杆拍遍要被憋屈死的！

京：南宋的热血很多，只可惜皇帝窝囊，让人心寒。

客世无存：一个人和一个时代的博弈，看到了失败其实也没败，看不到胜利的那一天，其实胜利每天都在！杀敌四年，烙印上军人底色，写词四十年，呈现的恰恰是那四年狼烟起兮的大义豪放和侠骨柔肠！风萧萧兮易水寒，壮士一去兮不复还，胸怀家国，热血满腔，民族大融合的大历史进程中，赢宋苟安的削武王朝中，季风吃不得劲草，唯有秋风扫落叶年复一年，未见一将功成万骨枯，只留汴梁闹市化成一副清明上河图大显农耕文明中商业萌芽的端倪。一个人改变不了世界，一个人也能改变世界，只是客行脚步所踏平了荆棘而呈现的改变根本不是心中所向往的那份改变，正所谓种瓜得豆，种豆得瓜，这又该如何定义价值是否得以实现！少年剑锋所指指敌问天，鹤发童心不泯疾呼杀贼，杀贼，手指指心窝顿地，悲哉亦壮哉！一个大时代里的热血青年，热血一生，即使醉里挑灯看的还是剑，梦回还是那吹角连营，壮怀激烈，不只是空悲切，那份热血没能湮灭异族的嚣张气焰，却化作了一句句录世豪词。

清泉石上流：辛弃疾之才远胜岳飞，只可惜铁血英雄报国欲死无战场！南宋朝庭对特别能打仗武将的防范之心，向来都是无以复加的。对辛弃疾这种文能安邦，武能定国的旷世奇才那就更不用说了。真是成也皇袍加身，败也皇袍加身！虽然辛弃疾最终没能在现实中实现他了却天下事赢得身后名的愿望。却在词的世界里大放异彩。他的词已成为豪放派词作中一条不老的山脉。他也成为豪放派词类的古今第一人，致今无人超越。千百年来，在他传于后世的词作影响下，无数的铁血男儿前仆后继，共御外侮宁死仍战！中国历史上曾出现辛弃疾这样的人物，中国甚幸！

泰平5楼34号：感叹他生不逢时，挣扎的灵魂！被当局者坑祸了的文武双全的大英雄！如果他能如愿仗剑天涯金戈铁马，一定又是另外一个面貌的辛弃疾，不变的是骨子里的豪迈大侠气质！

京：辛弃疾文武全才，满腔忠愤之气，发之于词，遂成南宋宗师。读了先生写的词人生平故事，再回头来看他的作品，更能有一番新的体会。

唐辉：一个才华横溢、无法无天但最终却是特立独行且生不逢时的问题青年。

Carol：只想知道辛弃疾先生是怎么把栏杆拍遍的，拍的哪里的栏杆呢？

邓文强：上马击狂胡，下马草军书。

随心：那么多人说辛弃疾生不逢时，其实不然！有国破山河在的大环境，又有自己不被待见的个人情绪，才会有他的痛彻肺腑的感悟，才能有俺等今日读到的好词。

陶渊明／如觉人生太苟且，不妨读读陶靖节

你是你梦想路上的唯一高墙，越过去，全世界都能看见你的光亮。
——题记

一直以来都有些迷惑：像王维、王安石和苏东坡那种巨咖，一次次创造出人类的精神高峰，才情万丈，挑剔无比，谁又能成为他们共同的偶像？

那个名字只能是陶渊明，一个谜一样的男人。

后人为了缅怀他，私下给他定了个谥号：靖节。

一个人的名字，寄托着长辈的期待，不过很多时候反差巨大；但他的名号，一定是精准的，能概括其一生的志趣和成就。

陶渊明，爱花而好酒，闲静有节操，史上再无第二人。

如觉人生太苟且，不妨读读陶靖节。

1.

儿时的陶渊明生活在祖上的荣光之中。

陶家的子嗣很有贵族气息，虽然是没落贵族。

陶渊明有一个威震天下的曾祖父陶侃，还有一个誉满江湖的外公孟嘉。

这两位长辈，一武一文，一个建功立业，一个崇尚自然。

他们颇受世人景仰，更是陶氏家族的偶像和骄傲。

在有些落寞但依然宽敞的祖宅里，父亲常常坐在高高的谷堆旁边，

得失诗意　173

给他讲那过去的故事。

"永远要记得,你爸爸的爷爷叫陶侃,他当过大司马(军队最高长官),"父亲顿了顿说,"你妈妈的爸爸叫孟嘉,他是一个是名满天下的公共知识分子。"

年幼的渊明自豪地点点头,不再像其他小孩那样窜来窜去,开始静下来读书。

从曾祖父开始,陶家的运势就开始逐代递减——陶渊明的祖父还做过太守,但到父亲这一辈已经丝毫没有名气,家族的希望全压在陶渊明身上。

他确实很有读书的天赋,一本《山海经》,他倒背如流。

更重要的是,他初步养成了读书和思考的好习惯(少有高趣,博学,善属文)。

公元 373 岁,陶渊明 8 岁,父亲去世,他和母亲、妹妹的生活更加拮据。

养不起孩子,母亲只能带着他们回娘家。

那段时间对陶渊明的成长来说极为重要——外公家中的书特别多,他想看什么就看什么。

当然,那些书跟外公孟嘉潇洒不羁、本真疏放的名士风范相比,又算不了什么了。

孟嘉是魏晋风骨集大成者,是有追求的知识分子的活标本。

跟随着这样的外公,陶渊明的思想感情和生命情调,也慢慢发展定型。

纵观他的一生,充满了矛盾。

有时候他"猛态逸四海",欲济天下苍生;

有时候又"性本爱丘山",坚决退隐田园,。

两种风格完全不同的情绪,充满了他的一生。

2.

陶渊明的官场生涯,跟几封辞职信有关。

两晋时期，社会阶层严重固化，"上品无寒族，下品无士族"。

虽然陶渊明是名门之后，但不管他多有才华，多么努力，却始终只能是庶族。

深受儒学浸染的渊明，信奉大济苍生的真理。

但直到29岁，他才走出书房，成为一名正式公务员（江州祭酒）。

他认为自己终于可以有施展的空间了，但很快他发现自己错了。

祭酒分管好几个地方部门，有一定的权力，对一个仕途刚起步的年轻人来说，算可以了。

但他遇到了一个很不靠谱的领导，王凝之。

这个名字大家很陌生，但说出他父亲的名字可以吓死你：王羲之。

王羲之一辈子不太得志，经常约朋友喝酒，醉卧长亭，畅谈人生，某天喝大了，还写出了中国书法第一帖，神作一样的《兰亭序》。

但他的儿子确实很差劲，作为一市之长，王凝之痴迷"五斗米道"，后来还挪用水利专款，做修道观之用。

陶渊明怎么劝，王凝之都听不进去。

这样的领导，可恶！陶渊明年轻气盛，回家就气呼呼地写了一封辞职信。

公元398年（东晋隆安二年），渊明投奔荆州刺史桓玄，做了一名幕僚，却发现这个领导一直蓄意谋反。

这样的领导，可怕！他一直想退出这场危险的游戏，时逢母亲赏花时坠井而死，他赶紧写信请辞，在家闲居。

三年丁忧期满之后，他怀着"四十无闻，斯不足畏"的观念再度出仕，出任镇军将军刘裕参军。

刘裕这个人，也想当皇帝，为了实现这个人生的小目标，他杀了不少人，干了很多见不得人的勾当。

这样的领导，可悲！陶渊明不想晚上做噩梦，再次提出辞职。

他开始觉得，官场处处险恶。

他总结那些次跳槽，都是"不堪吏职"。

离开就离开吧。

看人脸色，仰人鼻息，他实在是受不了那种气。

得失诗意　175

3.

告别身不由己,他回到了真正属于自己的田园,尽情地吮吸雨露和阳光。

唯有安静的田园生活,才是他的乐土和心灵归宿。

被视为官场失败者的陶渊明消失了,一个伟大的田园诗人诞生了。

南山是他的隐身之所,在那里,他有 9 间草屋,30 亩薄田。

每天开荒、砍柴、种麻、除草,累了,就坐下来喝口酒,接着干。

是的,你没看错,别人做农活累了就喝口水,陶渊明是喝酒。

白天,他坐在田埂上喝;入夜,他坐在满天星光下喝。

真正的天地人合一。

他觉得,一个人边劳动,边喝酒,更能够悟透人间的真理。

六首《归田园居》是他的感悟之作。

因为写得实在太好,现在将第一首全录于下:

少无适俗韵,性本爱丘山。
误落尘网中,一去三十年。
羁鸟恋旧林,池鱼思故渊。
开荒南野际,守拙归园田。
方宅十余亩,草屋八九间。
榆柳荫后檐,桃李罗堂前。
暧暧远人村,依依墟里烟。
狗吠深巷中,鸡鸣桑树颠。
户庭无尘杂,虚室有余闲。
久在樊笼里,复得返自然。

翻译成大白话,就是:

小时候就不随大流,我生来就热爱自然。
失足落入仕途罗网,转眼离田园十余年。
笼中鸟常依恋山林,池鱼向往从前深渊。
我在南山开垦荒地,保持拙朴归耕田园。
绕宅方圆十余亩地,加茅屋草舍八九间。
榆柳树荫盖着屋檐,争春桃李列满院前。

远处村舍依稀可见，里面飘荡袅袅炊烟。
深巷传来几声狗吠，树上雄鸡不停啼唤。
庭院没有尘杂干扰，静室只有安适悠闲。
久困樊笼毫无自由，今日总算归返山林。

有时候，他会想起那些官场的人，官场的事，心里还是矛盾。

一方面，觉得自己终于从污浊里爬出来；另一方面，又感觉自己怀才不遇，免不了要叹几口气。

《杂诗》就表现了他归隐后的政治苦闷和无限深广的忧愤情绪：

人生无根蒂，飘如陌上尘。
分散逐风转，此已非常身。
落地为兄弟，何必骨肉亲！
得欢当作乐，斗酒聚比邻。
盛年不重来，一日难再晨。
及时当勉励，岁月不待人。

他是个非常热血的男人，歌颂精卫、刑天的《读山海经》里，有一句"猛志固常在"，其实也是他自己的写照。

一个男人，谁不想成就一番功业。但时运不济，他只能让自己的背影消失在田间地头。

从官场转向田园，他反而爱上了劳动，也爱上了那些生存艰难却一直在坚持的百姓，他写了大量的诗赋来表达这种感情。

此前，文人与农民是两个风马牛不相及的职业，农民的生活和感情往往被文学作品忽视，是陶渊明砸碎了这块坚冰。

他乐于做一个农夫，为此写了著名的《五柳先生传》，这篇作品没有具体描述生平事迹，重在表现生活情趣，读者看惯了无病呻吟的诗赋，眼前不由一亮。

后来，现实已经挡不住他思维的脚步，他写了《桃花源记》，记录一群躲避战乱的人，生活在一片桃源乐土——他们不是神仙，只是比世人多了些率真、纯朴和坚持。

得失诗意

他在现实中也够坚持。

公元408年（东晋义熙四年）六月中，渊明家中火灾，宅院尽毁，一家人只能暂时住在船上。

火灾没有击垮他，反而令他更加坚定——他不仅重盖新居，还在屋子周围种了数不清的菊花。

久久呆坐菊丛之中，他满心欣喜。

磨墨提笔，他写下了这首千古名篇：

饮酒·其五

结庐在人境，而无车马喧。
问君何能尔？心远地自偏。
采菊东篱下，悠然见南山。
山气日夕佳，飞鸟相与还。
此中有真意，欲辨已忘言。

4.

跟人类社会出现的诸多大师一样，陶渊明活着的时候，并没有太大名气。

事实上，中国历史上被尘封、被淡忘的作家，还有很多很多。

陶渊明是幸运的，他遇到了一个重磅粉丝、隔世知音——萧统。

萧统贵为南朝梁太子，是一个文学发烧友，他自费办了一份皇家文摘，专门搜集古人散佚的诗文。

一天，他在深宫读陶渊明《归去来兮辞》，忽然泪流满面。

世界上居然还有这么淡泊这么纯真的人，还有如此接地气的诗赋！

一股神秘的力量推动着萧统，令他激动不已：我要把这个人介绍给全天下——

在他有限的30年生命里，他坚定地为陶渊明作传，对其作品进行整理、研究和评价。

当时，在江西老家的坟墓里，陶渊明已整整沉睡了100年。

随着萧统的介绍，陶渊明声名大振，粉丝越来越多。

到了唐宋时期，在一些超级粉丝的引领下，陶渊明俨然成了人们的精神偶像。

李白说，"渊明归去来，不与世相逐。为无杯中物，遂偶本州牧。因招白衣人，笑酌黄花菊"。

杜甫说，"宽心应是酒，遣兴莫过诗，此意陶潜解，吾生后汝期"。

诗画俱佳的王维是陶渊明的超级铁粉，他说，"陶潜任天真，其性颇耽酒。自从弃官来，家贫不能有。九月九日时，菊花空满手……"

北宋文坛盟主欧阳修评价说，"晋无文章，唯陶渊明《归去来兮辞》一篇而已"。

天才的苏东坡，一辈子更以陶粉自居，抄写陶诗无数遍。

他满怀深情地说，"吾与诗人无所甚好，独好渊明之诗，渊明作诗不多，然其诗质而实绮，癯而实腴，自曹、刘、鲍、谢、李、杜诸人，皆莫过也"。

苏东坡不仅爱陶诗，还爱上了陶渊明这个人。

他一辈子写了《和陶止酒》《和陶九日闲居》《和陶形赠影》等109篇和陶诗，如果没有精神上深切的爱，是做不到的。

跟帖的大咖名单，还可以列上一长串：韩愈、白居易、林逋、许顗、杨万里、王安石、朱熹、姜夔……一直到近现代的鲁迅、梁启超和梁实秋。

印象最深的是梁启超，他说："自然界是他（陶渊明）爱恋的伴侣，常常对着他笑。"

唐人陆曜所绘长卷《六逸图》中陶渊明的形象

5.

陶渊明是一个不折不扣的酒徒。

有一次，老婆征求他的意见，下一季地里种什么？

陶渊明微笑着回答：全部种上秫米（因为可以酿酒）。

得失诗意 179

夫人知道他的用意，娇嗔道：不行，就一半！

一个人不能只喝酒，不吃饭。

但似乎陶渊明就可以，一天，他正在酿酒，市委一个领导前来探望，适值酒熟，陶渊明顺手取下头巾漉酒，完事之后，仍将头巾罩在脑袋上，然后才去接待来客。

作为中国文学史上第一个大量写饮酒诗的作家，他总喜欢用微醉的语态来看待世间的人与事。

或叹息污水横流的上流社会，或反映官场仕途的阴险丑恶；

或表现退出官场后的怡然自得，或透露在困顿中的牢骚不平。

但他不想愤怒，因为每一分钟的愤怒，都会丧失 60 秒的快乐。

于是他开始喝酒，只有喝酒的时候，才能忘记人生所有的不快。

有一年重阳节，陶渊明没有酒喝，就采了一把菊花，坐在家门口思考人生。不久，远远看见一个穿白衣的人走过来，原来是江州刺史王弘给他送酒来了。渊明当天大醉。

还有一次，好友慧远法师请陶渊明前去一叙，陶回复说，在寺庙里唠嗑，就不能喝酒了，除非寺院能破戒。

说完，他笑了笑。

他喜欢微笑——开心了就笑，不开心了，待会再笑。

考虑再三，慧远法师还是为他破了戒，后来，陶渊明果然在寺庙里喝得不省人事。

《陶渊明集序》中评述，"陶诗篇篇有酒，吾观其意不在酒，亦寄酒为迹者也"。

可以说，没有酒，就没有陶诗的流光溢彩。

一半清醒一半醉，这是陶渊明找到的人生胜境。

6.

官场从来不是诗人的乐园，但有时候需要诗人来撑门面。

辞职后，他开始在官场外享受快意恩仇、清苦沉静的生活。

他刻意要忘记官场，官场却没有忘记他——各方发来的 offer 不断，听说有这么一个奇人，到任地方的官员都想结识他。

——公元 415 年（义熙十一年），当朝诏征他为著作佐郎，陶渊明称病不出；

——公元 418 年（义熙十四年），王弘担任江州刺史，刚履新便前去探望陶渊明；

——公元 424 年（南宋朝元嘉元年），颜延之担任始安太守，与陶渊明结交成为好朋友；

——公元 427 年（南宋朝元嘉四年），军人檀道济前往探望陶渊明；

对这些心态各异的官场中人，陶渊明淡然处之——一起喝酒、弹琴、赏花、聊天，可以；请我出山任职，没门。

由此也产生了很多流传千古的趣闻轶事，从中可见陶的名士风流。

弹无弦琴。他有一张可折叠、无装饰的无弦琴，每逢饮酒聚会，他总会抚弄几曲，表达心中意趣。别人问他为什么弹无弦琴，他只回答 3 个字，"我喜欢"。

伸脚革履。陶渊明没有鞋，总是光着脚丫子，王弘吩咐下属帮他做几双。下属去问陶渊明脚的尺寸，陶便坐下来伸出脚让他们测量。

颜公付酒钱。颜延之是陶渊明的好朋友，有一次经过陶渊明家，接济他 2 万钱，一转眼陶就把钱一分不剩地给了酒家，这样以后可以随便去喝酒。

我醉欲眠卿可去。不论贵贱，只要有人拜访陶渊明，只要他有酒，就会和客人一起喝酒。陶渊明若先于客人醉了，就会对客人说："我醉了想睡了，你离开吧。"

有时候，他也会觉得惭愧——由于自己坚持不仕，没有收入，家人经常挨饿。

可是，他又不愿意委屈自己——如果一份工作干得不开心，为什么要去削足适履。

世俗生活让他矛盾，让他痛苦。

德国哲学大师尼采说，一个人知道自己为什么而活，就可以忍受任何一种生活。

即便痛苦，也要忍耐。

不管出世入世、顺境逆境，有一点陶渊明始终没有变过——真实

得失诗意　181

地面对自己，超越自己。

7.

通读陶渊明100多首诗词和辞赋，可知他的人生乐趣在于：看书、写诗、交友、弹琴、种花、喝酒。

生命是一场狂欢，每个燃点都会带来一场绚烂。

从他身上，可以学到很多很多。

学习他什么？

1. 人要有骨头，更要有骨气；

2. 守着内心的净土，不要让人世间最黑暗的东西吞噬了它；

3. 人格魅力、文化底蕴和生活情趣这三样东西，即使用一生时间修炼也不为过；

4. 不戚戚于贫困，不汲汲于富贵；

5. 聪明的人做心中的自己，愚蠢的人做他人眼中的自己；

6. 从平淡中寻找绮丽，从苦闷中寻找快乐；

7 虚名是人世间最骗人的东西；

8. 生活会粗鲁地雕刻我们，切记：不忘初心，方得始终；

9. 人活于世，要忧国，更要乐天；

10. 人生的烦恼总量是恒定的，与你的职业和出身基本无关；

11. 最糟糕的生活状态不是你过得很悲惨，而是你根本不知道自己要什么，甚至什么都不想要。

在人生最艰难、最矛盾、最痛苦之处，陶渊明总能用他的天赋和敏感，为我们趟出一条路。

8.

他是人类历史上最著名的诗人之一，更是一个行为艺术家。

让我们再回到公元405年（义熙元年）十一月。

看到4个年幼的儿子嗷嗷待哺，陶渊明的心很痛，为养家糊口，加上长辈一直规劝，他决定再试一次——到离家乡不远的彭泽当县令。

……

那年冬天大雪纷飞,上级派出的督邮到彭泽视察,这位督邮不知道叫什么名字,但也许历史应该感谢他,因为正是他,最终让陶渊明彻底告别了官场。

这个人官位很低,粗俗傲慢,爱在领导面前说三道四,对此,陶渊明早有耳闻。

手下劝他说,这个督邮得罪不起,还是按照惯例,赶紧穿上官服、束上大带去拜见他。

这一次,渊明再也没忍住。

他取出官印,拂袖而去。

此时,离他到任彭泽县令还不到3个月。

回到田园,他写出了千古名作《归去来兮辞》。

正式宣告,自己与官场决裂。

在仕与耕之间动荡十余年后,他终于放弃虚无飘渺的理想。

此后二十多年,他对官场敬而远之,再不曾踏入。

他终于打破了樊笼。

……

每个人心里都有一个桃花源,住着最干净、最光明的自己。

如果一个人活下去的代价是失去尊严,千万不要让这生活持续下去。

如觉生活太苟且,不妨读读陶靖节。

◎ 囚粉说

TH:《七律·冬夜品囚徒妙笔咏怀陶潜》北风刺骨靖菊摧,一纸丘山靖节回。寄迹风云歌五柳,托情诗酒醉千杯。宦游身仗嶙峋骨,解印心逐日月飞。孰谓羲皇犹未死?醇醪词彩后来谁?

未央时:也许现代的人更应该品读陶潜的诗作,在这个千篇一律的生活方式里更应该有那种格格不入又性得自然的品味。从小学他的

得失诗意 183

各种文章，身在农村的我觉得只文字美妙，并没有什么新意味。到城市打拼，才觉得我们欠缺的不只是形式上的美，还有内心深处的呼唤和怡然自得的追求。

雷震：喝太多的酒，只是陶醉了他自己，却误了他儿子们，这是因果。还有，他不是五个儿子吗？在他眼里，五个儿子都不成气候。他在《责子》一诗中写道："白发被两鬓，肌肤不复实。虽有五男儿，总不好纸笔。阿舒已二八，懒惰故无匹。阿宣行志学，而不爱文艺。雍端年十三，不识六与七，通子垂九龄，但觅梨与栗。天运苟如此，且进杯中物。"长子阿舒，懒惰到举世无双；次子阿宣，对应考没兴趣；阿雍和阿端是双胞胎，谁知笨得不认识六和七；小儿子阿通成天都在找果子吃。老陶我只好听天由命，管它三七二十一，喝自己的酒去。

北国以北雪花飘飘：心有桃花源，处处水云间。

陈旧：陶靖节基本上是古代唯一一个亲自劳作的田园诗人，所以诗歌更接地气，更朴素自然。但我们追求理想主义做人，现实主义做事，而他是理想主义做人又做事，所以苦了妻儿。取其精华，扬长避短吧。

新月：高中老师有一次讲到，自己年轻时非常喜爱陶渊明，采菊东篱下，悠然见南山，自然是悠然自得，可是有了家庭有了孩子，才觉得陶渊明太不负责任，他的桃花源，他的采菊东篱，他的不为五斗米折腰，都是建立在家人的贫贫困苦上的……可我们还是依然那么真诚地喜爱着陶渊明，这个桃花源的隐士，不足为外人道也！

【不为五斗米折腰
六斗米我考虑一下】

嵇康／破碎就破碎，没什么完美

1.

公元 250 年夏天，洛阳。

城东的"雨入松"书店，正在进行一场签售会。

这天是周末，排队的人很多，像两条长龙，一眼看不到头。虽然饱经战争之苦，经济条件也不宽裕，魏国的群众却很喜欢看书。据官方的华新社报道，去年全国图书码洋已经创下历史新高。

一个皮肤黝黑的小伙，手里拿着去年出版的《庄子·秋水篇》，一直想插队，被后面的胖大婶狠狠推了一把。大家的目光，刷刷刷，让小伙子无地自容。

"我是从外地来的，待会还要赶火车。"小伙子红着脸，解释道。

"你说，谁不是一堆事？瞧你黑成那样儿！"胖大婶鄙夷道。

"我是黑，可那是晒的，因为我不想白活一辈子。"小伙子振振有词。

"别吵了，每个人都能买到书，我保证！"旁边一个工作人员敲了下铜锣，大声喊道。

"来了，来了。"人们朝书店门口望去，刚才熙熙攘攘、叽叽喳喳的人群，忽然鸦雀无声。

一个二十多岁的年轻公子，身着白色宽袍，正从马车上下来。

人群爆发出持久不息的掌声。

白袍公子微微笑着，颔首向大家致意，就像一尊行走的荷尔蒙。

时值盛夏，人群中有两名女粉丝因兴奋过度，当场晕倒。

几个高大威猛、戴着墨镜的保安挤过去，架着女粉丝走向街口的急救车。

"他比去年出版的写真集上还要帅。"胖大婶的神情有些恍惚。

"感谢捧场，我们又见面了！"白袍公子接过麦克风，向人群作了个揖。

"兄弟，正是嵇康"。

2.

那一年，嵇康才27岁，却已是国内闻名的大文学家、大哲学家、大音乐家、大书法家。他对养生也颇有研究，怎么养呢？8个字，"清虚静态、少私寡欲"。他的皮肤光彩照人，细嫩如婴儿，众多养生水和面膜企业，抢着请他代言。他身长七尺八寸（约1米85），风姿特秀。一个自媒体人见过他以后，满脸崇拜地写道，"萧萧肃肃，爽朗清举"

关于他的帅，江湖上流传着两个传说。

第一个传说——他儿子嵇绍与其他小伙伴一起玩耍。一个路过的人惊叹道，真是鹤立鸡群！旁边的人摇着头说："啧啧，你还没见到他的父亲呢！"

另一个传说——他在山里采药，不知不觉迷路了，几个砍柴的村民遇到他，看他仙风道骨的，都认为他是神仙，跪倒就拜。

魏国老牌媒体《魏·时代》周刊曾有一句经典评价：天上地下，只有这一个嵇康。

言下之意，大家要保护好他。

最初，嵇康不需要保护，他的人生，过得潇潇洒洒，充满阳光雨露。

特别是他的著名诗句，充满哲理，又紧贴现实，引来文坛内外一片崇拜之声——目送归鸿，手挥五弦。俯仰自得，游心太玄。

他祖籍安徽谯州，与曹操是正宗老乡，很自然地与曹操站到了一个阵营。后来，他还娶到了曹操的曾孙女、著名的长乐亭主。因为这

得失诗意　187

层裙带关系，他走上了仕途，专门分管庙堂和江湖上的时事评论（中散大夫），没谁敢惹他。

业余时间，他继续写新书，搞签售，见粉丝，喝大酒。

3.

"雨入松"书店的签售与合影，一直持续了3个多小时。

到卫生间洗了把脸，嵇康马上给阮籍发了一个微信。

"老铁，晚上在哪儿喝酒？"

"老地方，记得叫上山涛他们。"对于嵇康的信息，阮籍一向是秒回。

老地方，是指洛阳城乡结合部的一个小酒馆，名叫"竹影回声"，是"竹林七贤"的固定聚会点。

"今天是我组的局，我来埋单哈，"嵇康举杯道，"来，第一杯，敬故乡，和远方。"说完，一饮而尽。

当一轮明月升起的时候，酒馆里所有人都喝多了。

"竹林七贤"这伙人，都爱酒。

在刘伶马车的后备箱里，除了白酒和铁锹，什么都没有。铁锹是用来挖坟的，喝死了随时埋。

7个人里，阮籍的酒量最差，他曾拒绝将女儿嫁给显赫一时的司马家族，为了避开说客，坚持天天喝醉，一连60天。

嵇康的酒量最大，也最懂酒。

难得的是，他喝多以后，仍然风度翩翩，他觉得酒能释放自己，"进入人生大美境界"。身后虚名，怎能比得上眼前的美酒一杯。

酒是离神最近的液体，王羲之人生失意，在微醉之下写就的《兰亭序》，最终成了中国书法第一帖。

不像阮籍，喝着喝着，就开始胡评妄议。

"你说这个司马家族，他们不就是想造反吗？还遮遮掩掩的，恶心！"

嵇康朝四周看了看，低声提醒道："小心有密探，酒今天是到位了，我给大家弹个琴吧。"说完，他从行李袋里取出五弦琴。叮咛咛咛……

琴声响起，正是他最拿手的《长清》曲。

他的琴音，好到什么地步呢？这么说吧，后来的隋炀帝贪声色之娱，曾要求宫廷乐师必须会弹奏"九弄"，其中"四弄"都是嵇康创作的——《长清》《短清》《长侧》《短侧》。而且，这些作品还远不是他音乐成就的顶峰。

4.

嵇康还有一个爱好，跟他的身份地位完全不相称：打铁。

很难想象，一双惯于弹琴、写出"精光照人，气格凌云"书法的圣手，居然能干这种粗活。

可是，他就是喜欢。

他特别享受打铁的奇妙过程，那些坚硬的铁块在一次次的焚烧和敲打后，变成了与之前完全不同的形状。开铁匠铺，一为养家糊口，二为思考问题——人活在世上，是应该跟铁一样坚硬，保持真我呢，还是顺应时势，改变自己？

嵇康画像

他尝试过向时世屈服，却没有成功。说服自己，实在太难。他很苦闷。他自幼丧父，由母亲和兄长抚养长大，这让他很早就有主见，痛恨拐弯抹角，喜欢直来直去（直性狭中，遇事便发）。他最终遵从内心，选择了"任自然"的生活方式。

在铁匠铺，他常与朋友讨论《庄子》《老子》《周易》等玄学，尽量拉开与现实的距离。几乎到了废寝忘食的地步（微言达旦）。

夜深人静，酒过三巡，他还喜欢长啸。那种长啸，类似加强版的口哨，能穿越历史。似乎在控诉丑恶的政治，慨叹拧巴的人生。

5.

他想退隐避世，但净土难寻。

竹林那次酒后，他上了魏国所有媒体的头条，因为一篇文章《我

得失诗意 189

和山涛,再也不是朋友了》。

山涛也是"竹林七贤"之一,他见嵇康辞去公职后生活清贫,想推荐他入朝为官。

这原本是好意,可是嵇康不乐意了。

多年的好兄弟,没想到山涛还是如此不了解自己,忍无可忍。他写了一篇1274个字的文章,列举自己的"七不堪,二不可",并痛斥山涛贪图富贵。他的文章一向见解深刻,文笔细密,被鲁迅先生视为"精神教父"。因为这篇文章,嵇康与山涛从一见如故,到再见陌路。

……

不久,他又得罪了一个叫钟会的人。

钟会是高干子弟(太傅之子),当朝司隶校尉(秘密警察头子),生来诡计多端。

对嵇康,他慕名已久。在一个大雪纷飞的冬天,他带着一马车礼品赶往嵇康的铁匠铺。只为认识自己的偶像,当然,最好能够讨教一些问题。应该说,他很虔诚,但虔诚的坏人,很可怕。

寒风之中,嵇康只顾打铁,根本没意识有外人存在。钟会看了大半天打铁的火星,觉得自讨没趣,起身要走。

嵇康这才发问:"何所闻而来?何所见而去?"

钟会恨恨地回答:"闻所闻而来,见所见而去!"

这次不愉快的见面,使嵇康走上了死亡之路。

钟会是个睚眦必报的小人。没过多久,他就找到了杀嵇康的机会。

6.

公元263年(魏景元四年),一桩震惊魏国的桃色事件发生了。

名士吕安的妻子徐氏貌美,结果被兄长吕巽迷奸。吕安想报官,却被恶人先告状"不孝"。

不孝在古代是一项重罪,吕安马上被官府收捕。

作为吕安最好的朋友,嵇康非常愤怒,他跑前跑后,要帮朋友翻案,反而被钟会收监,罪名是"干扰司法"。

狡诈的钟会向当权的司马昭提交了一份报告,建议杀掉嵇康。

他号准了脉：司马氏篡权夺位，天下人心不服，杀掉嵇康，对反对派和不服管的名士来说，震慑足够大。

这招借刀杀人，司马昭几乎无法拒绝。

但是，天下几乎所有的读书人，都舍不得让嵇康就这样死于非命。

行刑前几天，洛阳的3000太学生集体为他请愿。

那不是普通的学生，是魏国的各级官员。

历史上，上刑场的人何止千万，但有这么多读书人集体求情的，再无第二人。

天真的嵇康，一直不相信自己会有杀身之祸，在狱中他写了一首四言诗，决定一旦脱离困境，将远离尘世——"采薇山阿，散发岩岫，永啸长吟，颐性养寿。"

可是等来的，却是秋后处斩的消息。

有人托狱卒告诉他，都是钟会捣的鬼，他淡然一笑。

原来，自己还是逃不过人间的险恶，朝政的怪圈。即使远离朝廷，对政治漠不关心，政治也会找上门来关心你。这样的人生，破碎就破碎吧。

……

嵇康《琴赋》

洛阳东市，人头攒动。

嵇康身着囚服，目光沉毅。

监斩官问他最后还有什么心愿，他请求道：

"我想弹琴一首。"

监斩官姓陈，原本是他的粉丝，又见台下群情激愤，勉强点了点头。

嵇康轻抚琴弦，开始弹奏。那就是传说中的中国古代十大琴曲之首《广陵散》（神气不变，索琴弹之，奏《广陵散》）。它描写的是古代武士聂政刺杀暴君的故事，全曲悲壮浓烈，又愤慨不屈。

整个刑场，除了琴音，静寂无声。

人可以离开，但浩然之气当存。

天空忽然开始飘雪——那一年的冬天，居然在早秋提前到来。

◎ 囚粉说

朱江：完美的人注定不平凡，不平凡的人生很难完美，一杯敬嵇康，一杯敬囚徒。

反方向的钟：嵇康的罪状美的得像一首诗——上不臣天子，下不侍王侯。无益于今，有败于俗。这是历史上最美叛逆者的罪名。

T.H：《永遇乐·读囚徒宏文感怀嵇康》 引酒三杯，操琴一曲，魏晋风度。三五同流，避居林下，非孔周汤武。旷达叔夜，潇潇肃肃，清举七贤独步。哲文工、诗兼音律，士子一见如故。 山涛美意，口诛笔伐，恕几形同陌路。目送归鸿，五弦在手，俯仰无他顾。所闻所见，何来何去，钟会袖长善舞。 玉山崩，广陵音绝，恸伤旷古。

诗酒趁年华：这就是传说中的集美貌与才华于一身的美男子？

陌上卿颜笑：既然都写到魏晋了，要不把谢安、王猛、王弦、慕容冲、冉闵、谢道韫、桓温什么的都写一遍？

王祖建：从吟诗醉酒到弄琴打铁，这过程一个比一个激烈，可见嵇康的性子刚烈，是那般看得越清越是难得糊涂。破碎吧，世人所追求的明哲保身，飘散的富贵浮云。悲壮哉，不一样的烟火！

广陵散大型音乐会

[大家知道 我每次演出都会摔一把琴]

李白/人生就是大闹一场，悄然离去

唐朝有个人，从小赢在起跑线上，当其他小朋友为及格苦恼时，他在满分附近微笑；

长大了爱旅游，爱喝酒，爱舞剑，爱写诗，爱显摆；

皇帝为他调过羹，权臣为他脱过鞋；

他的名字叫李白。

后人都称他为"诗仙"，因为他的诗不像是凡人写出来的——超脱、空灵、难以捉摸。

其实，我更愿意叫他"诗狂"，上下五千年，无数文人墨客，比他狂的人还没有出生。

人生是什么？

金庸说，人生就是大闹一场，悄然离去。

李白过的，就是这样的人生。

1.狂

李白一辈子，狂得没边了。

才15岁，他就像模像样地写了一首上千字的赋（《明堂赋》），还发誓要超过写赋的祖师爷司马相如。

在这篇文章的末尾，他写道：镇八荒，通九垓。四门启兮万国来，考休征兮进贤才。

小气场已经鼓起来了。

20岁,他写出"大鹏一日同风起,扶摇直上九万里"。《上李邕》

21岁,他写出"飞梯绿云中,极目散我忧。暮雨向三峡,春江绕双流。今来一登望,如上九天游"(《登锦城散花楼》)。这是他的成名作,当时他在成都旅游。

瑰丽山河与豪放心境相交辉映,初露锋芒。

27岁,作"……浮四海,横八荒,出宇宙之寥廓,登云天之渺茫"(《代寿山答孟少府移文书》)。

在这一作品中,他还写出了被知识分子奉为圭臬的名句,"达则兼济天下,穷则独善一身"。

接下来,他的才情迸发,一发不可收拾。

写出来的名句主要有——

孤帆远影碧空尽,唯见长江天际流。(《黄鹤楼送孟浩然之广陵》);

苍苍几万里,目极令人愁。(《登新平里》);

长风破浪会有时,直挂云帆济沧海……且乐生前一杯酒,何须身后千载名?(《行路难》);

再接下来是高潮和惊天奇想——

天生我材必有用,千金散尽还复来。(《将进酒》);

桃花潭水深千尺,不及汪伦送我情。(《赠汪伦》);

抽刀断水水更流,举杯销愁愁更愁。(《宣州谢朓楼饯别校书叔云》);

十步杀一人,千里不留行。(《侠客行》)

……

别以为他只是在诗里这么狂,其实他在生活中更狂。

除了在诗中展示他的狂傲,还用剑展示他的锋芒。

在他所有的诗中,共提到剑字一百一十多次。他试图证明,自己跟其他所有的诗人都不一样。

他的才华和豪放确实吸引了不少人,包括皇帝。

唐玄宗初见他,也会降辇步迎,"以七宝床赐食于前,亲手调羹",

得失诗意 195

显得特别重视知识分子。

后来他还敢叫皇帝身边得宠的宦官（高力士）给他脱鞋。

真是桀骜不驯，傲视王侯，誓不抵头。

那么大胆地戏耍现实，马上遭到了凶狠的反扑。

2.浪

从小他就对外面的大千世界充满好奇。

20岁出头，他开始用脚来丈量外面的山山水水，一草一木，一鸟一虫，他都充满感情。

他爱与客观世界进行这样的交流，那是他所有灵感的来源。

这种交流，一直持续了40年，直到他生命的尽头。

这个习惯，说得好听点，是旅游；说得难听点，是流浪。

但他似乎很喜欢那么浪。

最初，就像远行的僧侣一样，他跟着父亲从碎叶城取道新疆、陕西，一路向南，他感受到了这个国家的广袤。

最后，前方的大山大河挡住了他们的去路，于是，四川成了他的故乡。

长到10多岁，他开始热衷省内游，走遍四川成都、内江、宜宾、广元等各地市，他的旅程很快乐，别人看到的李白，是一个无忧的少年。

24岁，他首次出川，行走长江流域，开始周边游，江西、湖北、湖南、江苏等省，到处都留下了他的足迹。

直到42岁，在朋友的介绍下，他奉诏入京。

天天在皇帝身边写马屁诗，最初他还挺高兴，以为自己终于要在京城安居乐业了。

但他狂傲的个性和超群的才华，引来了无数人的嫉妒和迫害。

这两种可怕的情绪像瘟疫一样爆发，随时可能撕碎他。

他不得不再次开始全国漫游。

生命的最后8年，他是在安徽南部度过的。

史料统计，他一生到过全国 206 个州县，登过八十多座名山，六十多条江河。

总面积，几乎超过了国土的一半。

就像他小时候在日记里写的，他要走遍天下路，看遍天下书。

他做到了。

可以说，他的诗是用笔写出来的，更是用脚写出来的。

3.酒

如果让李白写一首诗，又不让他喝酒，还不如杀了他。

他是"诗仙"，更是"酒仙"。

他的好朋友杜甫曾深情地回忆道，李白喝酒的时候，即使皇帝来了他也不理会。（"天子呼来不上船，自称臣是酒中仙"）。

有的人喝醉了，就失去了意识，李白不一样，他更清醒。

他自我评价说，"百年三万六千日，一日须倾三百杯"。

没有酒，他的诗不会那么有魅力，那么有光辉。

三首《清平调》是他受到高度好评的作品，全是他喝得大醉后所作。

那年，皇宫里各类花卉争奇斗艳，前所未有地盛开，后宫女子无不展露笑颜。

玄宗与杨贵妃命著名乐师李龟年与李白合作，搞几首新歌。

李龟年找不到李白，因为他又去喝酒了，而且喝得大醉，站都站不稳。

李龟年快要急哭了，完不成创作的任务，少不了挨板子，只好命人把李白火速背到天庆宫。

一直到下午，李白才醒过来。

一醒就又要喝酒，真是豪气纵横，狂放不羁。

一口气喝了好几杯，忽然灵感袭来，提笔便写——

之一：云想衣裳花想容，春风拂槛露华浓。若非群玉山头见，会向瑶台月下逢。

之二：一枝红艳露凝香，云雨巫山枉断肠。借问汉宫谁得似，可怜飞燕倚新妆。

之三：名花倾国两相欢，长得君王带笑看。解释春风无限恨，沉香亭北倚阑干。

……

酒是他的人生重要支柱，就连他流的汗里，都有酒的味道，诗句的跳跃。

白天喝，晚上喝，月光下喝，游船上喝，花丛中喝，顺境时喝，逆境时喝……

慢慢地连自己的故乡都忘记了（但使主人能醉客，不知何处是他乡）。

酒能让他无拘无束，充分打开自己，释放内心的真性情。

然后，写出这个世界上最瑰丽的句子。

——"人生得意须尽欢，莫使金樽空对月"；

——"钟鼓馔玉不足贵，但愿长醉不复醒"；

——"古来圣贤皆寂寞，唯有饮者留其名"；

——"人生达命岂暇愁，且饮美酒上高楼"；

——"五花马，千金裘，呼儿将出换美酒，与尔同销万古愁"。

里面既有飘逸浪漫、潇洒自在，也有万千悲慨、郁结失意，令后人无比痴迷。

就连他临终前的最后一首诗也跟酒有关——

哭宣城善酿纪叟

纪叟黄泉下，不应酿老春。夜台无李白，沽酒与谁人？

在酒里徜徉，足以笑傲人生。

【杜甫homie又找我喝酒了】

井水歌王柳永／请别叫我『肾斗士』

1.

公元1007年，当时世界上最大的城市之一——北宋都城汴梁。

刚入冬，就下了一场大雪，是时候全城供暖了。

集中了上千赶考读书人的微信群"我要当状元"，每天都热闹非凡。

有的考生喜欢上传家乡的照片，美得不要不要的，有的人在群里求复习资料和往年真题，有的富二代，一天到晚发红包，更多人由于备考的压力太大，习惯性潜水。

夜已深，大家正准备上床睡觉，忽然手机"叮"的一声，一个叫孟移的来自杭州的考生上传了一首作品，名为《题中峰寺》：攀萝蹑石落崖崿，千万峰中梵室开。僧向半空为世界，眼看平地起风雷。

群里一下子活跃起来，有人辨认说，这好像是一个福建才子的诗。

来自山西的土豪赵白石说，他更喜欢的是下面这首《双声子·晚天萧索》：晚天萧索，断蓬踪迹，乘兴兰棹东游……江山如画，云涛烟浪，翻输范蠡扁舟。验前经旧史，嗟漫载、当日风流。斜阳暮草茫茫，尽成万古遗愁。

"好词啊，好词，"随着一阵叹服之声，大家情不自禁地鼓起掌来。

"啪啪啪，啪啪啪"。

各种点赞的表情一个接一个。

"弱弱问一句，谁能把这个才子拉到群里来？"一个七十多岁的老考生恳求道。

"听说他来无影，去无踪，很难找到。"另一个考生接话说。

那个晚上，很多人失眠了。他们都在思考同一个问题，"我们已经使出了洪荒之力，何时才能写出这样高水平的诗词？"难道我们天生只能是吃瓜群众？

2.

失眠的不止这群考生，还有大内深宫一个叫赵恒的人。他的身份是北宋最高领导人、第三任CEO，庙号宋真宗。其他方面他真不真我不知道，但我知道他对文学是真爱（宋朝皇帝的文学细胞，一直秒杀其他朝代皇帝）。

我们每天都要去的厕所，被认为是中国文人创作的重要灵感来源之一。一天早上，赵恒正在厕所看书，忽发灵感，随手写了一句诗，从此就被天下读书人奉为圭臬：书中自有黄金屋，书中自有颜如玉。

他当时失眠的原因是严重的内忧外患——国内，经济下行，消费低迷；边境，契丹人所建的辽国这段时间一直在滋扰。

这个傍晚，他正在审看大宋日报记者采访的报告文学《王者如何荣耀——宋真宗同志二三事》。

"这记者的脑袋被驴踢了吧？写的什么鬼玩意儿！"还没看完，他就狠狠地将书稿摔在地上。

作为一个有文化的皇帝，在文字上总是有要求的，有洁癖的。

"最近江湖上有什么好的作品吗？"他问一旁的掌灯太监李不白。

"有的，皇上！"李不白清了清嗓子，念道——

"东南形胜，三吴都会，钱塘自古繁华，烟柳画桥，风帘翠幕，参差十万人家……"。

"给力，这是谁写的！"还没听完这首《望海潮》，真宗忽然像打了一剂强心针，他那著名的大眼睛似乎又变大了一号。

他们哪里知道，自己正跟一个天才作家同时代——以上三首词的作者，都来自柳永。

一个自小在武夷山区长大的孩子。

得失诗意 201

3.

那一年的柳永，只有 23 岁。

他出生于宦官世家，哦不，官宦世家。他的爹柳宜以前是南唐的纪委干部，赵匡胤"陈桥兵变"后，又做了北宋的公务员。由于父亲辗转雷泽、费县、濮州等地任职，柳永得以随行，走南闯北。

他符合一个文艺青年的所有特征：对文字敏感，没事就挎个相机四处转悠，喜欢撩各类女青年。

17 岁，他写出了人生中第一首词，主题是热情讴歌家乡，《我爱武夷山》，从此一发不可收拾。像其他年轻人一样，他贪恋城市的繁华和欢娱，当他经过苏州和杭州的时候，再也抬不动腿，从 20 岁到 25 岁，他在那里流连了整整 5 年。令宋真宗赞叹不已的《望海潮·东南形胜》就创作于那几年。

对于一个皇帝来说，很多事情都身不由己，比如，欣赏一个人，他不能表现得太明显，否则就是害了他。苏轼就是一个被捧杀的受害者，他本身才华盖世、光芒四射，仁宗还乐不可支地对他进行加持，为他打 call，在长微博里他炫耀说，为子孙选了个好宰相，当天跟帖就达数十万条。苏轼太火了，火得令天下读书人嫉妒，所有人都想在他身上踩一脚。

柳永的命运依然与宫廷相关。

真宗虽然爱柳词，但业余爱好是一回事，严肃的工作是另一回事。他明确要求朝廷考官，"属辞浮糜"者，一律不得录取。

仁宗是真宗的第六个儿子，在继承大统之前，他喜欢柳永的作品几乎到了痴迷的程度。每次喝酒的时候，他一定要选一首柳永的词，让歌伎反复唱三次。

这是什么？绝对的真爱啊。

但是亲政之后，为塑造自己儒雅的形象，引导和示范天下人，他几乎对柳词表现出一种病态的厌恶。

这就是政治，柳永永远不会懂。

仁宗 diss 柳永的顶峰是，当他看到柳的试卷中有"忍把浮名，换了浅斟低唱"的句子，马上跟主考官交待了一句话。

这句话彻底改变了柳永的一生——

"既然想'浅斟低唱'，何必在意虚名"，说完，他亲手划掉了柳永的名字。

我勒个去，有这么干的吗？吓死宝宝了。

显然，这辈子想搏取功名，路已堵死。

柳永顿时陷入巨大的迷惑和失落。

怎么办？

数个通宵未眠过后，他做了一个人生中最艰难的决定——

顺水推舟，"奉旨填词"。

从此，他一次次从眠花宿柳中寻找生活的方向、精神的寄托。

在别人看来，那是一种颓废。

颓废就颓废，毕竟是这种生活状态，将他一次次推向诗词创作的巅峰。

……

要坚持创作很不容易。

他的词饱受争议，比如写过"无可奈何花落去，似曾相识燕归来"的大词人晏殊，就曾取笑他的词太俗，太野。

你贵为宰相，我的freestyle，哪是你能懂的？

天才苏轼曾偷偷地问一个歌手："我的词与柳七郎比如何？"

歌手回答："柳郎中词，只合十七八女郎，执红牙板，歌'杨柳岸，晓风残月'。学士词，须关东大汉，执铜琵琶、铁绰板，唱'大江东去'。"

苏轼听后一言不发。

不知道你看出来没有，我是看出来了——

苏轼是柳永的铁粉，两人简直是天生的CP。

很遗憾，柳永离世的时候，苏轼还没离开四川，只是一个17岁的少年。

两人错过了中国文学史最伟大的握手。

得失诗意　203

4.

柳永是一个洒脱的人，但在科举方面他一点也不洒脱。

他追求功名的情结，比想象中要坚定得多。

因为他来自一个儒学氛围深厚的家庭，天天想着经世报国。

他还记得，公元994年（北宋淳化五年），他的父亲调往扬州工作，在随行路上，才10岁的他写了一篇习作《劝学文》。文中踌躇满志地写道，"学则庶人之子为公卿，不学则公卿之子为庶人"。

但命运就是要跟他开玩笑，早在20岁的时候，他就开始为礼部考试做具体准备，但25岁、31岁、34岁的时候，他参加三次国家考试，均名落孙山。

失败不可怕，最可怕的是不能正视失败。

柳永狂傲自负，一直认为自己是状元之才。

考得不好，都是因为运气不好，在阴沟里翻了船。（黄金榜上，偶失龙头望）

公元1024年，柳永第四次，习惯性落榜。

他的人生，再次遭遇一万点暴击。

看到身边很多人拿到盖着红章的录取通知书，柳公子几次哭晕在厕所。

其时，他已经名满天下，成为流行歌王，江湖上甚至盛传，"凡有井水处，皆能歌柳词"。

但是，他还是想有一个功名。

夜深人静时，他总能回忆起老父亲咽气前对他的交待：

"七郎，我的儿，你……你一定要考上啊！"

落榜是一件很痛苦的事。

没有落过榜的人，永远体会不到那种痛苦的千分之一。

汴梁很繁华，又有深爱的人，但现在，柳永决心离开这个伤心的城市。这个城市到处是考中的人和没有考中的人，不离开，天天受刺激，迟早会郁闷死。

走吧，走吧，到别处去苦痛挣扎。

5.

公元 1024 年（天圣二年）农历七月，据一些郊游的人反映，他们看到一对男女正在都门外的长亭边抹泪边喝酒。

男的 40 岁左右年纪，太阳穴突出，一看就是一个内功深厚的文化人；女的衣着鲜艳，画着淡妆，是个令人过目难忘的、有着 A4 纸纤腰的美女。

他们当时的对话如下。

女：真的要走吗？

男：真的要走。

女：考试对你就那么重要吗？你已经那么有名了。

男：男人的心思，你们女人怎么能懂。我只能说，谢谢你给我的爱，今生今世我难忘怀。

女：爱，意味着陪伴，你走了，我们是不是就算分手了？（哽咽，抹泪）

男：顺其自然吧，你知道的，我也不止你一个女人。

女：我从来没有奢望成为你唯一的女人。（号啕大哭）

男：乖，别哭了，你再哭我也要哭了，我也舍不得离开你，只是心里特别难受，想出去散散心。

女：那就是说我们还能再见？

男：当然，我又不是不回来了。

女：嗯，我等你，（破涕为笑）我相信，总有一天我的名字会出现在你家的户口本上。

……

特别交待一下，在这段对话中，男的是词坛天才柳永，女的是他当时的女朋友虫娘。

柳公子似乎很坚强，可是一回头，看到虫娘精心准备的美酒佳肴，他却哭得稀里哗啦，一颗心碎成了二维码。

他感觉到了深深的爱和莫名的悲哀。

爱，无疑比功名重要。

但，为什么求一个功名，圆一个梦就那么难？

哭过之后，灵感忽然袭来，他马上在手机备忘录里写了一首词，没错，就是那首著名的《雨霖铃·寒蝉凄切》。

这首词写得实在太凄美、太伤感，我是能完整背诵的，这里照录如下：

寒蝉凄切，对长亭晚，骤雨初歇。都门帐饮无绪，留恋处，兰舟催发。执手相看泪眼，竟无语凝噎。念去去，千里烟波，暮霭沉沉楚天阔。

多情自古伤离别，更那堪冷落清秋节！今宵酒醒何处？杨柳岸，晓风残月。此去经年，应是良辰好景虚设。便纵有千种风情，更与何人说？

这首词牛在什么地方呢？它"状难状之景，达难达之情，而出之以自然"。（《宋六十一家词选例言》）

在社交平台传开后，这首诗立即引发了文坛一股强烈的海啸。它此后长期霸占大宋新词排行榜榜首，直到50年后苏轼写出《水调歌头》。

网友"心酸的浪漫"认为，《雨霖铃·寒蝉凄切》是一首凡人写就的神作，将人类的离别之情推到了最高峰、最极致。

此词面世后，柳永在中国文学史上的地位，一下子从原来的278位，上升到前10强。

……

武夷山柳永纪念馆的雨霖铃

他的词极具张力，里面蕴含的深情总是喷薄欲出。

这1000年来，被他秒粉的人，数不胜数。

他一辈子有6个名字，分别是柳三变、柳景庄、柳永、柳耆卿、柳七、柳屯田。每个名字都让人耳熟能详，随时能让人流泪。

人每感动一次，流一次泪，都会对生有更多的领悟。

活着，感动着，真好。

6.

柳永同志的一辈子，是才气迸发的一辈子，共留下 216 篇词作。

说他提高了整个大宋娱乐业的格调，一点都不过分。

很多人都问，他为什么有那么多灵感？

因为他身后站着一群女子，准确地说，是青楼女子。

古代文人爱逛青楼，而且经常会写青楼题材的作品。

这个名单可以拉一长串，李白、杜甫、杜牧、秦观、元慎、关汉卿……

但像柳永那样，拥有那么多青楼粉丝的，历史上再无第二人。

他在青楼受欢迎到什么程度呢？知名作家冯梦龙曾在《喻世明言》里形容——

"不愿穿绫罗，愿依柳七哥；不愿君王召，愿得柳七叫；不愿千黄金，愿得柳七心；不愿神仙见，愿识柳七面。"

也就是说，柳永在青楼女子们心中的地位，高过了神仙和皇帝。

简直到了疯狂打 call、盲目打 call 的地步。

艺术来源于激情，作为宋朝第一音律大家，青楼是柳永创作灵感的第一来源。

在汴梁生活的时候，他几乎游遍了大大小小的青楼，青楼女子对他有所求，因为经他作词的小曲，市场价值会直线蹿升。（《醉翁谈录》记载：耆卿居京华，暇日遍游妓馆。所至，妓者爱其有词名，能移商换羽，一经品题，声价十倍。妓者多以金、物资给之。）

他经常去参加各种青楼高峰论坛，新的青楼开张，他总要去当个嘉宾剪个彩。

他的公号"我是柳三变"，只要发出文章，半小时内连点赞都可以到 100000+。

所有人都看到了一个事实，凡是有柳永助阵作词的青楼女子，必火。

虽然脸很重要，但一个终日画皮的青楼女子，显然比不上一个追求内在的青楼女子更有卖点和溢价效应。

……

柳永的代表作，大多是在她们的锦被绣榻中写出的。比如——

"旋暖熏炉温斗帐。玉树琼枝，迤逦相偎傍。酒力渐浓春思荡，鸳鸯绣被翻红浪。"

这样的词作，极具画面感，只要是生理功能和心理功能健全的人，看了都会脸红。

他赢得了数不清的女人心，大多数来自青楼，比如陈师师、赵香香、谢玉英、虫娘。

为她们，他写下了很多动人心魄的金句。

比如——

"执手相看泪眼，竟无语凝噎"；

"衣带渐宽终不悔，为伊消得人憔悴"；

"系我一生心，负你千行泪"；

"乱洒衰荷，颗颗珍珠雨"；

"更回首，重城不见，寒江天外，隐隐两三烟树"；

"脉脉人千里，念两处风情，万重烟水"。

男的在仕途上丧魂落魄，女的在青楼苟且偷生，在最黯淡最冰冷的人生中，他们相遇并互相取暖。

情和性的关系，你们搞懂了吗？别再叫我"肾斗士"。

……

公元1034年，柳永第五次出击科考，终于金榜题名，禁不住老泪纵横。

他终于坐到衙门冰冷的太师椅上，可是他心里想的，仍然是青楼的烟火气，还有那些真诚待他的女子们。

他肯定想不到，10多年后，当他去世的时候，因为家无积蓄，还是那些青楼女子通过众筹的方式安葬了他。

每年清明节，她们都会集体到他坟上吊唁，一片缟素，哀声震地，史谓之"吊柳会"。

他是一个活得特别真实的人,一个对他人充满深情的人。

这样的人,又怎么会真的死去?

◎ 囚粉说

Sunny: 柳永要搁现在就是娱乐圈天王级人物,女粉丝遍及四海,谁还考公务员啊!

卫军: 好俏皮的文章!应了秋景,关河冷落,当楼残照,红消翠减,天际兰舟,此时谈起柳永真的有感觉,呵,无论如何有些伤神。

宇辉盛典&百媚花艺: 必须为囚徒点赞打赏!柳永的词百读不厌,伴随着我从恋爱到步入婚姻,饱尝别离相思苦的时候,那首《雨霖铃》便成了得以慰藉心灵的解药。即便千年过后,也不妨碍我成为柳永的粉丝!

丁波: 好文!据说当年柳永进士及第,却没有封官,觉得朝廷对体制外"两新人士"关心不够,找了宰相晏殊,晏殊问道:"你就是那个写小曲的吧?"柳永说道:"就像丞相写歌词一样。"晏殊很不屑,老夫的歌词里可没有"针线闲拈伴伊"。

苏东坡／1082年，我在黄州放卫星

晚上9点多，北京下着雨。

路上戴着耳机，听了苏东坡的几个故事，觉得这个人之所以伟大，倒不是因为他有多能写。

是因为他与天地人的关系，和谐，而且懂得调整自己的心态。

我一直好奇，在数不清的摇笔杆的人中，甚至在"三苏"之中，他的为人境界和写作状态能高出一筹，为何？

因为他的老父亲苏洵曾对他说过一句话，这话对他来说至关重要。

"自古以来，好文无数，却少有几个人能直面人生。"

大家都喜欢站在生活的背面，躲避生活的锋利和无情。

简而言之，你可能是文学家，在事业上、生活上却是一个不折不扣的loser。

这几乎成了文人们的一个宿命，无人能打破。

彼时，大宋的文人圈子，并非今人想象的那样，你侬我侬，水乳交融，相反，有些人还挺冲。

几千年了，文人一直瞧不起同行的"体重"，因为"文人相轻"。

就更别谈其他人了。

……

苏东坡的仕途一直被最高层所眷顾，因为他名气实在太大，但他一直没进入核心决策圈子。

有人说，他不懂政治气候，顺势而为，有的人说，他诗文一流，人有傲骨，还有的人说，苏轼和苏东坡，根本不是同一个人。

意思是，他很分裂。当他在朝为官的时候，他叫苏轼；当他将个人感情融入文字的时候，他叫苏东坡。

他一直很认真地跟这个世界做游戏。

苏先生眼中的16种人生胜境，大家可以先品味一下。

然后，我们共同开启他的伟大内心。

清溪浅水行舟；
微雨竹窗夜话；
暑至临溪濯足；
雨后登楼看山；
柳阴堤畔闲行；
花坞樽前微笑；
隔江山寺闻钟；
月下东邻吹箫；
晨兴半炷茗香；
午倦一方藤枕；
开瓮勿逢陶谢；
接客不着衣冠；
乞得名花盛开；
飞来家禽自语；
客至汲泉烹茶；
抚琴听者知音。

幼时的苏轼，上有三个姐姐，一个长兄，后来又有弟弟苏辙。

在家既不是老大，也不是老幺，很容易被父母忽视，内心孤独，这个，相信很多人都会有同感。

但有一件事可以肯定，苏家的人，天生要通过摇笔杆子来讨生活。

得失诗意

这一点，苏洵很清楚。

家谱上白纸黑字记载着，300多年前，还在赵州栾城（今河北石家庄）的苏家就出过一个大名人，名字令人颇有食欲，叫苏味道（648—705年）。

那是一位初唐的政治家、文学家，9岁即能诗文（苏轼超越了他的祖先，8岁即可作诗，从此才气迸发，不可收拾）。

由于女皇武则天执政时期政治环境复杂，擅长写内参的苏味道，常有明哲保身、阿谀圆滑之举，被人讥笑。

他性格好，不在乎被笑。还常对人说，"处事不欲决断明白，若有错误必贻咎谴，但模棱以持两端可矣"。

从此，他的同事们送他外号"苏模棱"。（并由此引申为成语"模棱两可"）

苏轼的先祖是墙头草，两头倒，这事说起来不那么光彩。

但千万不要苛责古人，不信你也穿越过去试试，估计满头是包，两眼摸黑。

在古代谋个生，着实不易。

45岁左右，苏味道受外戚裴避道之托，写出了一生中最著名的文章。

该文题目已不可考，但"辞理精密，文采飞扬"，一时被无数读书人转抄。

从此，苏家就形成了写诗著文的传统。

不过，苏家的人也有它的问题，那就是不认真、不刻意。

比如，苏轼的祖父苏序，从小顽皮，不喜读书，文章不求甚解。

但苏序的颜值很高，是个大帅哥。史载"容貌英伟，为人慷慨，乐善好施，不求报答"。

这样帅气爽朗、性格又好的男人，总是受欢迎的。

何况当时苏序家有良田（还不少，是个地主），没事的时候喜欢约人喝个下午茶。

苏序还好酒，且经常喝。

有一次，二儿子苏涣在某次重要考试中金榜题名，知道消息的时候苏序正在喝酒。

他接过喜报，以略带沙哑的四川话，当众大声诵读。

掌声过后，他将喜报跟咬剩的一大块牛肉放到书包里，倒骑着毛驴回家。

那股潇洒的劲儿，跃然纸上。

这不是囚徒胡编的，是史料记载的真事。

时间过得很快，苏序一眨眼就过了50岁。有一天早上醒来，他忽然发现，没有东西留存后世是一件很可怕的事情。

于是，他开始学习祖先苏味道，磨墨，写诗。

这一写就不可收拾，几年之内写了几千首，但不知什么原因（估计主要是写得不好），一首也没有留存下来。

"三苏"石像

苏洵继承了父亲的习惯，一直对学问无感，终日嬉游，不知有生死之悲。

18岁的时候，苏洵与眉山大理寺丞程文应的女儿程氏结婚，两人同龄。

这桩婚姻看似普通，却因为苏轼的出世而变得不普通。

苏洵的生活偶像是大诗人李白和杜甫，李白还是他的老乡。

最初，他像李杜那样游荡四方，长了不少见识。

到27岁左右，苏洵忽然大悟，变成宅男，学习断句作诗。

得失诗意 213

他还要求孩子们跟他一起坚持学习。

……

之所以用这么长篇幅来交待苏轼同志的家庭出身,只是为了告诉大家,苏家并未刻意追求功名文章。

作为蜀中大地上有文化的农民,他们活得舒适自在,与世无争。

有没有发现,后来的苏轼身上,总有祖先的影子。

是的,他们颇得道家之风骨。

这是决定苏轼生命情调的另一个重要因素。

1.少年苏轼:我本一道士,奈何入红尘

公元1037年(宋仁宗十五年),首都汴梁西南方向1337公里、乐山大佛以北50华里,眉山镇苏家。

"呱呱呱"一阵哭声后,诞生了一个男婴。

这是一个足月顺产的孩子,小手胖乎乎的,在空中乱抓一气。

"瞧,这孩子的眼睛多亮哟!"产婆称赞道。

她一辈子接产新生儿上千人,唯此婴儿眼睛给她留下深刻印象,像什么呢?

就像夜空中最亮的那颗星,不,两颗。

唯一奇怪的是,婴儿不爱哭,总像在思考什么哲学问题。

"仔仔,听话,哭一声吧。"母亲程氏拍拍婴儿的屁股,担心地叮嘱道。

仔仔还是不哭。

直到有一天,婴儿看到父亲磨墨写诗(那诗只是草稿,很难看),才"哇"的一声哭了出来。

这是一个普通的平民之家,10年之内,美丽又大方的程氏为老公苏洵生了六个孩子,该男婴排行第五,取名"轼"。

"轼"在古文里的意思是"车前的扶手"。

父亲苏洵希望这个孩子,今后就算默默无闻,也要扶危救困、真正对社会有用。

这是囚徒最佩服苏洵先生的地方，尽管他年轻的时候有些吊儿郎当、无心向学。

但他绝对是一个好父亲，不像有些家长，只盼孩子像树（摇钱树）一样生长。

他继承了儒家知识分子的优良传统：天下兴亡，匹夫有责。

何谓成功？成功不过是帮助其他人时产生的副产品。

历史注定了，苏轼是一个传奇。

尤其是他悲天悯人的情怀，总能温暖天下。

悲天悯人从何而来？首先来自于道家思想。

其实，囚徒更喜欢叫苏轼为"苏道士"，就像爱称呼陆游为"抗金战士"。

相信他如果泉下有知，也非常愿意。

北宋，道学繁盛，达到顶峰。

当道家思想附着在这位文学大师的灵魂里，就发生了明显的化学反应。

宋代皇帝几乎都是道家粉丝，到了宋仁宗，民间甚至传说，他是道家天宫的一尊大仙。

还有街头的算命先生，在接受采访时表示，仁宗同志是由赤脚大仙投胎而来——也就是《西游记》里无端遭受孙悟空戏弄的那个神仙。

由于人（神）脉资源很牛逼，仁宗搞定了很多神仙朋友，基本上要风得风，要雨得雨。

在他执政期间，王朝连续27年风调雨顺、五谷丰登，农民的粮食根本卖不出去，连猪看见大米都摇头。

宋是一个靠天吃饭的农业国家，天好，你好我也好，百姓对皇帝的崇拜无以复加。

为了进一步扩大道教影响力，宋仁宗命令佛、道两教领袖当朝辩论，并将结果昭示天下。

仁宗同志在辩论开始前发表了简短而重要的全国讲话。

他说："朕欲皈依道佛二门，未知何教为尊，哪教为大，你们（佛

得失诗意　215

道两位辩手）与寡人细讲明白。若道大，朕皈依道；佛大，朕皈依佛。"

一场历史上非常知名、惊天地泣鬼神的辩论开始了。

囚徒拜读过双方的发言稿，觉得道教领袖是一位绝对的文学天才，辩词充满瑰丽的想象，既理性又感性，既高大上又接地气。

任何一位无神论者看了，其信心都会动摇。

更何况天师的口才一流，几乎可以把死人说得敲棺材。

结果毫无悬念，天师以绝对优势胜出，僧人羞愧难当，"无有半言回答"，合十而退，所有大臣拼命鼓掌。

仁宗皇帝御笔点赞道："三教内中道为尊，上古原是天地根，生人生仙生世界，立玄化释定乾坤。"

由于苏轼受过道教的启蒙教育，其一生对道教情有独钟，如《放鹤亭记》对道人张天骥大加赞赏，而《后赤壁赋》又以道人入梦结尾。

在他被贬时，他最喜欢的去处就是道观、道堂，在那里，他一坐就是一下午。

在那里，他文思泉涌，写出了著名的《众妙堂记》《观妙堂记》《庄子祠堂记》。

深奥的道教

眉州是一个很普通的小地方，但之前也产生了两个著名人物，他们对少年苏轼影响至深。

一位是很久很久以前、活了800岁（古代算法不一样）的彭祖。

据说，有一次彭祖在野外游泳，发现了一只漂亮的野鸡，他想方设法抓到野鸡，做了一锅汤献给尧享用。

尧眯着眼睛喝完，抹了抹嘴，高兴地对彭祖说："你快去数一数那只野鸡有多少根羽毛，它有多少根毛，你就能活多少岁。"

据说彭祖后来很后悔没有找一只毛发更茂盛的野鸡。

既然活了 800 岁，彭祖对人生的思考，当然不是一般的深入，不是一般的智慧。

少年苏轼对他的传说如痴如醉，对他的著作反复研读。

另一位是汉朝的张道陵，传说他是西汉宰相张良的九世孙，神奇的是，他也长寿，活了 122 岁。（写到此，囚徒不由得对现代科技、现代医学产生了严重的怀疑）

说张道陵是苏轼的第一个人生偶像，一点儿也不过分。

据说道陵同志出生的时候，满室异香，整月不散，黄云罩顶，紫气弥院。

他 7 岁便读通《道德经》，天文地理无不通晓，还能背诵《五经》。

但对这些人世俗学，他曾叹息道："可惜，这些书都无法解决生死的问题！"

于是，他放弃儒学，改攻长生之道。

当时在巴蜀一带，有人信奉原始巫教，大规模"淫祀害民"，聚众敛财，无恶不作。张道陵是一个武林高手，勇敢地创建了天师道，他后来果断出手，平定了祸害百姓的巫妖之教。后来他的"天师"称号便代代相传——那些天师都很长寿，平均年龄在 90 岁左右，高龄的甚至有 120 多岁。

张天师是眉州苏家的偶像，在苏家的大门、卧室、书房，甚至蚊帐上，都有天师的画像。天师之于苏轼，就像是一位熟悉的老者。

苏轼很小的时候，他就有一个 dream：学习张天师，遁入深山老林，当一名普通道士（跟囚徒小时候天天想去少林寺练武类似）。由于天天研读道学书籍，苏轼深得道家风范，逐渐形成了生性放达，为人率真的个性。道教思想就像神经系统一样，布满他的五脏六腑。这也可以解释他为什么深晓《周易》，终生爱与道士高人交往，并且有一个

得失诗意 217

好听的名字：铁冠道人。

他还是一位生活家，他爱美食，善品茶。
一入深山老林，他便活了过来，大自然让他乐而忘忧。
那是他最爱的减压方式。

苏轼读书的学校，不是省重点，也不是市重点，甚至不是一所学堂，那只是眉山城的一所道观，名为"天庆观北极院"。
张易简，让我们记住这个名字，他是苏轼人生道路上第一位老师，也是四川地区一位知名道人。
关于张道人的资料，现在已不可考，只知道他颇有学识，且为人正直善良，是宋朝的全国道德模范、十佳教师（民办学校）。
他崇尚孔子的因材施教，无论学霸还是学渣，都因他的教导而有所成长，慕名前来求学的少儿有数百人。
苏轼后来饱含深情地回忆道，张道士从不强求和责骂学生，而是采取循循善诱的方法进行点拨，教学效果很好。

苏轼在道观读书三年，进步很快。
即使在五十多年后，晚年的苏东坡还常梦见张老师。
公元 1099 年农历三月初五的一个深夜，他还专门写了一篇《众妙堂记》，文中记述了他梦见回到学堂，看见张老师还是当年样子的情景。
对张易简而言，一辈子能有这样的学生当然也很骄傲。

首先，苏轼读书，是活读书。
当同学们上早自习，拼命背诵"玄之又玄，众妙之门"一文时，苏轼走到张老师面前，悄悄地问："奥妙不是只有一个，难道还有很多吗？"
张老师微笑着说，生活中不是缺少美，而是缺少发现，奥妙同样如此，你要注意仔细观察哟！
聪明的苏轼听后，很快就买了一个小笔记本，每天有什么感想，就记在本子上。

其次,他爱总结。

苏轼在课桌上刻下几个字,作为自己一生的座右铭。那句话,很笨拙,根本不像出自一个优等生。

一个优等生一定是天赋异禀,有聪明的学习方法呀!

可是他不。

很多人都提到过他的学问之道——遇到喜爱的文章,他一遍遍地抄写。有的文章,他抄了一辈子,无数遍。在破旧的天庆观,昏黄的烛光下,同学们都看到了那几个字。

"故书不厌百回读,熟读深思子自知。"

2.天才的正确打开方式

公元1079年夏天,浙江湖州,大雨刚过。

两个官差押解着一位中年人,走在泥泞的道路上。

这位中年人,长相魁伟,英俊挺拔,颅骨颇高,结实健壮。

他浑身是泥,神色迷茫,每当他的步伐变得迟缓,官差总要习惯性踹他一脚。

他打个踉跄,注视着官差,欲言又止。

不过他也知道,说什么都没用。

"看,我让你看!"

官差见一个囚犯居然敢大胆与自己直视,举起手中的皮鞭,狠狠地抽在中年人的背上。

路旁的吃瓜群众指指点点,他们也许觉得,官府维护治安得力,又抓了一个重犯。

其实,愚昧的他们哪里知道,自己正与官差一起,折磨着一位世界级的伟大作家。

也许,知道那位中年人的名字后,他们会送两个鸡蛋,喂一口茶水(中年人身戴枷锁)。

至少,他们也会送去温情的眼神。

只因为一个原因,那个中年人的名字,叫苏轼。

从苏轼走出四川的那一瞬间,他的命运就注定了。

这个世界上,没人有耐心、有能力去深入阅读另一个人。

更何况,苏轼是一个天才。

天才,更应该有他的打开方式。

从一开始,苏轼的打开方式就是错误的。

……

被押进京的路上,苏轼不知自己所犯何罪,悲伤难忍。

甚至,路过太湖和长江的时候,他几欲跳水自尽。

正是夏季,江水急涨,横无际涯,只要他跳下去,几秒钟就会消失不见。

感谢苏轼,幸亏他没跳,否则后世将错过人类历史上难得一见的文学奇迹,就像燃放了上千年的烟花,绚烂持久。

正在朝中当政的不是王安石大人吗,他不是称我为"不知更几百年方有如此人物"的吗?

一路上,他愤懑,他挣扎。

想了很多很多。

他首先想到的是,自己年少时的学有所求。

当他还在四川道观里孜孜向学时,仁宗皇帝已登位二十多年,这位信奉道教的皇帝锐意革新,大力起用范仲淹、欧阳修等革新派人物,创造了北宋前所未有的新面貌。

既然皇帝有所作为,必有作家歌颂时代。

当时在国子监供职的石介是我国最早的报告文学作家之一,他即兴创作了一首《庆历圣德诗》。

不过,当其他孩子只知摇头晃脑诵读的时候,少年苏轼见他人所未见,总是缠着老师,仔细盘问这首诗背后的深刻含意。

张老师嫌他年龄太小,拒绝细说。

"如果他们是神,我就不问了,既然他们是人,我知道又有什么不可以呢?"年轻的苏轼扯着老师的衣袖问。

张道陵见他认真的样子,便摸着他的脑袋告诉他。

"这些诗中的人物不仅才华出众,而且热爱国家,关心民间疾苦,支持他们的人也很多。"

同一年,父亲苏洵曾给小苏轼出过一道作文题《论夏侯太初》。
他马上写好一篇长文。其中有这样一句。
"人能碎千金之璧,不能无失声于破釜;能搏猛虎,不能无变色于蜂虿。"
可以说是对石介《庆历圣德诗》的极佳回应。
……

苏东坡像

原来,冥冥之中,他的心已经与那些伟大人物在一起。
长大以后,他卷进了这场战斗。
这意外吗?
不意外。
这个世界的复杂程度,远超他的想象。
尤其是当公利裹挟私欲的时候,斗争将旷日持久。
公元1056年(北宋嘉祐元年),苏轼与父亲和弟弟一起,自偏僻的西蜀地区,沿江东下,赶赴京城,参加朝廷的科举考试。
有点道士下山,天下皆惊的意味。
那年苏轼21岁,弟弟苏辙19岁。
父亲是北宋科举考试的落榜生,没有成功的经验,只有失败的教训。

得失诗意 221

一路上，苏洵总是叮嘱两个儿子，要以最大的努力，最强的专注，认真对待人生中这件大事。

除了科举考试，没有任何一条路可以改变孩子们的命运。自己几次应试失利，就当是为孩子们探路吧。

苏轼记得，当时的旅途是漫长却愉快的，路过湖北的时候，父子三人还专程赶去屈原庙，祭奠了那位文坛领袖的英魂。

那次考试，真正开启了苏轼磨砺坎坷又才情万丈的一生。

他的应试之作《刑赏忠厚之至论》，文风清新洒脱，其中运用的部分典故，即使当时的学问大家，也很少有人知晓，彻底征服了主考官欧阳修。

贵为一朝宰相，欧阳同志摸着自己的脑袋说，"看这文章，我的汗都快下来了，再过 30 年，就再没人知道我了，只知道有他"。

不过当时这位高级官员并不知道此作出自苏轼之手，而认为这篇文章由自己的弟子曾巩所作，为避嫌，特录取为第二名。

这种善良的打压，其实历史上很多杰出人物都遇到过，比如陆游，比如张居正，都被耽误了好几年。

......

打开试卷，欧阳修终于看到了"苏轼"这个亮瞎眼的名字。

这位来自四川眉山的乡下人，在欧阳修同志的极力宣传下，一夜之间成了大宋的超级网红。

他正在创作的旺盛期，每当有新作出现，便会立刻传遍京师，引无数人转抄。

同样，在"恩师"欧阳修的推荐下，苏轼的文章被仁宗皇帝看到了。

仁宗也是识货的人，他只说了一句：我今天为儿孙选了两个好宰相！（吾今又为吾子孙得太平宰相两人）

如果是其他人的称赞，也就罢了，可要知道，仁宗是当时天下最大的老板。

这句话，本不是在皇帝这个岗位上干了 36 年的宋仁宗该说出来的话。

即使他再喜欢苏轼这位天才，也不能表现出丝毫的偏爱。

须知，一个皇帝的偏爱，很多时候会给别人带来杀身之祸。

这看起来有点矛盾，却被历史无数次证明。

现在看来，只有两个解释：

一是仁宗太惊喜了，以至于他突破了自己惯用的那种讳莫如深的说话方式；

二是苏轼实在太优秀了，任何隐晦的褒奖都显得不真诚。

撇除二人君臣关系不谈，有人也分析，同样酷爱道教的仁宗发现苏轼后，惊为天人。

不管如何，可以想象的是，当仁宗的这句好评（更是预测）传遍京城的时候，不少读书人气得把砚都磨破了。

当然，其中包括不少已经很有名的读书人（后面会提到）。

不错，是嫉妒。

人们内心的这种情绪交织起来，体量巨大，就像数不清的破碎玻璃，疯狂地包围了苏轼的人生之路，令他进也不是，退也不是。

我做错了什么呢？

越往北走，天气越是干燥。

一路上，苏轼都在思考这个问题。

3.囚徒苏轼

四名官差押着苏天才一路向北。

离开浙江境内，天气忽然变得闷热不堪，站在屋外只一小会儿，人就会浑身湿透。

经过20天长途跋涉，苏轼同志（注意看新闻：还是同志）被押送到京城的"乌台"。

所谓"乌台"，即北宋当时的监察机关御史台，因树上常有乌鸦栖息筑巢而得名。

一个囚犯来到这里，终日只能与乌鸦为伍。

在诡异的民间传说中，乌鸦是死神的信使，因此，不幸下榻乌台的人，心情会极度压抑。

得失诗意 223

……

"哐当"一声,铁门紧闭,太守苏轼变成了囚徒苏轼。

从7月28日被逮捕,8月18日进监狱,他在这里一共待了130多天,历夏、秋、冬三季。

入狱2天后,他就被提审。

审讯人:下跪者,自我介绍一下。

下跪者:我叫苏轼,42岁,西蜀眉州人,嘉祐六年通过制科考试,入第三等,曾任凤翔通判、密州知州、徐州知州、湖州太守等职。

审讯人:知道你犯了什么罪吗?

下跪者:不知。

审讯人:不知道?打到你知道为止!

牢房

以下是这位囚徒生活的日常:早上提审过堂,挨打——狱卒们没有给这位文学天才一点面子,每次都打得简单粗暴、直抒胸臆。

伤痕累累的天才熬不住,顾不得文人的斯文,惨叫、哭喊、呻吟,向狱卒求饶。

闪电中,狱卒们露出他们满意而猥琐的笑容。

晚上,审案人对他进行通宵辱骂,用灯照他的脸,不让他睡觉。

监狱外那些别有用心的人,专门为苏轼安排了丰富多彩的节目。

这种命运完全被掌控的感觉令人绝望,他在《狱中寄子由》记录说:"梦绕云山心似鹿,魂飞汤火命如鸡。"

天才战栗,孤独无告。

深夜，他斜躺在草堆上，轻轻抚摸伤口，在精神和肉体的双重痛苦中，开始反思自己的前半生。

根据北宋巡视组调查，当官十多年，苏轼仅有两次轻微违纪。

一次是任凤祥通判时，因与上官不和而未出席秋季官方仪典，被罚红铜八斤；

另一次是在杭州任内，因手下挪用公款，他未报呈朝廷，也被罚红铜八斤。

北宋组织部门在之前的评语中专门写道，"别无不良记录"。

但这次入狱既不突然，也不意外。

这位天才不知道，这次入狱，就跟自己的拿手绝活——诗词有关。

一个国外的哲学家说过，生活中不是缺美，而是缺少发现。

一个人的罪与丑，同样缺少发现。

实在发现不了，可以像秦桧那样，自主开发一个"莫须有"的罪名。

欲加之罪，何患无辞？

这次，很多人都热情地来帮苏轼寻找和解决思想上的问题。

这些人至少包括御史何正臣、御史李定、监察御史台里行舒亶（念 dǎn）、副相王圭等人，积极参与的还有一位非常著名的科学家（后面会详细写到）。

他们用了半年左右时间，逐字逐句学习苏轼所写的诗词，结果有重大发现：苏的大量作品暗讽朝廷和今上。

这还了得，不是死罪也须废了他！

风暴已积郁多时，只是当局者迷。

传说，这也是中国文字狱的开始。

注视着窗外成群翻飞的乌鸦，苏轼回忆起自己初入职场那两年。

公元1061年（北宋嘉佑六年），苏轼任凤翔府判官，从此他成了广大公务员的一分子。

弟弟苏辙一直送他到郑州，离开四川以来，这是他们第一次分开。

苏辙深知哥哥的为人，他在日记中写道：

兄为人，见善称之，如恐不及；见不善斥之，如恐不尽；见义勇

得失诗意　225

于敢为，而不顾其害。用此数困于世，然终不以为恨。"

从这段话可以看出，苏轼性格直爽，且颇为坚持。

在江湖上，直爽一直是一张有效而靓丽的名片，会有很多朋友跑过来套瓷递帖子，约酒约饭约稿约会。

但在官场它是毒药。

苏辙最担心哥哥的直来直去，一路上不免叮嘱。

"哥，此去凤翔，一定要记得逢事给人三分面，尤其是不要在诗里讽刺别人。"苏辙说。

苏轼微笑，搓了搓手，点了点头，他特别喜欢这个比自己小2岁的弟弟，少年老成，沉稳内敛，颇懂人情事故。

可他是一个天真率性的人，有话爱当面说，不在背后搞小动作。

这跟官场规则是格格不入的，自古以来，官场的优良传统都是当面客气，背后捅刀。

送兄千里，终须一别。

明晃晃的阳光下，满山的油菜花，东坡站在山坡高处，望着苏辙的乌帽忽隐忽现，最后消失。

天才第一次感觉到孤单和伤感。

他终于离开父亲和弟弟，要独自作战了。

到凤翔不久，苏轼就跟他的直属领导闹不和。

他在凤翔府的工作，除审定公文外，还负责皇家木材供应、西部边防后勤。

他的直属领导是眉州老乡、太守陈希亮，陈身材矮小清瘦，却面目颜冷，为人刚直，对下属要求严格。

苏轼最不能忍受的是，陈经常会修改他审定后的公文。

照理说，领导改一下你的稿子，不是很正常吗。

但年轻自负的苏轼认为，自己在国家级考试中久经考验，连皇上和一众高级干部都赞誉有加，一个地方太守有什么资格改动我的文章？

他抓住一切机会对太守冷嘲热讽。

一次陈太守在家中修了座高台，每天下班，趁着夕阳，太守会爬到上面泡一杯茶,观赏远方的风景。

他还专门请苏轼为这座高台写一篇文章。

苏轼只用了一个晚上,就写出这篇著名的《凌虚台记》,文章很长,其中最重要的是下面几个排比句。

……然而,数世之后,欲求其仿佛,而破瓦颓垣无复存……而况于此台欤?夫台犹不足恃以长久,而况于人事之得丧,忽往而忽来者欤?

这段古文的大意是,你建这个高台没有任何意义,以后它总是要倒的,你就别往自己脸上贴金、装文化人了。

对此,陈太守显得很有涵养,他微微笑了一下,一个字都没改,命人将这篇作品刻在高台的石头上。

有时候我想,陈太守这个人,也许太过善良惜才,他应该在苏轼尚年轻的时候,让他多吃点苦头,多汲取教训,这样更有益于天才的成长。

在凤翔锻炼4年后,苏轼调回首都汴梁工作。

当时宋仁宗已去世2年,继位的英宗在做藩王时就知道苏轼的文章名声,想召他进翰林院。

但宰相韩琦不同意,他说,苏轼确实有才,将来也会担当大任,但关键是朝廷要培养他。

总之,不能提拔太快,引起天下读书人的妒嫉,这样反而会害了他。韩琦同志作为北宋的高级领导官员,看人果然很准。

于是苏轼被安排在登闻鼓院工作,这个机构主要处理文武官员及士民章奏表疏,是北宋的国家信访局。

他的性格仍然直爽。

一个天才是幸运的,但一个不懂得掩盖锋芒的天才,是不幸的。

苏辙说,东坡何罪,独以名太高。

在嫉妒苏轼盛名的人中,有一位堪称中国历史上最著名的科学家,名为沈括。

这位指南针的发明人有着严谨的科学态度,但当他把这种严谨拿

得失诗意 227

来琢磨人的时候,其破坏力是惊人的。

他的嗅觉异常灵敏,善于从别人的诗文中嗅出异味,捕风捉影,"上纲上线"。

然后使出他的杀手锏:写内参。

他对苏轼并不陌生,两人曾是皇家图书馆的同事,多次进行文学切磋。

在受到改革派王安石的重用后,他将偏保守的苏轼列为攻击目标之一。

为王安石改革试水、岳阳楼形象代言人范仲淹

针对苏轼的第一封举报信,就是沈括发出的。他要置这位前同事于死地。

他哪里知道,在乌台,囚徒苏轼脱胎换骨,真正成熟起来。

中国文学史上最激动人心的一幕即将到来。

4. 苏轼:写"明月几时有"的时候,我在想什么

明月几时有?把酒问青天。不知天上宫阙,今夕是何年?我欲乘风归去,又恐琼楼玉宇,高处不胜寒。起舞弄清影,何似在人间?

转朱阁,低绮户,照无眠。不应有恨,何事长向别时圆?人有悲欢离合,月有阴晴圆缺,此事古难全。但愿人长久,千里共婵娟。

相信能背出上面这首词的人(包括老外),很多。

人人都吃过苹果,但参透万有引力定律的,只有牛顿。

人们天天看月亮,但真正把月亮引入人生的,只有苏轼。

囚徒在写这篇文章的时候,也认真地朗诵了几遍,立即产生了一种古今交融的奇妙感觉。

感情浓郁,才气侧漏,画面感十足,据说很多感情脆弱的人,每次看的时候都要到处找纸巾。

当年(公元1076年)就凭这首词,苏轼一个礼拜之内涨粉153万。(北宋全国人口当时刚突破1个亿)

很多人都觉得,他写出了自己想说的话。

这也是为什么一些人要置他于死地，但更多人爱他爱得死去活来的原因。

自人类社会出现以来，文字是唯一能穿越千年，彼此实现有效沟通的载体。它可以瞬间将一个普通文人送上神坛。但是，走上神坛的过程是痛苦的。要想不痛苦，除非你在神坛上出生。

一群心怀鬼胎的官僚将苏轼投入监狱后，都在监狱外捂着嘴笑。不死，也要让你脱几层皮！他们想看看这个在文坛上有巨大影响力的人（同时对改革颇有微词），如何渡过这一难关。

这次，43岁的苏轼在乌台诗案中摔得很重。

他无法确定自己是否会被执以死刑，虽然王朝有厚待读书人的传统，但对于那些在作品里讽刺今上的人，忍耐也是有限度的。除了审问、拷打，等待的过程也是极其难熬的。他想起了小学同学陈太初，两个人感情很深，是可以帮打架的铁哥们儿。后来他因仁宗皇帝的钦点、欧阳修老师的垂青，开始走上前途莫测的仕途。而太初在地方上当了几年基层公务员，出家做了道士，专业的。平常除了布道，还可以经常帮老乡们抓鬼。现在想起来，真是羡慕太初同学，毫不恋栈，绝不回头。如果自己遵从少年时的理想，成了一名道人呢？

也许是另一番人生光景。

现在他面对的，除了寒冰铁墙，还有无尽的等待。

痛苦之余，他给弟弟子由写过几首绝命诗。其中一首写道：

圣主如天万物春，小臣愚暗自亡身。百年未满先偿债，十口无归更累人。是处青山可埋骨，他年夜雨独伤神。与君世世为兄弟，更结来生未了因。

写尽了心中彻骨的悲凉。

虽然如此，他还是能体会到人间温暖的。

在等待最后判决的时候，儿子苏迈每天去监狱送饭，虽然不能见面，但喝着儿子煮的八宝粥，他心里温暖。

一位姓孙的狱卒，读过几年私塾，知道他是大名鼎鼎的苏轼以后，趁人不备，经常会给他热水洗脚，他心里温暖。

得失诗意 229

他听说在监狱外，很多人在替他求情，其中包括政坛领袖王安石，这位改革家劝神宗说：圣朝不宜诛名士。他心里温暖。

在密州、徐州、杭州等一些他做过官的地方，人们自愿拉起横幅，在街头集体散步，向官府请愿，希望释放苏大人。他心里温暖。

就连重病中的光献太皇太后都在替他说话。据说，神宗想大赦天下囚犯为太后祈福，这位执拗的太后拉着孙子的手说："放那么多人作甚，只需放了苏轼一人。"

伺候太后的几位宫女回忆说，每次读到苏轼新作，太后这位资深女文青都沉思许久，以泪洗面。

一向很有主见的神宗皇帝也困惑了。

他知道苏轼是位尽心尽职的好同志，但一众高级官员步步紧逼，苦口婆心地向他劝谏，"苏轼留不得"。

御史何正臣上表弹劾苏轼，奏苏轼用语讥刺朝政；

御史李定曾也指出苏轼"四大可废之罪"；

监察御史台里行舒亶历时4个月，发现苏轼刚出版的《元丰续添苏子瞻学士钱塘集》有严重思想问题，他弹劾道，"包藏祸心，怨望其上，讪渎谩骂，而无复人臣之节者，未有如轼也"；

总之，苏轼是古往今来第一骗子，善于在文字里埋藏真实想法，用心极其险恶。

……

皇上案头关于苏轼诗案的举报材料堆得老高，调查正在扩大化，所有收到苏轼诗作和书信的人，都必须交出来，以待有司查验。

收藏苏轼讥讽文字的人物名单中，计有司马光、范镇、张方平、王诜、苏辙、黄庭坚等29位大臣名士。

在御史台提交的案件素材中，还包括苏轼本人交代的数万字材料。

谁都可以看出，这是一起蓄意针对苏轼，经过精心策划，且有组织有分工的攻击。

即使贵为皇帝，舆论裹挟之下，也不得不暂时向那股神秘而邪恶的力量低头。

早在写"明月几时有"这首词的时候，苏轼的仕途已亮起黄灯。

他觉得自己与朝中很多当权者格格不入，所有的政治抱负，也只是在夜深人静的时候想想而已。他徘徊，他苦闷，他思念远在异乡的家人。他第一次感觉，原来在写词的时候，内心更能超脱和自我救赎。而这种超脱，是以前写经世纬国的策论时找不到的，使他从令人窒息的现实中解放出来。在乌台监狱里，他反思人生，决定压缩写策论、增加写词的时间。

……

被舆论裹挟的宋神宗赵顼

神宗皇帝最终做了一个智慧的足以让他名留青史的，也可能是他一辈子最有价值的决定：免去苏轼死罪，贬为黄州团练使（县武装部副部长）。

黄州是一个中国地图上很不起眼的小地方。但因为苏轼的到来，几篇前无古人后无来者的雄文横空出世。苏轼重新定义了黄州，黄州也令苏轼脱胎换骨。

岷江水给了他最初的灵感，使他成为当世最有才华的诗人。

他也是一个完美的人，夫妻情、兄弟情、百姓情、国家情……他一辈子都在呼唤真情和真爱。现在的这种炼狱，使他从一个热血、朴素的少年，成长为一个稳重谨慎的成年人。

5.黄州那些年

走出牢门的一瞬间，苏东坡的眼泪止不住地流下来。

得失诗意 231

这 130 多天监狱生活，对他来说，就像 130 年一样难熬。

从入狱之初的潇洒朱面，到出狱时的形如枯槁，一个文人的肉体和精神被摧残之深，无人可以想象。

刚出牢门，他写道，"平生文字为吾累，此去声名不厌低。塞上纵归他日马，城东不斗少年鸡。"

根据朝廷的最新任命，他被贬任到一个叫黄州的地方当武装部副部长，这个职位相当低微，从八品，且无实权，不得批阅公文。

一个名满天下、曾被北宋最大老板看中的读书人，一番折腾后被派到最基层去抓民兵建设工作，真是一种讽刺。

人们常说，旧社会把人变成鬼，新社会把鬼变成人。
苏轼在鬼门关转了一圈，对尔虞我诈的官场已心灰意冷。
对于这种安排，他真心感到满意。
很好，他心里自言自语道。
至少比死在监狱里好，实在好太多了。

今日黄州东坡

黄州，位于湖北省东部，大别山南麓，长江中游北岸，离武汉只有 1 个小时车程（离囚徒的老家 2 个小时车程）。

初到黄州，在朝中敌对势力的悉心安排下，当地政府故意为难苏轼（也可能是条件确实有限），这位新到任的团练副使连居住的地方都没有。

作为一个新生者，一个官场的失势者和流放者，狼狈的他只能暂时住在一个破庙里。

白天听一群知了无尽的叫声,晚上透过破旧的窗户数星星,这位天才难以入眠。

这辈子就这样过去了吗?放在谁身上能甘心?人到中年的苏轼心想。

海德格尔说,诗人的天职是还乡。

现在,他真的想回到故乡眉州,那个地方让他觉得安全,没有尘世间那么多纷纷扰扰,钩心斗角。

他努力剔除身上的锋芒,那种锋芒,曾经伤害很多敏感的人,同时,也伤害了他自己。

他诚恳地剖析自己,到底哪些方面还做得不够好。

也许,这就是成熟吧!

成熟意味着对眼前所有的事物了然于胸,意味着凡事都有自己的一份主见,意味着可以且有能力对自己每一个决定负责。

但成熟决不是世俗。

成熟是一个人内心的坚定,而世俗是讨好外在世界的游移。

他的性格本来就达观,没多久,他就开始热爱寄生的这座破庙。

每根柱、每面墙、每扇窗,他打开心扉,与它们交朋友。

尽管他们一家不追求物质生活,但微薄的收入还是难以维持生计。

工作之余,苏轼带领家人开垦黄州城东一块数十亩的坡地,通过种田帮补生计。

从此,"苏轼"开始向"苏东坡"蜕变,后者逐渐成为北宋庙堂民间最亮瞎人的名字。

他的别号"东坡居士",其实就是一个地道的农夫的名字,也是这个时候取的。

生活仍然要继续,但不怕,他本来就是一个有人格魅力的生活家。

他热爱美食,钟情建筑,他挖鱼塘、筑水坝、养家禽,更多的时候,他读书、练字、写诗。在每一方寸挥洒自己的感情。

得失诗意 233

12月2日黄州大雪盈尺，下雪期间，他在坡地营造了房屋，取名"雪堂"，这里后来成了他专门招待客人的地方。

总之，他拥有一种超常的能力，将生活的小环境设计得活色生香、温馨逍遥。

看着自己设计的一切，他惬意地笑了，他觉得自己的生活，真真是极好的。

从日常生活中，他品出了哲学趣味，感悟到了生活真谛，心灵也得到了前所未有的升华。

所谓生活家，即便外部环境恶劣得令人绝望，他也能将这种绝望变成希望。

与肉体的困顿折磨相比，精神上的孤独无依更让东坡难受。

很多时候，他会思念曾朝夕相处的百姓，对群众的疾苦，他总是难以忍受，"如蝇在喉，吐之乃已"。而对他自己遭受的巨大苦难，他却习惯了，只字不提。

宋人孔平仲在《孔氏谈苑》里提及，苏轼被逮捕的时候"拉一太守如驱犬鸡"，一言不合就写诗的苏轼，很少记录自己的牢狱经历。

迫害他的李定、李清臣、林希等人，都曾是他的好朋友，但他从没想过要去报仇，在他的词典里，几乎没有"仇"这个字。

用今天的话说，生活虐我千百遍，我却待它如初恋。

苏轼就是这样一个天真到极点、可爱到极点的人。

在黄州，他曾给过去的很多朋友写信，但少有回音。

朝廷对东坡的态度，很多人看在眼里，只要那些迫害东坡的高官还在，他们就不敢对这个好友同情抚慰。哪怕是给这位天才回一封信也不敢，文字狱的残酷，大家都领教过，搞不好，随时有生命危险。

对于天生爱交友，视朋友如命的苏东坡来说，这种没有社交的日子真是憋闷。就好比你发了一条朋友圈，没人点赞，没人评论，更没人转发。所有人都视若不见，拒绝交流，真是痛苦。

既然人生喧闹，无人对谈，他只好去跟古人对话。

他热爱儒家的坚毅精神、老庄轻视有限时空以及禅宗以平常心看待一切变故的人生态度。在这段时间，他爱上了一个比他大七百多岁的东晋名诗人陶渊明，陶是中国第一位田园诗人，被称为"古今隐逸诗人之宗"。他欣赏陶的那种"采菊东篱下，悠然见南山"的生活意境，视之为精神导师。他崇拜陶渊明，到了舍不得读陶渊明的诗的程度。他身体不舒服时，就找陶渊明的诗来读，但每次只读一篇，因为陶渊明的诗很少，他怕读完了，以后就无法排忧遣闷了。对于陶渊明，他没有一丝批评，除了仰慕还是仰慕。他在给弟弟苏辙的信中说：

吾于诗人无所甚好，独好渊明之诗。渊明作诗不多，然其诗质而实绮，癯而实腴，自曹、刘、鲍、谢、李、杜诸人，皆莫及也。

他还自比陶渊明再世。

"梦中了了醉中醒。只渊明，是前生。"他写道。

除了古人，他还学会了跟古迹聊天。当他跟古迹聊天的时候，震惊中国文学史的时刻就到来了。也即，东坡遇见赤壁的时候。

1082年春天，花儿开得正盛，雨水说来就来。他访遍了黄州，有意将赤壁放在最后一站，因为他知道那里可能会有惊喜。

确实，第一次到黄州城外的赤壁山游览，他就惊呆了。赭红色的石头，令人惊叹的悬崖，奔流的江水，几欲将人吹倒的大风。似乎里面浓缩了时空，藏着历史的密码。而只有最至情至性的人，才能开启这道幽深的历史之门。

东坡悲中从来，似乎在赤壁找到了最熟悉的朋友，百看不厌。只是这种熟悉，又是那么陌生。

他在赤壁阅读、饮酒、划船，无所顾忌。他觉得古人的身影都活起来了，在他面前，跟他说话，或微笑，或凝视。

周瑜、小乔、诸葛亮、刘备、曹操……

他开始磨墨写诗，这一首是《念奴娇·赤壁怀古》。开头的一句就惊天地泣鬼神——大江东去，浪淘尽，千古风流人物……

后来，他觉得不过瘾，又开始写《赤壁赋》《后赤壁赋》。

当这些千古杰作横空出世的时候，时间在那一刻忽然凝滞了。

粉丝赵孟頫：为你写诗为你作画，为你爆灯为你打CALL

◎ 囚粉说

古诗：读到东坡崇拜陶渊明到舍不得读他诗的程度，真的特别令人动容，若他俩生活在同一时间和空间，想必定是惺惺相惜的终生挚友！

hou 厚：没有信仰，纵有万千诗书在心中也不会有幸福感。

不入魔不成佛：千言万语道不尽，还有苏东坡！

李志明：对，我是一个苏粉，有关他的轶闻已耳熟能详，初知道他的名字是从金老爷子的名著《神雕侠侣》里，杨大侠在呼唤龙姐姐的情节中出现《江城子》这首不朽的词，真是催人泪下，后来对苏大师的作品及生平事迹很留意。老师的文笔出神入化，很对口味，深深拜服。

魏捷：林语堂说，苏东坡是一个无可救药的乐天派、一个伟大的人道主义者、一个百姓的朋友、一个大文豪、大书法家、创新的画家、造酒试验家、一个工程师、一个憎恨清教徒主义的人、一位瑜伽修行者佛教徒、巨儒政治家、一个皇帝的秘书、酒仙、厚道的法官、一位在政治上专唱反调的人。一个月夜徘徊者、一个诗人、一个小丑。但是这还不足以道出苏东坡的全部……苏东坡比中国其他的诗人更具有多面性天才的丰富感、变化感和幽默感，智能优异，心灵却像天真的小孩——这种混合等于耶稣所谓蛇的智慧加上鸽子的温文。

李志明：栩栩如生的东坡大师走进了二十一世纪，他是我的偶像，特别是他笑傲人生的豁达开朗坦荡胸襟，对爱情的呵护，对手足的情深，对友人的热忱，特别是他的人格魅力与民众百姓打成一片，无论顺境逆境，就算在天涯海角，他都先天下之忧而忧后天之乐而乐。唐宋八大家之一，名符其实。他的3459首诗词是留给后人的珍贵财富，而脍炙人口的十首词中的《水调歌头》及《江城子》，更流芳千古。至于他崇拜道教，更使他在一生中遇到磨难也坦然面对，出世入世也只能这样的，几十年光景，一眨眼就过去了，东坡大师的一生，的确是伟大的一生！

苏轼同志的人生地图

李长勇：古代学子读的书，本身就包含有为人处世和治国行政道埋，所以古代学子迵过科举考试，既能行文作诗，又能做官施政 但东坡考试文章做的太好，年纪轻轻就居于庙堂之上，连乡长镇长都没有当过，毕竟是处世做官都少于经验，所以沉浮起落都很正常。相反正是东坡仕途的起落，周围遭谤，四处被贬，增加了他的游历，经历，

得失诗意 237

使他见识更广，知识更多，魅力更大，气场更足，人气更旺，圈粉更多。也使他思想更为深邃，情感更为丰富，感慨叹息更为深重，诗文笔法更为精妙老辣。试想，假如东坡就仅仅是个文人，天天一杯酒，一壶茶，偶尔爬爬山，涉涉水，赏赏花，进出不过一书房，足迹不过一百里，诗文不过山山水水花花草草星星月亮情情怨怨僧僧道道，又有多大个意思。陈后主如果不是破国被掳可能也写不出，问君能有几多愁，恰似一江春水向东流。柳永要不是奉旨填词心灰意冷，估计也写不出，杨柳岸，晓风残月。天才并不奇怪，历史上天才很多。唯有天才的智慧加天才的经历才能成就天才的伟大。如此说来，东坡真是一个不幸其实又很幸运的天才！

T.H：友人酷爱东坡，并为其填词数首，这个是其中之一 《减字木兰花·苏东坡》（平水韵） 雪泥鸿爪，样样说来无不好。不合时宜，公道良心不忍违。一蓑烟雨，天地为家诗作侣。今古同悲，一去风流再不回。

一秋：范仲淹的《岳阳楼记》里提到了一种人，这种人可以"居庙堂之高则忧其民，处江湖之远则忧其君"，这种人叫做"古仁人"。苏轼就是这样的人。被贬海南，吃到鲜美的生蚝写信给儿子：恐争谋南徙，以分此味。轻松松快意江湖！

甯长东：《敬咏苏公》平生诗文佛家偈，儒家济世道家衣，高居庙堂不朋党，谪贬海内叹寒食，自诩陶潜是前生，年年东篱采菊迟，伤春悲秋谁知己？一肚雄才不合时！

【我请大家吃肉 不是吃我的肉】

李清照／我的盛名缘于我的痛

许多人问我，怎样进入古人的内心世界，连通他们的精神和现实。

古人已逝，要进入他们的内心世界，确实很难，就像要进入一座工程浩大的古墓，仅寻找入口的过程，就让人绝望抓狂。我会先搜集那些触手可及的资料（主要是百度和书籍），然后是冥想，试着去理解这个人。理解是一个艰难但奇妙的过程，那些已逝去几百上千年的古人，他们真实地存在过，有的还是一种强大的存在。但仅凭一些零落的文字，就想获得线索，进入他们的内心世界，有些痴心妄想。

你谁啊？凭啥啊？

其实，有文字记录就足够，不必求多。须知有的古人，一辈子在史书中就留下了一句话，99%的古人甚至一个字都没有。

这就是历史，残酷至极。消声和忽视与它如影随形。既然决定读史，就要接受这个不可能完成的任务。古人的肉身消失，但精神永存。

我特别佩服《绝代双骄》里那位燕南天大侠——某位上古剑客将他的剑法藏在一首书法作品里，待有缘人破解。但年深日久，书法只剩最后一个字。燕南天居然能通过那幅书法作品的最后一个字，推断出前几十个字的写法，从而悟出一套精妙的剑术。

读史，应该向燕南天学习，观一叶而知秋，窥一斑而知全豹。如此，古人的快乐，痛苦，追求和不甘，像电影花絮一样展现。当然，千人千面，还有一些零散的情绪也要考虑到，比如委屈、高傲、倔强、怯弱……

不得不承认，在李清照进入我的写作计划时，这个难度增大了。搞得我有点心情沉重。用今天的话说，她太悲催了。

作为唯一能在中国文学史上占一席之地的女作家，"千古第一才女"，上面提到的那些情绪，在她身上都有所体现。

她的寂寞，是最深的那种寂寞；她的痛苦，是最疼的那种痛苦。

她仅凭一己之力，闯过了现实的风刀霜剑，在诗词中顽强地释放自己的达观。

这么多年来，她以独步天下的作品和高贵的灵魂，收获"清粉"无数。尤其是那首著名的《声声慢》，后世至少有36位顶尖文学评论家争相评点。

确实被这样一个才情非凡、内心强大的女人震撼到了。

在写作开始前，我要先表达我的敬意，向这位九百多年前的女词人。

1.她的家世

李清照是一个小镇姑娘。

她是个80后——公元1084年，她出生于北宋齐州章丘（今山东省济南市章丘区）明水镇的一个书香门第。

他的父亲名叫李格非，也是搞文学工作的，酷爱写诗，名气很大。据说这位进士出身的作家曾做过礼部员外郎（七品官），巧合的是，同时期的著名书法家米芾也在这种岗位上干过几年。李格非同志曾写诗文四十五卷，但现在一篇也找不到了，不知道他的才华如何闪光。

他的朋友圈里有一个人，名叫苏东坡，两人经常有书信往来，惺惺相惜，切磋砥砺。我们只能想象，能和苏东坡这样的大咖以文缠绵，互敬互推，估计李格非的文采也很了得。

他的妻子王氏更有来头，祖上几代都是进士，祖父王准受封为汉国公，父亲王圭在宋神宗当最高领导时，曾出任中书省平章事、尚书左仆射，这两个职位都是执掌国家枢要的丞相。

不过那个时候官位高，并不代表富有，因为北宋的名号看起来吓人，其实只是一个局部政权，它的苟安以向北方狼族提供繁重的岁币为代价。

李格非夫妇最初就很清贫，郡守有意将李家列为扶贫对象，让格非兼任其他官职（宋代有这种兼职兼薪制度），结果被倔强的格非断然拒绝。后来名气渐大，李家经济境况才有所好转。

2.也曾幸福

李格非一辈子最伟大的作品，是他生下了一个叫李清照的女儿。

李清照出生后，一直过着无忧无虑的生活，她尤其爱看书（都是真正的名著和难以消化的古文，不像现在，看书很多时候就是看杂志）。那些优秀传统和文化韵味，通过文字浸透了她的每一寸神经。

她像一滴露珠，澄澈、轻巧、透明。她爱穿大袖衫襦，鹅黄衣裙，光芒眩目，充满魅力。秋风起时，瘦削的身体似乎也要起舞。

在父亲的指导下，她开始尝试写诗作词，初期作品，均为稚嫩之作。

李格非发现，清照这孩子对文字的敏感和把握特别强，有着惊人的想象力。

平淡的日子总是过得飞快。

18岁那年的冬天，桃花肆无忌惮地开放，她嫁给了21岁的金石学家赵明诚。

婚姻是最高难度的爱情，但他们俩相见恨晚。正确的人，正确的时间，正确的地点。有时候，她会以双手托腮，注视着赵明诚，那个给自己带来温暖的、曾经陌生的异性。

对上天赐予的这段感情，她很满意。爱是种永久的信仰，令她忘了时间。

"为什么我们不早点认识呢？"她若有所思地问道。

"不能再早了，你这个贪心鬼。"他回答。

爱充实了生命，正如盛满了酒的杯盏。

……

金石学的主要研究对象为前朝的铜器、碑石，特别是其上的文字铭刻及拓片；广义上还包括竹简、甲骨、玉器、砖瓦、封泥、兵符、铭器等一般文物。

研究金石，需有多学科背景，如文字学、历史学、书法学、文学、图书学等。

清代刻本《金石录》

李清照很爱自己的老公，慢慢地，她也爱上了金石。

她在《金石录后序》中记录，每当领了工资，夫妇二人就手牵手，到相国寺的市场买古玩，回家研究欣赏。

他们在阅读的时候还玩一种游戏，那种游戏在现代人求学期间并不陌生——抽查某句话的出处，精确到页码和行数，回答错了，要罚喝一杯茶。

他们的书房中，时而传来欢声笑语。

那时候，清照的词作，多写闺阁之怨或是对出行丈夫的思念。

有次赵明诚出差时间比较长，她娇嗔地写了一首《渔家傲》，"造化可能偏有意，故教明月玲珑地。共赏金尊沉绿蚁，莫辞醉，此话不与群花比"。

在这位中产阶级妇女写作的起步阶段，生活平静虚浮，这首诗多少显得有些无病呻吟，很难给人留下什么深刻印象。

婚后第五年，李清照随赵明诚搬家到青州，他们在那儿生活了整整20年。

她在日记中写道，世界上最永恒的幸福就是和自己喜欢的人一起，每天过得平淡，自然。

其实这样过完一生，也不错。

得失诗意　243

3.国破家亡

公元 1127 年是一个多事之秋。

李清照人到中年（43 岁），迎来了她人生的分野。

那一年金兵的铁蹄踏破青州，她的生活陷入流离。

金国大规模侵宋，是所有宋国百姓的噩梦，李清照与赵明诚概莫能外。

人命，在战争时期，就像朝不保夕的蜉蝣。

公元 1127 年 3 月，赵明诚的母亲在南京去世，他先行南下奔丧，清照暂时留在家中看管书籍和文物。

彼时，宋政权只剩下最后一口气——5 月，徽宗、钦宗二帝被俘，北宋灭亡。

战争结束之后，版图失去平衡，金开始将战火烧到广袤的南方。

李清照家有大量书籍文物，装满了十多间屋子，金兵攻陷青州时，大部分被焚。

当年 8 月，李清照带着剩下的 15 车书籍文物，千里迢迢到南京投奔丈夫，辗转 4 个月才抵达目的地。

可惜团聚才一年半，赵明诚就在那个夏天病逝，当时清照 46 岁。

她不能接受那样的现实，一个活生生的人忽然消失。

对于世界来说，赵明诚是一个人；但对她来说，赵明诚是整个世界。

因思虑太深，她不欲独活。

她开始深居简出，有时候整天不说一句话。

书房里还有爱人的味道，挥之不去。

她开始写词，排遣自己的思念。

每当写完一首，她就觉得丈夫的样子明亮了几分。

文字，确实可以拯救人的灵魂。

全世界我都可以忘记，只是不愿失去你的消息，我会带着回忆爱你，傻傻爱你。

……

她的人生苦旅刚刚开始。

金兵继续入侵浙东、浙西，清照安葬好丈夫，追随流亡中的朝廷，带着沉重的书籍文物开始逃难。

她从南京出逃，经越州、明州、奉化、宁海、台州，后漂泊在海上，又从海上回到温州。

从逃亡路线看，她一直追随着皇帝赵构。

她想，保全手中这些文物的最佳方法，就是尽数捐献给国家。

但是赵构逃跑的速度实在太快，她一直没追上。

她雇船、求人、投亲、靠友，带着她和丈夫一生的心血，苦苦地坚持。

丈夫临终前说过，这些文物是舍命也不能丢的。

公元1131年3月，在浙江绍兴一户姓钟的人家，当年与丈夫收集的金石古卷，共五大箱文物被贼人破墙盗走，令她饱受打击。

4.渣男骗局

思念是世上一种常见的慢性病，即便是科学发达的今天，也无药可治。

思念综合症的临床表现是，总认为那个人还没有离开自己，每天回忆甜蜜的片断和细节，有时候还会忽然发笑，忽然流泪。

有些脾气暴躁的，还会摔家里的东西，看见什么摔什么。

千百年来，人们只能靠一样东西来减轻其症状，那就是时间。

轻轻地你走了，带走了所有的云彩。

丈夫去世3年，清照居无定所，神情恍惚。

终于，身心俱疲的她病倒了。

入夜，她猛烈地咳嗽，连起床倒杯茶的力气都没有。

"只恐双溪舴艋舟，载不动许多愁"，45岁的她写道。

李清照与赵明诚

得失诗意 245

这时候,一个叫张汝舟的人忽然出现,经常向她大献殷勤。

这人是个跳梁小丑一般的角色,史料上并没有太多记载。

他是一个情场阴谋家,具有感情骗子的典型特征:风流倜傥、口才出众、彬彬有礼、死不要脸。

他也是一个金钱万能主义者,信奉"有钱能使鬼推磨",如果鬼不愿意推,那就是你给的钱还不够多。

他会在一大群人的饭局上,主动坐到清照旁边,给她夹菜添酒。

在大家聊得高兴的时候,他会忽然捧出一大堆玫瑰献给清照,然后像个教徒一样,一脸虔诚、一字不漏地背诵她的诗词。

为了接近清照,他与清照的弟弟李迒相见恨晚,经常一起出去玩,喝个酒,洗个脚,吐个槽什么的,两个人无话不谈。

"这个姐夫,我当定了!"有一次郊游,他真诚地对李迒说。

有个很奇怪的问题,上帝在创造女人的时候,似乎故意抽去她们的某根神经,导致她们经常在感情面前失去判断力。

如果男人骗术高超,女人更加无可救药。

人生就像一杯茶,不会苦一辈子,只会苦一阵子。

难道这孤苦的心,能再次得到照料?

大病初愈的清照也被欺骗了,她孤独已久,流离艰辛,需要一个男人来帮她遮风挡雨。

这种要求,对于一个女人来说过分吗?

一点都不。

她相信了张汝舟的"如簧之说""似锦之言"。

等到嫁入张家,清照才发现张汝舟是个伪君子,他只是想获取李清照身边的金石文物。

他在密室的小黑板上,画了一个清晰的路线图,即如何制造温柔的陷阱,占有那些宝贵的文物。

不得不佩服他的心思缜密,风格大胆(不惜牺牲色相)。

但他漏算了一点,那就是女词人的坚韧不屈。

对于赵明诚的毕生心血,清照视之如命,况且她还要根据那些金石文物，整理出版《金石录》。

张汝舟三天两头索取逼迫，有一次酒后甚至出重手打了新婚妻子。李清照忍无忍耐，无奈之下，她决定告上法庭，打离婚官司。

那时候，两人结婚才3个月。

在宋代，妻告夫是惊世骇俗、闻所未闻的事情。

李清照同时告发了张汝舟的欺君之罪——张将李清照娶到手后洋洋得意，曾把自己科举考试作弊的事拿出来自夸。

宋朝法律很不人道，女人告丈夫，无论对错输赢，都要坐牢2年。

清照是一个在感情生活上绝不凑合的人，刚烈不屈，宁肯受皮肉之苦，也不受精神的奴役。

一旦看穿对方的丑恶灵魂，她便表现出无情的鄙视和深切的懊悔。她在给友人的信中说："猥以桑榆之晚景，配兹驵侩之下材。"

对于李清照这种敢爱敢恨的个性，我非常钦佩。

这位诗词天才，不仅在文学上独树一帜，敢在常人不敢下笔的地方痛下笔墨，在个人生活上也是封建时代的奇女子，果断坚强，拿得起，放得下。

在颠沛的生活中，最能看出一个人的气节。

……

人不能把金钱带入坟墓，金钱却可以把人带入坟墓。

这场官司惊动了当时的皇帝赵眘——张汝舟被发配到柳州，不久病亡。

李清照也随之入狱。

幸运的是，由于李清照的名声太大，从庙堂到民间，粉丝众多，很多人为她打抱不平。一个如此困苦有才的弱女子被投入监狱，于心何忍？

主持此案的綦崇礼顺应君心民意，努力协调。清照只坐了9天牢便被释放出狱。但这件事在她心灵深处留下了一道重重的伤痕。

得失诗意　247

5.女子才华

李清照与赵明诚没有生育小孩,到晚年,她孑然一身,寄人篱下,生活清苦。人生不止,寂寞不已。

她喜欢上了一个孙姓朋友的女儿,十多岁,漂亮聪颖。一天她正在伏案疾书,懂事的小姑娘帮她倒了一杯茶。清照点头笑笑,将孩子搂在怀中:"孩子,记得多学点东西,我老了,你愿意拜我为师吗?"

没想到,孩子脱口而出:"才藻非女子事也。"

清照听后,不由得一阵晕眩。原来,多年的坚持和追求,在人们看来一文不值,自己仍是一个异类。

一个女人有才华,错了吗?

她只不过是为了在这痛苦的人世,找到一个呼吸的出口,用文字为自己遮风挡雨。

一种可怕的孤独向她袭来,这个世界上再没有一个人能读懂她的心。唯一可与她作伴,永远不会离开她的,是文字和诗词。

……

有的评论家惊讶于她的文采,总是能用寥寥数字打动人心。

"词压江南,文盖塞北。"他们赞叹道。

清照对意境的感悟力超群,缘于她那颗伟大的灵魂。

据说,不少人读她的词,居然情不自禁地流下眼泪。不愧是造境大师。

跟一些擅长抒怀的女词人一样,她初期的作品,只是练笔之作。当那些人在沉重的生活压榨下消声无息的时候,她像一座暗自生长、桀骜不屈的山峰,忽然高耸入云。奇迹,都是在厄运中产生的。她的词,有的前仆后继,一泻千里;有的层层设疑,含蓄委婉;有的上情下景,情景交融。

比如:花自飘零水自流,一种相思,两处闲愁。

再比如:此情无计可消除,才下眉头,却上心头。

特别是那首和着血与泪的千古绝唱《声声慢》,极尽沉郁凄婉。主要抒写的,是她感情生活的痛苦和对国家民族的忧心,她像一叶孤舟在风浪中无助地飘摇。国事已难问,家事怕再提,只有秋风扫着黄叶在门前盘旋。晚年的她，愈加思念亡夫赵明诚。她茫然地行走在杭州深秋的落叶黄花中，用尽全身力气，吟出这首《声声慢》：

寻寻觅觅，冷冷清清，凄凄惨惨戚戚。乍暖还寒时候，最难将息。三杯两盏淡酒，怎敌他、晚来风急？雁过也，正伤心，却是旧时相识。

满地黄花堆积。憔悴损，如今有谁堪摘？守着窗儿，独自怎生得黑？梧桐更兼细雨，到黄昏、点点滴滴。这次第，怎一个愁字了得！

……

有的人，将一辈子过成了破败的旅店，唯有她，将人生过成了辉煌的宫殿。

李清照故居

◎囚粉说

芮琪：看哭了，以情写史，以情写人，幽默中带泪。

一帆：边听着舒缓的钢琴曲边看，属于她的故事历历在目，从童年直接看到了黄昏，她那双眼睛仿佛穿越了数百年，原是双透彻心扉的眼眸，如此澄清、明丽、水灵灵的，突然画风突变，失去了美丽的光泽，暗淡又失落，无助又徘徊，多了几分血色，少了往日的灵丽，后来眼神越来越暗，没了生气，我的眼睛居然湿润了，我也是个多愁善感的人儿……

四月天：李清照是影响我一生精神世界的人。只看标题，就知道你走进她的内心了。

梅子： 叹深闺之才情，惋命运不公。

一帆： 李清照当时再嫁张汝舟，直接导致她终身不婚，对任何潜在追求者的不信任，并且加深了其对前夫的思念，睹物思人，更加坚定了要完成亡夫未完成的作品《金石录》，李清照同志的不幸留给后世的是一段凄惋的爱和一份无价的沉淀。

念想： 被推荐来关注您的公号，追了几篇文发现没关注错。今天这篇文章尤为入心，易安是我最敬重最喜爱的词人，从初一背"此情无计可消除，才下眉头，却上心头"，到现在大三，小十年的时间我把她的词都读了一遍，基本也可以背诵。喜欢您的风格，期待下篇！

近视眼流浪猫： 这就是历史，残酷至极。消声和忽视与它如影随形。昨天就是历史，所以得尽力的让自己的历史更有意义。

Mike Field 修： 一个易安居士，一个辛弃疾，两个山东老乡撑起两宋词坛的半边天。两个济南人，相同点太多，都是家世显赫，都是才情八斗，都是一身傲骨，倔强不折。若是没有战乱，两人都会在大明湖畔度过幸福安稳的一生。可两人最终颠沛流离，一生再没有回到故乡济南。

【一首诗的稿费 还不够输半天】

陆游／书虫、倾诉狂与抗金战士

中国古代诗人中，作品最多、活得最久的陆游同志，离开我们已经 800 年了。他像一个发光体，一直照耀后世。穷其一生，他写了 9362 首诗，平均 3 天一首。他像一个倾诉狂，高兴时写，悲愤时写，半醉时写，做梦时写。我写，我写，我写写写。

像其他历史人物一样，他也被后人强行纳入一个固定的模具，上面写着三个身份：文学家、史学家、爱国诗人。但对于这样的介绍，他肯定不会满意。他一定会强调，我，首先是一名战士！

1. 舞剑的诗人

穿过浓厚的历史尘烟和广漠的时空隧道，我看到的陆游，分明是一名战士。他头戴高顶黑纱帽，身着细布襕衫，圆领大袖，腰间佩带着一把宝剑，青色剑鞘。他的一双大眼睛里，写满了对百姓的热爱，对朝廷的不满，对金国的愤恨。

在 85 年的漫长生命中，令他最骄傲的不是诗文，而是其中有半年多时间，他的身份是军人（文职参谋），当时他已年近五旬。

朋友邀请他去抗金前线那一刻，他像个孩子一样从凳子上弹了起来。"取剑！"他大声地吩咐家丁。

外面寒风呼啸，正是一年之中最冷的时节。他开始在后院舞剑，练完,他衣衫全湿。然而,眼睛里却是止不住的泪水。

他等这一天,太久太久。

他一辈子最大的夙愿,便是时刻准备着,赶赴战场,击杀金狗。无比强烈的报国之心,贯穿着他的一生,是寻找他生命情调的主线。

岳飞将精忠报国,刻在背上;而他,刻在心里。他毕生以抗金复国为人生最高理想,有几人能懂。满朝投降派,沉溺温柔乡。收复故土?想想就行了,你还真去做啊?

国力衰微,态度暧昧,陆游屡屡叹气。这万古的寂寞与郁愤,如何将息?

2.画像

想知道古人长什么样,是一件非常费劲的事。只有历代皇帝才最有条件留下自己的画像,但即使是他们,准确程度也令人怀疑。比如画中的朱元璋,奇丑无比,令人想吐(不能怪观众身体不好)。其他皇帝也好不到哪儿去,臃肿的臃肿,羸弱的羸弱,眼神里也满是高处不胜寒的孤绝(只有微带笑意的康熙大帝能给人暖意)。

为什么古代有那么多伟大的画家,皇帝们不好好运用资源,将自己包装成传奇的美男子?可能他们追求的是——真实。画像的永恒,使皇帝们成为时间的胜利者。

陆游跟很多大画家是好朋友,所以他有几幅非常逼真的画像传世。从画像来看,他的帅气无可争议。他有着秦沛的眼睛,刘德华的鼻子,张国荣的嘴巴。他的动耳肌很发达,一双大耳似乎随时要颤动。凡见他的人,都会对他深邃丰富的大眼睛留下极为深刻的印象。

这个极爱夜读的男人(经常读书到五更),是古今闻名的书虫,他由此爱上了漫长的秋夜和冬夜。健康规律的读书生活,令他年过八旬时,仍然眼不花,手不抖。

3.国仇

这样的大诗人,心里却背负着深重的国仇家恨。

有必要交待一下陆游的家世背景。

他是山阴(今浙江绍兴)人,出生于名门望族、藏书世家。他的

得失诗意 253

高祖陆轸是一位进士，官至吏部郎中；祖父陆佃，师从王安石，精通经学，官至尚书右丞；他的母亲唐氏是北宋宰相唐介的孙女。

看出来了吗，陆游是贵族出身。

他创造性地将文字运用到了极致，虽然我没有读完他的9362首诗，但感觉那些文字是有温度和生命的。它们或悲愤激昂，或闲适细腻，像主人精心打扮遗留后世的精灵，每一个字都在舞蹈。很多都与战士、战斗、战场有关。

之前我们用三篇文章，一起回顾过北宋灭亡的全过程，但凡中华民族子孙，都不免悲鸣哀叹。

陆游出生在淮河的一条小船上，当时是公元1125年（金大规模攻宋的第一年）。他的父亲主战派陆宰奉诏入朝，带领家人由水路进京，唐氏在船上生下一个男婴，因为出生在水上，取名"游"。

陆游2岁的时候，金兵攻入北宋首都汴梁，并将那座美轮美奂的天堂之城洗劫一空。留在人们梦魇中的，除了惊慌失措的宫娥、雨一样的箭矢，还有红透半边天的大火。汴梁变成了一座鬼城，每当入夜，若远若近的凄厉叫声令人惊骇。焚城虽然过去了大半年，空气中仍然充斥着焦糊的味道。汴河的泥沙长期无人清理，没几年，河床抬高，在战争中奄奄一息的城市再次溺水，宋人彻底失去了故国。

兵荒马乱的年代，陆游一家算是幸运的，他们在一位将军的帮助下，得以逃回老家。

杀红眼的金人，继续在版图上挤压宋人的生存空间。他们不知道天下有多大，只是一路往南，杀杀杀。

公元1129年（南宋建炎三年），金兵再次渡江南侵，宋朝皇帝像往常一样南逃。陆宰居家不仕，家境才开始逐步安定，当时陆游年仅4岁。国家的不幸、家庭的流离，给他幼小的心灵带来了不可磨灭的印记。

陆游十多岁的时候，就开始学习兵书。每当父亲叹息着讲述亡国的悲惨故事，他内心就生长出一种刻骨的仇恨。

"等我长大了，我也要杀金狗。"年幼的他说。

虽然他自幼对文字敏感，但在他的偶像名单上，排在最前列的却是李纲、种师道那样的抗金英雄。

可以想象，当他45岁（公元1171年）第一次入伍的时候，他内心是多么的兴奋。

"早岁那知世事艰，中原北望气如山。"他写道。

他很感谢范成大的邀请，圆了他年少就有的梦想，虽然那段军人生涯只有8个月。我本无私，一心报国，哪知国之谋者，只知苟安。

4.考试

陆游的一辈子，大多数时光都是在书斋里度过的。由于藏书太多，有几次连皇帝都厚着脸皮来借阅。他家可以没有米，但不能没有书。他写道"笥衣尽典仍耽酒，困米无炊尚买书"。对书，他堪称痴迷，并与很多古人成为异代知己。他很勤奋，写过很多有力而不费力的诗词，年纪轻轻就有"小李白"之称。

这样的才子，既然不想当隐士，就要走仕途。28岁的时候，他参加了礼部主办的全国考试。在那次锁厅考试（现任官员及恩荫子弟的进士考试）中，主考官陈子茂阅卷后，对陆游大为欣赏，取其为第一。可是这得罪了一个人，那个人是得罪不起的，因为他是皇上身边的大红人。他的名字叫秦桧。

当时，秦桧的孙子秦埙也参加了考试，秦埙虽然是一个学渣，但信奉"考得好不如生得好"，他认为有他的爷爷做主，世界上所有比赛他都应该拿第一。秦桧非常宠爱孙子，多么可爱聪明的孩子，如果有人考得比他好，那肯定是那人作弊。一气之下，他骂了主考官一顿，还要治监考老师的罪。

秦桧夫妇铜像

陆游无言。

第二年，陆游又考了一次。据史料记载，那次考试的舞弊达到触

得失诗意 255

目惊心的地步，密封的试卷被提前拆开，中途还有人翻墙通报答案。

陆游又落榜了。

惹不起，等得起。4年后秦桧病逝，陆游初入仕途，任福州宁德县主簿（资料统计人员），不久又调入京师，任"敕令所删定官"，日常工作是对各类公文进行校对，在朝廷的官员序列里是八品。

陆游在官场所受的打击，才刚刚开始。

5.官场

他后来又陆续担任过一些职务，但都是一些边缘部门的非重要官职。

他爱民如子，因此罢官至少5次。公元1180年春，抚州大旱大涝，百姓饥困潦倒，陆游等不及公文的批复，先拨义仓粮赈灾，被给事中赵汝遇弹劾，最终因"擅权"而罢官。

他官职低微，却忧国忧民，爱抨击朝政。作为一个非常理想化的干部，他认为，就是某些尸位素餐、不思进取的同僚毁了北宋。一次，他在奏章中说，"非宗室外戚，即使有功，也不应随意封加王爵"，希望朝廷不要急于加封那些急功近利的官员。不久，他将进言的对象瞄准了皇上。听说高宗酷爱珍稀玩物，他认为"亏损圣德"，建议皇帝严于律己。为雪国耻，他还当着皇帝的面，请求上阵杀敌（泪溅龙床，面请北征）。

在有些干部眼中，陆游这个人有一肚子的不合时宜。这样的人，简直没法跟他共事。但是陆游的名气实在太大，如果不给他一官半职，显得当朝很不尊重知识和人才。

他经历过的6个皇帝都给了他做官的机会，但都是一些点缀朝廷的虚职。宋光宗执政的时候，看陆游不顺眼的人实在挑不出他的毛病，于是从他的诗文入手，整黑材料，攻击他"嘲咏风月"。陆游再一次被打击，他回到故乡养伤。

公元1202年，宋宁宗召77岁的历史学家陆游入京，主持编修孝宗、光宗《两朝实录》和《三朝史》。这是他最后一次为朝廷做事。

公元1210年，他用颤抖的手写下一首诗，那首诗后世人人能诵。

"死去元知万事空，但悲不见九州同，王师北定中原日，家祭勿忘告乃翁。"

这是他去世前留给子孙,更是留给世界的大感叹号,里面有理想的幻灭,更藏着巨大的希冀。

"爱国,爱家,爱书,爱生活。"他深情地说。

◎ 囚粉说

卫军: 这篇好看!一声唤"取剑",相当传神啊。晓战金鼓,霄眠玉鞍,放翁心中驻着剑气如霜,怎奈关河梦断,身老沧州?

江周梦蝴蝶: 死于元知万事空!权力是什么?名利是什么?陆游未必没有追求过,但他追求的更高更好!爱国,爱家,爱书,爱生活……

醒世: 陆游的爱情故事也很感人的,就是他的表妹,唐婉。一首《钗头凤》令人惋惜。还有他的续弦王晚卿。

知乎 两个相爱的人却不能在一起,是一种什么样的体验 首页 话题 发现 消息 提问

内容　用户　话题

时间不限：

两个相爱的人因为父母反对而分手,是一种什么体验?

498　匿名用户

因为各方面不适合,在父母逼迫下分手。两个人在电话两端大哭着地裂。当时父母那了一阵子的时候简直就是暴怒,我爸妈一刻也不敢误班车到我上班的城市。我要动手打我。男朋友比我大好几岁,而且是东北的,而我是南方人的....显示全部

关注问题 ♡ 276 条评论 感谢 分享 收藏 举报 · 作者保留权利

相爱的两个人不能在一起,以后还会相爱吗?

295　匿名用户

我最讨厌总有人说能不能在一起是因为够不够爱 这样的思维显得俱片面 生活这生的全部,当一些现实因素和爱情冲突的时候,我想大部分人未必会选择爱信者不够爱 就像你妈说：有他没我。的时候你会轻易放下养育你多年的...显乎全部

关注问题 ♡ 134 条评论 感谢 分享 收藏 举报 · 作者保留权利

为什么两个人明明相爱却不能在一起,这是一种什么样的体验和记忆?

关注问题 · 12 ♡ · 3 条

风花雪月

FENG HUA XUE YUE

第四章

唐伯虎／我把4个皇帝活成背景

"大家好,我是唐伯虎,我点过痣,点过蚊香,就是没点过秋香"。

唐伯虎已经离开我们五百年了,如果再给他一次说话的机会,他一定会以他特有的苏州口音,如此委屈地道白。

中国历史上的科学家,叫得出名字的并不多。相比之下,精于诗书画的人却比比皆是,就像现在的乒乓球运动,是国民基本素质。

如果让这些想象力奇佳的文艺圈名人参加选秀,以唐伯虎的修为水平,他至少可以获得"最受观众欢迎奖"和"最具风采奖"两个奖项。

因为有几个名字总是无法超越,他们与唐伯虎一样,是彼此相望的高高山峰。

1.让我们记住他的诗书画

唐伯虎离开这么多年,被后世严重地误读了,人们忘记了他诗的超然、字的棱角、画的风骨。只记得他是一位风流的同志,跟华府的秋香传过绯闻。

这是一种很严重的八卦心态和看客心理。

原来我们现在的八卦心态是集体遗传下来的,这种遗传比各种遗传病还要强大。遗传病是有一定概率的,可是八卦病无处不在,无时不有。有八卦病的地方,必有狗仔队。唐伯虎同志就是栽倒在人们"才子佳人"式的臆想里的。

有空多看看他的诗书画。"桃花坞里桃花庵,桃花庵下桃花仙,桃花仙人种桃树,又摘桃花卖酒钱。"从不紧不慢的语速里,感觉到那种独有的淡然和超脱了吗?

2.不世出的天才

别以为唐伯虎同志一出生就很顺利,相反,很不顺利,十分潦倒。

人之不如意事常八九,注意,不是五六,是八九。

他的祖上算是比较有地位的,五代以上是太守,四代以上是国公,最次也是侍御史。但到唐伯虎父亲这一代,只能靠一点小生意糊口,走到家族史的最低点。而苏州那种富庶之地,贵族们开始玩一种游戏。在园子里把小猪赶得到处跑,等小猪跑不动了,就拿刀砍下它的里脊肉,据说是最美味的。

彼时的明朝正处于中期,舞台虽然够大,但已千疮百孔。与唐伯虎同龄的孝宗皇帝正用自己的宽容和勤奋力挽狂澜。

年轻的时候唐伯虎过目成诵,初学画画就令人侧目。且在各类专业考试中都考第一,"唐解元"的名声越来越大。四周的掌声不断,鲜花不断。有人叫他"孺子狂童"。

天才,绝对的天才。街坊们说。

佩服,真心地佩服。同学和玩伴们说。

说他是奇才,并不准确,他是奇才中的奇才。一个年轻人在这种追捧下成长,很难不恃才傲物,不信你试试。

3.他的不幸

但天才都是不幸的。

明弘治七年是一个重要的年份,唐伯虎的父母、妻子、儿子相继离世、妹妹也自杀而亡,他屡屡哭得不省人事。

他白天抚琴,铿锵顿挫,唱尽哀思。夜里难以入眠,噩梦不断。他不由得消极悲观,26岁已显白发老态。

悲凉,巨大的悲凉笼罩着唐伯虎。

他的好朋友祝枝山特地赶过来安慰他。他只说了一句:"这是老天对你的考验，你一定要挺过去。"

满面是泪的唐伯虎点头，回答也只有一句："给我点时间，我可以的。"

人就是这样的，非逆境不成长。顺境里产生的成就，永远没逆境里的奋起那么打动人，那么令内心深处震撼，人的精神力量无限。

天才开始闭门苦读，一年后，他赴京参加考试。

这是一个新的开始，是痛苦之后的领悟。

他的一生，历经成化、弘治、正德、嘉靖四朝，活了53岁。

年龄不重要，关键是他活生生把四位皇帝都活成了背景。

4.最接近权利的时刻

他一生与权力若即若离。

有的人说，文人就是不会搞政治，也不懂经商，他们只生活在自己的精神世界里。我觉得唐伯虎是一个有骨气的人，他力求让自己的精神世界圆满。他跟权力打交道，从会试泄题风波开始，到江西宁王骗他结束，都是悲剧。

会试泄题风波：明朝科举制度自洪武三年开始实施，到唐伯虎出生时的1470年，已实施整100年，臭名昭著的八股文就是这时候形成的。

这100年间，因为外面的就业形势不好，无数莘莘学子像疯了一样参考，也有些人真的疯了，比如范进。考上的人，基本上构成了明朝文官势力的基础，那是一个特别无聊彼此折磨的群体，唐伯虎没去也罢。明代从此少了一个平庸的文官，多了一个伟大的画家。

话说回来，年轻的唐伯虎哪可能知道他没有考上，留在体制外是因祸得福。

那一年，他与江阴人徐经进京参加会试，徐经此人，因富求贵，注定是唐伯虎生命中重要的男人。对于泄题风波，现在各种史料仍然莫衷一是，没有结论。有的人说，徐经买通考官，拿出试题与唐伯虎共做，结果被人告发。

但这可信吗？考试专业户唐伯虎还用作弊？这不符合实际情况。

对于意想不到的事，很难理解也要试着去理解。

我认为，就算真有其事，那也是唐伯虎太自信，也太信任他人。从本质上说，他是藐视一切考试的，即使是最重要的会试。但结果是无情的，唐伯虎和徐经两人下狱，后均被罢黜为浙藩小吏。

对于这种弼马温式的职位，唐伯虎认为这是一种耻辱，坚决不去。

江西宁王骗局：作为明武宗朱厚照的叔叔，宁王朱宸濠很阴险，一直计划谋反，到处招兵买马，力邀唐伯虎出山。不明真相的唐伯虎到江西后，宁王才露出他的狰狞面目，告知自己的宏伟计划。

知道宁王的底细后，唐伯虎就开始想办法离开，不然"命休矣"。

人皆有一死，但为另一个人的谋反篡位做炮灰……

离开的方法很简单，也很需要演技：喝酒装疯，脱衣裸奔。

没有一个想做大事的人需要一个疯子。他被宁王放回了苏州。

5.一个卖字画为生的人

苏州的山山水水，养育了他的灵魂，那就是灵动、敏感、孤独。

他的作品，多古树野花、顽石曲径，或深山古道、着力渲染荒寒凄凉、萧瑟幽寂的意境。

他的性格特点，从他的名和号可以看出些端倪，他用过四个号，分别是六如居士、桃花庵主、鲁国唐生、逃禅仙吏。都是想藏住锋芒，向外界示弱，过平凡生活的名字。

但在伤感和失落中生活，也需要生活费。

他开始卖字画为生，这有两个目的，一个是赚取一些银两维持日常生活，另一个，看上他字画的人，他觉得在精神世界上是可以沟通的。跟一些文人一样，他帮朋友甚至陌生人写墓志铭。

画如其人唐伯虎

不同的是，他特别认真。他认为一个人到

世界上走一遭，尘归尘、土归土的时候，应该有个像样的小结。所以他写的墓志铭，既文采飞扬，又压抑克制，里面还藏着悲天悯人。

6.酒

众所周知，文人跟酒，总有不解之缘。

跟其他人比，他也爱酒，把酒也当知己，但不同的是，有些人是彻底地醉了，迷失了，而他在喝酒的时候是清醒的。

这从他的很多诗文和画作里可以看出来，那些都是他酒后的作品。

由几间茅草屋组成的桃花坞，是他在38岁的时候盖好的。

他一直在这里悟道，并取得了巨大的成功。

喝酒后创作的作品，可以看作是他在沉默地与命运较量。

他曾写道，"醉舞狂歌五十年，花中行乐月中眠"。很多时候，他的好友祝枝山、文征明会坐各种交通工具来陪他喝。有的时候，坐船去郊外喝。有的时候，他会拦住路人，说，我有故事，你愿陪我喝吗？

酒已经成了唐伯虎身体的一部分。

7.他的爱情

与后世的争相渲染不一样，他的爱情很平静。远不像周星驰电影里那样，文武兼具，妻妾成群。

他娶过两位老婆，一位是19岁的时候娶的徐氏，两人感情深厚，可惜徐氏难产而死；后续弦的一位，在他因科举案入狱时离开了他。36岁时，他与患难之交、红颜知己沈九娘走到了一起，从此在桃花坞生活，直到他生命的终点。

有的时候，他会与他爱的人，在桃花坞点三支香，一支苍天，一支鬼神，一支这拧巴的人生。

百转千回，一声叹息。

【桃花坞不代表桃花运 你们说的秋香呢】

卓文君和司马相如／在私奔的岁月里，我最爱你

1.

临邛的那个冬天，比往常还要寒冷一些。

刚进入 12 月，天降大雪，天地间都是白茫茫一片。

已是深夜，城外，停着一辆孤零零的马车。

司机老王静静地等待着。

几个小时前，一个清秀的年轻男子急匆匆地找到他，要雇他的车去成都。

这样恶劣的天气，他本不想去。但是，那个年轻人开出的价码，实在无法令人拒绝。

相当于平常跑 10 次成都的价钱。

从临邛到成都，只有 82.2 公里，但万一乘客心怀不轨呢。

看面相，听谈吐，凭感觉，年轻人不是坏人。

他还记得年轻人离开时，哀求的最后一句话，"这是我一辈子的积蓄，请一定要帮我这个忙。"

他不知道这个年轻人为什么选择这么糟糕的天气出行，但凭自己的人生经验，他知道，年轻人正在做一件人生中重要的事。

帮别人做重要的事，这本来就很重要。

司马公子，祝你好运！他心里默默念道。

是的，年轻人的名字，叫司马相如。

一个当时已经名闻天下的大才子（非大财子）。

这一年，是公元前 157 年。

2.

"老王，老王"！

马夫在漫长的等待中，打了一个盹儿，忽然感觉有人拍着他的肩膀，轻轻叫他的名字。

睁开眼，但见司马公子牵着一位年轻女子的手，正站在马车边。

那女子，令人过目难忘。

史书形容文君的美貌，只有三句话，"眉色远望如山，脸际常若芙蓉，皮肤柔滑如脂"。

她礼貌地一笑，能让人原谅这个世界上所有的苦难，甚至，让人完全忘记这个世界的存在。

"来了？"他揉了揉眼睛。

"来了！"

"可以走了？"

"可以走了！"

司马公子扶着年轻女子上车，妥妥地坐好。

听司马公子与女子说话，马夫知道女子名叫文君，是临邛城里人。

老王顿时什么都明白了。

回想起来，自己年轻的时候，不也做过很多傻事吗。

他回头笑笑，朝司马公子挤了一下眼睛。

然后，狠狠抽了马背一鞭子。

马儿低沉地嘶鸣一声，开始朝前奔跑。

道路很坎坷，在这样漆黑的夜里赶路，危险是显而易见的。

3.

他们三个人都不知道，这是注定留在中国爱情史上的一天。

这次夜行，是一次临时起意、事先并未策划的私奔。

私奔是红尘男女们的理想和幻想，但很少有人实践。

有人说，私奔是因为不敢面对现实。

来自家族和社会的压力可以令人喘不过气来。

但爱情因私奔而充满生命力。

敢私奔的人，都是有勇气的人，也是敢爱敢恨的人。

敢于深爱，全心交付，这是爱情的精髓。

不像有些失败者，好色而无胆，好酒而无量，好赌而无胜。

老王很羡慕眼前这对敢做敢当的年轻人。

4.

司马相如同样认为，在这个世界上活了二十多年，这是他所做的最勇敢的一件事。上一次他给自己作主，是更改名字——他的名字本来叫长卿，寄托了家庭对他的深厚期待，但他不喜欢。他特别崇拜战国时期的名相蔺相如，憧憬自己今后成为那样的人，所以他改名为"司马相如"。

他读书，他练剑，他想有所作为。可是，王门侯府、朱门高院需要的不是文韬武略，他们需要的是奴才。

几年前，不顾他的反对，司马家族发起捐款，帮他在汉景帝身边谋了一个差事，这份工作的主要内容是陪皇上打猎、散心。每天，除了赔笑脸，就是拍马屁。

工作之余，他写过几篇自己很满意的赋，并费心周折让汉景帝看到。可惜知音难觅，汉景帝没有什么文学细胞，对他的赋毫不感冒。

前路崎岖，方向难测。他像掉了魂一样，终日郁郁寡欢。

得换一种生活方式，他想。

5.

只要愿意等，机会这东西，总是有的。

转眼即是春节，梁孝王刘武来京朝见他的皇帝哥哥，在他的随从中，有著名文学大咖邹阳、枚乘等人。

司马相如早听过这些文学家的名字，在与他们深入交谈之后，内心甚是欣喜。他觉得，尚气使酒，高谈阔论（虽然他有点口吃），那才是他向往的自由生活。

他迫不及待地向景帝告病，办完离职手续。

"世界那么大，钱包那么小，我想去闯闯。"他在辞职报告里写道。

一路向南，他到了河南永城，这是梁王的封地。经枚乘等人推荐，他成了梁王的众多门客之一。这段时间他的创作欲旺盛，其《子虚赋》，记述诸侯游猎的盛况，表现了汉王朝的强大声势和雄伟气魄，铺张扬厉、词藻丰富、散韵相间。很多人通过这一赋文成了他的粉丝。

但好景不长，梁王早逝。他不得不离开河南，回到老家四川。

司马相如共卓文君

6.

马车里，靠着司马公子的肩膀，文君已经睡去。司马公子却睡不着。这几天，就像一场梦。那一幕幕，在他心中顽固停留，拂之不去。

……

名气并没给他带来财富，离开河南后，他一直住在成都的出租屋里，"无以为业"。他的好朋友临邛县县长王吉（不是王老吉）经常邀请他去玩耍。王吉还介绍他认识商人卓王孙，卓家世代以冶铁为业，由于掌握核心科技，经营有道，成了西汉一朝的巨富，拥有家丁千人。

他又听王吉说到，卓家的长女文君年17岁，许配给今上一位皇孙，还未过门便守寡。据说，她不仅是一枚美丽的女文青，而且善于弹琴。看到卓文君的画像，他内心不由得怦然一动，很多事，似乎冥冥之中已有注定。

风花雪月 269

他做了这辈子最重要的一个决定,去会一会画中的佳人。

这些年,很多人给他介绍对象,但他自视甚高,一一婉拒。他对心目中的另一半,有自己的想象。她至少要喜欢自己的赋,至少要听懂自己的琴音。只有知音,才能成为伴侣,他坚持认为。

他一直在准备,准备见到他真正心动的女子。为此,他苦练琴曲,特别是一曲《凤求凰》,是他秘而不宣的绝招。

如果这辈子遇不到那样的女子,就让这首曲子伴自己进入坟墓吧。每虑及此,他皆释然。

7.

那个黄昏,刚才还是夕阳满天,转瞬之间月光如水。天空居然开始飘起大雪。他终于来到了卓王孙的府弟。

之前,为了维持起码的体面,他雇了一驾高级马车。(相如之临邛,从车骑,雍容闲雅甚都。)

在卓家后院,他与王吉、卓王孙等人,饮酒作赋,猜拳大笑,谈当下的八卦。可是,他一直盼着见到传说中的文君,对于酒桌上的游戏,多少有点心不在焉。

王吉很是了解他的心事,提议道,"我常常听人说起长卿很善于奏琴,何不在此弹奏一曲,以增乐趣,我们也可借机领略一下雅乐的韵味,饱饱耳福啊!"

相如摆了摆手,客气地推辞。

众人起哄,他只好凝神端坐,专心致志地弹琴唱歌。

那琴声,如行云流水,不可阻遏,又如鸟儿缠绵,动人心弦,众人都听得如醉如痴。他的歌词也写得大胆热烈,直抒胸臆。

其一是:

凤兮凤兮归故乡,遨游四海求其凰。时未遇兮无所将,何悟今夕升斯堂。有艳淑女在闺房,室迩人遐毒我肠。何缘交颈为鸳鸯,相颉颃兮共翱翔。

其二是:

270 历史的荷尔蒙

凤兮凤兮从我栖，得托孳尾永为妃。交情通意心和谐，中夜相从知者谁？双翼俱起翻高飞，无感我思使余悲！

……

他轻轻吟唱的，正是他雪藏多年，后来成为他代表曲目的《凤求凰》。

8.

他的琴声，他的歌声，果然吸引了同一个院子的卓文君。

她早就听说，今天一个叫司马相如的年轻人要来。之前他读过司马相如的赋，为他的文采所倾倒，觉得这世上为什么还有如此深情美好的文字。这样的人，不是知音，又是什么？

很多时候，她很寂寞，跟司马相如一样，她也靠想象支撑着自己的生活。现在，想象要变成现实了吗？

她偷偷走到后院，注视着眼前的司马公子。（文君窃从户窥之，心悦而好之）不可否认，这是一个颜值颇高的才子。不管是哪位少女，都挡不住他的微微一笑。她也听懂了司马公子弹奏的本意。暗自想道，"长卿有情，不知我文君也早已有意"。

如果错过这次机会，恐怕会后悔终生。

前面说过，机会这东西，只要你愿意等，总是会出现的。

但，就怕你没有时间，来不及等到。

她的猜测是准确的吗？

9.

她猜的没错。

宴席结束后，相如就开始行动了。

他贿赂了卓府的丫环（相如乃使人重赐文君侍者通殷勤）。丫环的及时通报，终于让文君悬着的心落定。

等父亲和王县长离开，丫环带着她走向正在收拾琴盒的司马公子。

……

当四目相对的时候，整个世界便安静了，永恒了。似乎只剩下他们两人。都听得见彼此短促的呼吸声。只要心灵相通，什么语言都是多余的。有的人相爱，要用一辈子，而有的人却只需要1秒。

下面他和她的对话，很直接，很疯狂。别问我为什么这么直接，这么疯狂。在爱情这件事情上，直接和疯狂就是"痴"——

"司马公子，可否借一步说话？"文君微微躬身，行了一个礼。

"卓小姐，你是想弹琴呢，还是想谈情呢？"相如直白地问。

"两个都要。"

"如果去成都，你去吗？"

"我去。"

文君故居，当垆卖酒处

【古人访谈录】
"日为朝，月为暮，卿为朝朝暮暮"——司马相如访谈录

（各位粉丝朋友，欢迎收看"古人访谈录"，这个系列节目办到第5期，现在已有一些固定观众，但要继续办下去，面临很多挑战。比如体制机制问题，人员问题，经费问题，最重要的还是如何与古人有效沟通的问题。希望大家继续支持，我们先请今天的主角、著名辞赋大家司马相如上场。）

司马相如：谢谢大家，很高兴参加这个网谈节目。毕竟时隔两千多年了，很多朋友可能对我不太熟悉，先自我介绍一下。我叫司马相如，男，汉族，已婚，四川人氏，学历大专。曾任武骑常侍、梁孝王宾客、汉武帝郎官、中郎将等。我的爱好是写赋，谢谢大家的抬举，将我排在历史上所有辞赋家之首。

历史的囚徒：欢迎司马相如先生，您是一个很优秀的公务员，经历过人生的失意和得意，您的文学作品到现在很多人还能背诵。现在公号后台已经被挤爆了，大家感兴趣的倒不是您是如何在宦海沉浮，也不是您文学创作的心路历程，而是您跟卓文君小姐的一段佳话。您知道吗，在多次评选中，你们的这段爱情都被公认为"世界十大爱情故事"之首，一些外国人本来不服气，后来听了你们的故事，也都没话了。每个人来这世上一回，都谈过恋爱，很多人还谈过不止一回，但大多平淡如水，你们的爱情真是引人嫉妒啊！

司马相如：几千年过去了，人们都没什么变化，总是对别人的感情生活感兴趣。我跟文君的感情，从一场猝不及防的私奔开始，到后来的相濡以沫，到后来的相顾以泪，再到后来的纳妾事件，感情是随时在变化的。但我一直坚定地认为，我是深爱文君的，尽管私奔使整个感情的基调起高了。

司马相如：记得那个飘雪的晚上，在私奔的马车上，我曾对文君说过，浮世三千，吾爱有三——日、月与卿。日为朝，月为暮，卿为朝朝暮暮。当时文君感动得泪流不止。我也有一种巨大的幸福感，觉得自己喜欢的人愿意终生相托，一辈子夫复何求呢。

历史的囚徒：经过几个问题的铺垫，下面我们开始进入比较尖锐的问题环节了，司马先生，您做好准备了吗？
司马相如：人都死了2000年了，还怕回答尖锐的问题？你也太小看古人了。

历史的囚徒：给您介绍一下，尽管都是过去的事情，但往事并不如烟，很多嘉宾面对我们的问题，很难真正地、彻底地放下，有的人会绕着问题走，本着尊重嘉宾、尊重粉丝的原则，我们总要事先打一下预防针。

历史的囚徒： 第一个问题，您的那一首浓得化不开的、惊天地泣鬼神的《凤求凰》是怎么创作出来的，好像您当时还没有女朋友？

司马相如： 没有女朋友，可以在内心摹拟一个，她一定是完美的、能够与我心灵相通的，就是你们现在常说的灵魂伴侣。我每天对着脑海中的那个她进行创作，词和曲先后修改了上百遍，已经改无可改。我也没有想到，这世界上还真有这么一个佳人存在，她就是我一生的最爱、我的四川老乡卓文君。

历史的囚徒： 网友alone问，是不是全天下的文人在恋爱的时候，都喜欢拿自己的文采去诱惑勾引对方？一旦感情发生变化，又毫不留情地用文字伤害对方？

司马相如： 我知道这位网友说的是什么意思。其实，没有谁在陷入一场恋爱的时候不拿出自己的看家本领，一个帅小伙跟恋人在一起的时候总爱摆各种POSE；一个很壮但不太帅的小伙会约恋人去游泳，以便展示他结实的肌肉；一个武林高手跟恋人在一起的时候，特别爱管闲事，路见不平一声吼。试问哪个女孩能抵抗这种孔武有力、有公民美德和社会责任感的人？很不幸，我最擅长的是文字，我就只能用它与外界实现有效沟通，恋爱的时候尤其如此。

我又是幸运的，千年过去，颜值和肌肉不复存在，武力也荡然无存，只有文字默默地躺在那里，撩拨着当代人心，传递着古人的思想感情。

历史的囚徒： 所以对您给文君老师写的那首13字的信，很多人无法释怀，觉得您爱的时候无所顾忌、潇洒自我，但伤害人的时候，做得也很决绝。

司马相如： 我想借这个访谈的机会郑重声明一下，我确实给她写过一首13个字的书信：一二三四五六七八九十百千万，无亿（意），但当时只是想测试一下她对我的感情有没有发生变化。要知道，两地分居是爱情的死敌，距离不会产生美，只会产生第三者，我也不知道一别好几年，她对我的感情是不是依旧如昨。

司马相如： 没有想到，她的反应很厉害，先后给我写了《白头吟》和《怨郎诗》，都是她苦心创作的，对我纳妾的事情进行强烈抗议，那次抗议很有效，我马上把她从成都接到了京城，而且明白了一个道理，在外面闯荡和讨生活，不是离开爱人的理由，我很感谢卓文君小姐。

历史的囚徒： 是的，《白头吟》里的那句"愿得一心人，白首不相离"，现在很多年轻人谈恋爱的时候还在微信里说呢！《怨郎诗》里每一句埋怨都带强烈的感情，即便现在看了，也没人能受得了那种埋怨和嗔怪。

司马相如： 是的，为什么她没有多少作品，后来却成了中国古代四大才女之首呢？就是因为她也很能写，连后来的李清照也是她的忠实粉丝。义君的《怨郎诗》现在我还背得出来：一朝别后，二地相悬，只说是三四月，又谁知五六年？七弦琴无心弹，八行书不可传，九连环从中折断，十里长亭望眼欲穿。

历史的囚徒： 所以有一个网友评论说，卓文君是古往今来怨女之首……

司马相如： 对这位网友的评论，我是不会生气的。实际上，"怨女"并非一个贬义词。她只是太爱她的另一半了，不想失去他。

历史的囚徒： 所以司马先生，您是相信这个世界上有不变的爱情喽？

司马相如： "爱情"两个字真真是很辛苦的，它总是要经受考验。可是，很多时候，一个人即便跟自己都会闹矛盾，跟另一个以前从来不认识的人朝夕相处，要沟通理解的地方实在太多，要随时做好考验和冲突的准备。

司马相如： "古人访谈录"不是一档情感节目吧，为什么大家对我少儿时的经历、青年时的追求都不感兴趣，也不问我对汉景帝、汉武帝的印象，却要沉缅于这种感情的探讨？

历史的囚徒： "古人访谈录"的粉丝以年轻人为主，他们学历高、

风花雪月 275

薪水高、颜值高，感情生活比较活跃，难免会关注古人的爱情。经我长达半年的观察，最难得的是，他们对历史特别感兴趣，有自己稳定的历史观，有的还写得一手好诗词。

司马相如：哦，明白了，这些粉丝都能及时 get 到历史的点。

历史的囚徒：对，爱历史即爱生活，相信他们的路会越走越宽广，越走越智慧。再次感谢司马先生的光临，30 分钟过得很快，因为时间关系，这期节目就到这儿，下次有机会我们再来深挖一下司马先生的职场生涯和文学世界。

司马相如：各位再见，我也给你做一个广告吧：想跟古人混得熟，就看历史的囚徒。

司马相如、历史的囚徒：YEAH！

◎ 囚粉说

流风飘兮回雪：可惜后来啊，相如得意风流起来，就有了《白头吟》。幸好这倾城佳人是卓文君，她有才华傍身，有财力雄厚的娘家支撑，倘若是一个无权无钱的乡村美人，她就真的只有《氓》的贡献了。

不入魔不成佛：问世间情为何物？七夕到了一个人过。读此文后再想想，不如找人私奔去成都！

王瑾：这一顿狗粮，吃得很饱，省饭了。

希望："闻君有两意，故来相决绝。"据说假托文君所作。不过诗文表达的意思，对于眉若远山面似芙蓉的卓文君来说，差不离罢。

Way：后来司马相如可是负了卓文君？（作者回复：有点想法，及时回头了。）

ZZC：我想说：王吉同志真是一位出色的撩机，这样的朋友要多交。

【感情危机不可怕 让我们再私奔一回】

李煜/你灭了我的国，我却点燃了宋词的火

1.

历史上所有朝代都有一个末代君主，他们的故事串起来，就是一部令人扼腕的小说：《悲惨世界》。

有人说，1000年前的南唐后主李煜就是这样一个人。搞文学创作的时候霸气侧漏，治理国家却到处漏水。还有人跟我说，这个人不好写，完全错位，极正+极负=李煜。

可是我分明听到了另一个声音，这个声音来自李煜。他先是"呵呵"了两声，然后不紧不慢地说道："懂我的人，不必解释，不懂我的人，何必解释。"

……

公元974年，北宋国都汴梁。

秋天刚过，一座巍峨的宫殿忽然矗立在原汴州府的院子里，这个国家的最高领导人宋太宗很兴奋，给它取了个好听的名字：紫宸殿。

大家都在欢庆王朝第一座大型宫殿的落成，社交平台上满是吹捧之辞，"美美的，壮壮的""厉害了，我的国"……

很少有人注意到，在这座宫殿的东南边不远处，一片低矮的平房里，一个中年男人正在生死病痛中挣扎。他身材微胖，可能是刚喝了点酒，眼神有些迷离，周围的人都叫他国主。

他就是李煜，前南唐政权最高领导人，现在是，大宋的囚徒。

被俘后，他一直在苟活中回忆。

生活不是活过的日子，而是记住的日子。

每当他提笔，过往的一幕幕就出现在他眼前。幸福、痛苦、仁慈、狠毒、甜蜜、困顿、坦诚、欺骗、热情、冷漠、辉煌、耻辱……

他得赶紧回忆，因为有把刀正悬在他头颅上方，只待宋太宗一声令下。

几个字写完，巨大的悲痛袭来。他的眼睛里已满是泪水。

命运啊命运，你为什么要捉弄我？

2.

命运最初待他不薄。

幼时，他无忧无虑，那时候，他还叫李重光。

"重光，重光！"江南的杏花春雨里，时不时传来轻声的呼唤，有时候是他的小伙伴，有时候是他的母亲钟氏。

孩提时代，他因独特的相貌而深得众人喜爱。

从画像上看，他有着大大的脑门，几颗门牙重叠而生（骈齿），左眼有两颗瞳仁（像一个横卧的8），总之，萌萌哒。

根据中国伟大而古老的看相术，重光的相貌，乃是一种圣人之像，像大舜、项羽那样的伟大人物，都是双瞳。

那个时候，他还没意识到这种相貌会招来杀机。

每天除了在皇家子弟小学疯玩，就是一对一的书画练习，生活平静如水。

第一次感受到世界的复杂，死亡的恐惧，是爷爷的离去，彼时他才6岁（公元943年）。那一年，官方通讯社发布讣告：南唐的缔造者，伟大的革命家李昪因病抢救无效，永远告别了他的人民。

在追悼会上，他哭了，爷爷是他最亲近、最佩服的人。他天真地问母亲，爷爷去哪里了呢？他死的时候会不会痛呢？

母亲一边流泪，一边紧紧地搂着他。

后来他才知道，爷爷当上皇帝后，就患上了皇帝职业病——热衷长生不老，经常大量服用丹药，最后严重中毒，光荣殉职。

风花雪月 279

除了爷爷，他还喜欢跟年长自己 6 岁的太子李弘冀一起玩，太子不到 20 岁就对人生有深入的思考，平常喜欢说一些金句。比如，"牛人不是有多少后台，而是能做多少人的后台"。

再大一点，重光开始玩音乐，写诗词。

在当时的南唐，这是最流行的两种生活方式。

14 岁的时候，他组建"双瞳"皇家乐队，自任队长，在金陵城吸引了不少粉丝，《今夜去偷欢》《江北 style》《南唐有嘻哈》等曲目，年轻人唱 K 必选。

更难得的是，受父亲李璟影响，他在文学方面逐渐显露天赋。他很喜欢用文字来描述这个世界，精准地捕捉人类情感。

文字啊文字，我爱玩这样的组合游戏！

李煜的身份证

3.

可惜的是，重光生在皇家，权力的影子在他的生活中无处不在。

李家崛起并最终夺取天下，靠的就是权斗而非武力。

南唐的第一位皇帝李昪，当初是吴国奠基人杨行密在战场上收养的一名流浪儿，由于经常遭受杨家人的排挤，杨行密将他赐给宠臣徐温做儿子，改名徐知诰。

后来徐温大权独揽，成为吴国实际持有人，徐温死后，徐知诰继承他的权力，并在 937 年迫使吴国君主杨溥禅让。

绝对的逆袭！当时杨溥曾恨恨地对徐知诰说过一句话——

"如果下辈子我还记得你，一定是我这辈子死得不够彻底。"

徐知诰随即改国号为"南唐"，恢复原名李昪，并自称是唐宪宗第八子。

接下来的几年，他将南唐的内政外交打理得井井有条，特别是当时中国大小政权林立，连年混战，南唐却深得韬光养晦之精髓，绝不轻易对外用兵。

但宫廷之内绝不平静，才传到第二代李璟，宫斗就开始了。

当时皇位继承，讲究的是"兄终弟及"，宋太祖赵匡胤就把皇位传给了弟弟赵光义。

李璟的前六个孩子，有四个夭折，只剩下老大李弘冀和老六李重光。

对于重光的"丰额骈齿、一目双瞳"，长兄李弘冀很是警觉，越来越看不顺眼。

李弘冀崇尚武力，喜欢上头条，也有一定的政治头脑和军事才华。

956年，他领军与后周交战，一举击溃前来偷袭的对手，被各方认为是南唐最合适的接班人。

他的缺点也很突出，行事十分专横，权力欲过于强烈。

他设计毒死了自己的竞争对手、叔父李景遂，为绝后患，侍者仆从，一个也没放过。

接着，他又盯上了重光。

这天傍晚，他正在练剑，探子又来汇报。

他放下宝剑，背着手问道，"重光在弄啥嘞"？

"报告太子，他跟女朋友在钓鱼！"探子朗声道。

对于杀不杀这个弟弟，李弘冀一直没拿定主意。

从这两年的观察看，弟弟根本无心从政，不是在喝酒练字作画，就是在钓鱼滑冰练瑜珈。

还连续起了三个号："钟隐""钟峰隐者""莲峰居士"。

"这个世界上真的有人对权力不感兴趣吗？"他有点将信将疑。

有时候在路上遇到，重光的眼神里分明在传递一种信息——

"大哥，我只爱山水，无意皇位，求放过！"

李重光还发表了一首词，表达自己这种隐逸心理：

渔父

浪花有意千重雪,桃李无言一队春。一壶酒,一竿纶,快活如侬有几人。

一棹春风一叶舟,一纶茧缕一轻钩。花满渚,酒满瓯,万顷波中得自由。

这首词马上被监控的探子截图报给了李弘冀。

"弟弟啊弟弟,没想到你是这样的弟弟!"太子微微一笑。

这次微笑之后一个月,他又笑了一次——含笑九泉,一场传染病夺走了他28岁的生命。

李重光立即成为最热门的接班人。

虽然有大臣认为他信仰佛教、性格懦弱,不宜立为太子,但李璟坚持让重光入住东宫。

仅仅两年后(公元961年),李璟去世,太子李重光继位,并更名为李煜。

皇位啊皇位,你只是我的家族责任!

南唐名画《韩熙载夜宴图》

4.

当王朝的接力棒传到李煜手上的时候,南唐已经大厦将倾。

首先要怪第二代皇帝李璟的冒进。南唐创始人李昪聪明一世,为后人留下富饶国土,但儿子李璟登位后,将父亲"不可轻易用兵"的遗嘱忘得一干二净。

他要当一个名垂青史的伟大皇帝,为此,他开始寻找时机对外扩充南唐领土。

当相邻的闽、楚两国发生内乱之时，李璟派兵入侵福建与湖南，遭遇前所未有的惨败，国库严重亏空。

其次是无可奈何的天灾，从公元952年开始，南唐连续三年大旱，接着又发生蝗灾。后周趁机入侵南唐，并先后获得淮南和长江以北所有土地。

还有一个最致命的原因——宋的崛起。

南唐疆域主要在今天的江苏、安徽以及江西三省，最兴盛的时候，势力曾到达福建和两湖，地大物博，财富美女，引起了宋的垂涎。

最初，宋的实力不足以吞下南唐，还维持着表面的客气，每到逢年过节或是皇族婚丧嫁娶，又是派使节，又是包邮送大礼。宋太祖的脾气很好，有一次还主动释放南唐降卒千人。

南唐也一直很低调，李煜经常去汴梁见宋太祖，希望能够和平相处。李煜甚至去除唐号，改称"江南国主"。

但他表面服从，暗中反抗。史料记载，从公元966年开始，他屡屡在光政殿召集群臣，商讨御敌之策，常常加班到深夜。

由于心存幻想，优柔寡断，他失去了很多进攻的机会。

早在几年前，就有南唐商人前来告密：宋军正在荆南建造战舰千艘，请求派人秘密焚烧那些战船，但李煜惧怕惹祸，没有同意。

宋的客气只是一种缓兵之计，等到它自信可以吞下南唐的时候，就露出了它带血的獠牙。

公元974年（北宋开宝七年）秋天，宋太祖正式动手了——他先后派梁迥、李穆出使南唐，以祭天为由，诏李煜入京，李煜感觉有成为人质的危险，托病不从。

宋太祖迫不及待地派大将曹翰出兵江陵，又命曹彬等将领水陆并进，直攻南唐。

李煜闻讯也开始筑城聚粮，积极备战。当年10月，李煜下令全城戒严，决定与宋兵死扛到底。

不怕神一般的对手，只怕猪一般的队友，跟明朝的崇祯帝一样，他也遇到了许多昏庸的大臣，这些人并不以国事为重，终日沉溺于声色犬马。

比如洪州节度使朱令赟，紧要关头他率兵 15 万救援南京，中途想学习一下周瑜的赤壁之战——下令焚烧不远处的宋船，不料北风大作，反而烧至自身。

到后来，即使是皇宫通信员（内殿传诏）也开始阻隔战争消息，以至于宋兵已在金陵城外十里安营扎寨，李煜居然一无所知。

正准备撸起袖子加油干的时候，忽然发现周围的人已经跪下了。

Are you kidding me?（你们在耍我吗）

公元 975 年（北宋开宝八年）二月，宋兵开始昼夜攻城，金陵米粮匮乏，死者不可胜数。

李煜两次派遣大臣出使北宋，进贡大批钱物以求和，宋太祖答复了一句千古名言：

"卧榻之侧，岂容他人鼾睡？"

宋攻灭南唐之战

执政 15 年后，他终于迎来他一生中最耻辱的一天——

12 月 28 日，刺骨的寒风中，他与一些没来得及逃走的大臣，身着白衣，赤裸上身，出城投降。

那天，他的心被掏空了。

南唐啊南唐，坐天下怎么如此艰难！

5.

该说说他的词了。

他早期的词，总是跟风花月雪月的事有关，具体说，一个是娥皇（大周后），一个是嘉敏（小周后），她们是亲姐妹。

遇到娥皇的时候，她19岁，他18岁。

第一次见面的时候，他心中如小鹿乱撞。控制得了的叫表情，控制不了的叫心情。

虽然李煜之前有过几次恋爱，但都不够刻骨铭心。

尚处于青春期的他，亢奋地在日记中写道，"没有哪一段爱比较动人，只是在想爱的时候，遇到了可以爱的人"……

两个年轻人很有共同语言。他最爱作词，就连宫廷老师都屡屡击节赞叹。

而她引领了宫廷的时尚潮流。史载周娥皇"雪莹修容，纤眉范月"，意即她是典型的白富美，还精于化妆，她创造的"高髻纤裳"和"首翘鬓朵"等妆容，后宫女子争相效仿。

她弹琵琶的时候，史是绕梁数日，余音不绝。李煜的父皇就是在一次音乐会后相中她的，还赐给她自己最心爱的烧槽琵琶。

婚后，李煜和娥皇天天厮磨在一起，歌酒诗书，浪费时光。
他痴迷她的音乐，为她专门创作了一首活色生香的《樱桃破》：
晓妆初过，沉檀轻注些儿个。向人微露丁香颗，一曲清歌，暂引樱桃破。
罗袖裛残殷色可，杯深旋被香醪涴。绣床斜凭娇无那，烂嚼红茸，笑向檀郎唾。

这段词并不生涩，描绘的那种幸福场面，实在太美，让人不敢看。
《浣溪沙》也是这种富贵生活的写照。
红日已高三丈透，金炉次第添香兽。红锦地衣随步皱。
佳人舞点金钗溜，酒恶时拈花蕊嗅。别殿遥闻箫鼓奏。

可是，从少年到青年，这种快乐生活因下一代的到来戛然而止——公元965年，娥皇产后失调，加上新生的皇子仲宣受惊吓夭亡，她没能挺过那一年。

……

李煜很幸运，因为这个时候小周后嘉敏来到了他的身边。

跟大周后的柔弱不一样，小周后性格直爽又讲情义，"么么哒"是她的口头禅。

李煜仿佛又看到了大周后的身影，有时候他甚至当她是大周后。

喜欢这种东西，捂住嘴巴，它也会从眼睛里跑出来。

公元968年（北宋开宝元年）十一月，嘉敏被立为皇后。

那时国内大旱，但在他们大婚的时候，金陵还是一片喜气洋洋，锣鼓喧天，宝马香车，连绵数里。

他从痛失大周后的情绪里逐渐走出来，写道，"寻春须是先春早，看花莫待花枝老"。

他大宴群臣，花天酒地，不管危险将近。

6.

有大臣上书请他多关注国事，对诗词音乐要有节制，他笑了笑，赏大臣礼物若干，并没往心里去。

他很喜欢自己营造的这场超级幻梦。一次早起，他写道：

金雀钗，红粉面，花里暂时相见。知我意，感君怜，此情须问天。

香作穗，蜡成泪，还似两人心意。珊枕腻，锦衾寒，觉来更漏残。

这是一首半快乐半失落的词，含意深沉，写尽人生无常。

被押到汴梁后，他被封为"违命侯"，日常生活都被监视。

同时被软禁的还有小周后，后来她被色魔宋太宗百般侮辱，太宗还觉得不过瘾，专门找皇家画师将当时凌辱的场面画下来。

生命不由自己的时候，失忆是最好的解脱，沉默是最好的诉说。

但他受不了这种苟活，更受不了不说。

终于，在42岁生日当天，他满怀悲苦之情，写出了那首惊世千年的《虞美人》：

春花秋月何时了？往事知多少。小楼昨夜又东风，故国不堪回首月明中。

雕栏玉砌应犹在，只是朱颜改。问君能有几多愁？恰似一江春水向东流。

南唐的宫殿

这首词意味着什么，他很清楚。

当晚，宋太宗果然御赐给他一杯毒酒。这酒为中药马钱子，性寒、味苦，能破坏中枢神经系统，服用后全身抽搐，最后头部与足部相接而死。

他没有犹豫，一饮而下。透过汴梁凄凉的月光，可以看到，躺在床上的，除了他那具冰凉的尸体，还有他的遗作和寂寞。

……

他不知道，当时有很多人已开始模仿他的词作。

里面有不少人后来成了诗词大家，如柳永、晏殊、周邦彦。再迟点，人就更多了，苏轼、秦观、姜夔、李清照、辛弃疾……

他以柔软悲苦又善感的灵魂，开创了两宋的诗词盛世。

你灭了我的国，我却点燃了宋词的火。

◎ 囚粉说

甯长东：俗人大多敬英雄，开疆拓土论输赢，从来才子傲天地，也恃笔端走云龙，命舛偏喜豁达客，运穷却恨鬼神惊，且看南唐旧国主，千秋依旧有文名！

刀峻:"卧榻之侧,岂容他人鼾睡。"其实这是隔壁老王的一阙悲歌。

醉舞双戟:赵氏兄弟何曾会想到:他们亡了李煜的国,李煜却用词征服了整个宋朝!在文化的国度里,他将永远保有一个王者的荣耀与光芒!

佳佳音:先后带领李清照、柳永 、晏殊、秦观等成立赋愁者联盟,任精神领袖。

笑笑:我这一生只想过上一壶酒,一竿纶的生活,奈何抵不过命运的捉弄。

一片云:生又何欢,死又何哀?为爱而来,含恨而去。错位人生,造物弄人!七月初七,始终归一。

李志明:李后主:一位在错误的时间出生在一个错误的家庭,如果他晚生几百年出生在明朝中叶的帝王家,他的天赋才华就会得到充分发挥,起码比那几位寻求炼丹或做木匠的皇帝好好多,未代皇帝的下场确是生不如死,特别是自己心爱的妻子受到如此的羞辱,每当小周后回来后的怨骂,已国破家亡的帝王这双重的煎熬更苦不堪言,《虞美人》这首不朽的词就是在这样的环境中诞生。他学不了蜀后主的"此间乐不思蜀"。但为什么写下这首词后不自我了断保持最后的尊严呢?明末的崇祯,最后的结果还是壮烈而死,李后主的结果这真是自讨苦吃了。还有,据说大周还设有咽气,李后主就迫不及待要与小周天地一家春,大周后是被老公与小妹气死的。他的贪新忘旧也是天下男人的德性,风流倜傥了四十年,已算值了。

柳如是／青楼女子的爱情之路

很多人经常感怀时光,他们说,2017年不还是新鲜的吗,怎么一眨眼就过去了呢?逝者如斯夫,不舍昼夜,让人抓狂恍惚,沧然泪下。

很快时间就将带我们来到2018年。敏锐的人会说,这不是北京奥运会10周年吗?这不是长江特大洪水20周年吗?

是的,为你点个赞,数学成绩不错,而且很讲政治。

我今天要说的不是这些。

1.

我记得,这一年是某位女诗人诞生400周年,她的名字并不能亮瞎人的眼,但也让后世不少人浮想联翩,感动叹息。要为历史上的女文青排座次,李清照之后,应该就是她了。

全面介绍一下这位女同志,她就是明末清初"秦淮八艳"之首,画家、书法家、诗人、歌唱家柳如是。从1618年出生,到1664年离世,她总共活了46岁,如果她愿意,她不自杀,完全可以活得更久。但这就是囚徒要说的重点:她一辈子都很努力,希望掌握自己的命运,而不总是被命运支配。包括死亡这件很终极的事,她也希望是自己说了算。

……

这跟陈圆圆有很大的不同，陈圆圆一辈子都是被动的。而柳如是更有情，更主动，更大胆。她看中的男人，相处的时候尽心尽力；她爱明王朝，虽然那个国家曾给她带来无尽痛苦，但当它灭亡的时候，她甚至要跳船殉国。

翻开史书，可以看见一位衣着素淡的女子慢慢走来，她不像其他历史深处的女子那样，满面悲戚，如泣如诉。她的步态不疾不徐，深情款款，脸上似乎带着一丝笑容，神情自若。让我们为这位来自浙江嘉兴的美女加才女鼓个掌。

看完她的故事，也许你会永远记得她。

2.

和很多人的身世一样，柳如是幼年也有一部血泪史。

她小时候很聪明，很好学，但由于家里太穷，父母死得早，她的命运被亲戚主宰。命运也没夺走她的所有，比如，给了她美貌，这对她的一生都很重要。

她的长相，有人描述说：明眸生辉，鼻挺嘴秀，皮肤白嫩，清秀有余而刚健不足。在万恶的旧社会，这样的家世和长相，很容易被卖到青楼。

果然，不到10岁，她就被亲戚卖到吴江当婢女。她第一次真正看到的世界，是盛泽归院中的歌舞升平，这里为她的一辈子设计好了一条路。这条路，既科学又现实——她注定要倚男人鼻息而活。

……

当时她还叫杨爱，一个普通得不能再普通的名字。后来她又给自己起了几个名号，分别是蘼芜、影怜、我闻居士、河东君等。但她最为人所知的名字，还不是上面这些。

她爱读诗，尤其偏爱宋人辛弃疾的革命诗，为其气概所倾倒。读到著名的"我见青山多妩媚，料青山见我应如是"这一句诗之后，她决定以后自己就叫"柳如是"。

3.

那个时候在江南的吴江一带,像柳如是这样被卖到青楼的贫苦女孩,成百上千。

她的养母,名为徐佛,历史学者们很吝啬,关于她的文字,一句也没有。只知道,她是位有点过气的名妓,"能琴,善画兰"。

在养母的严格要求下,柳如是开始学习琴棋书画,她很有悟性,一学就会,而且还屡有不同见解,令其他学艺的人侧目。

崇祯四年,柳如是14岁,她遇到了生命中第一个男人周道登,这不算是什么感情,完全是为命运所迫,是单方面欲望的产物。

周是宋朝理学鼻祖、著名哲学家周敦颐的后裔,我们在求学期都曾读过周敦颐老师写的那篇哲理味十足的《爱莲说》。

可惜名人之后,一代不如一代,苏州吴江人周道登在为官期间几无政绩,经多年钻营,曾短暂任崇祯朝内阁首辅。他的为官哲学很简单,"认认真真装孙子";他的私生活一点也不简单,十分好色。一些下属和朋友知道他的这个嗜好,为了攀附他,经常在家乡帮他物色年轻美艳女子。

柳如是最初被周府买为侍婢,因漂亮乖巧,颇得周老夫人欢心。为霸占柳如是,周道登经常去做老母亲的思想工作。最终成功纳柳如是为妾。

这位猥琐的老男人真的很喜欢柳如是。史料中说,柳如是"年最稚,明慧无比,主人常抱置膝上,教以文艺,以是为群妾忌"。

周道登的后院也是一个江湖,妒气冲天。如果不是周老夫人的庇护,一年之内,可能柳如是已经死了几次了。

最终,她被逐出周府,卖到青楼。

4.

那是公元1639年(明崇祯十二年)初春,江南杭州,草长莺飞,万物复苏。

一个年过五旬的老头正在西湖边的书院演讲,他有着长长的胡须,聪明狡猾的眼神,不时地做着手势。他的口才惊天地泣鬼神,深入浅出,

风花雪月 291

鞭辟入里。他的思维几乎没有空白，演讲整整进行了4个小时，共喝了5瓶"西湖"牌矿泉水。

台下的年轻书生们大都着白衣，戴灰帽，他们注视着台上的"钱老师"，听得如痴如醉。

老钱，就是明末清初的诗坛盟主、曾任礼部侍郎的钱谦益。他还有一个重要的身份：东林党领袖。

所谓东林党，即明朝末年以江南士大夫为主的官僚政治集团，他们讽议朝政、评论官吏，要求廉正奉公，振兴吏治，开放言路，革除朝野积弊，反对权贵贪纵枉法。这在任何一个时代，都是进步的政治力量，很容易得到社会广泛认同与支持。

钱谦益就是这样一个矛盾的老头，他是传统文人，又有革新意识；他对明廷忠诚，后来又降清；他循规蹈矩，又叛逆出位。

总之，这是一个谜一样的老男人。

"砰砰砰"，钱老师忽然敲了敲黑板，书生们如梦方醒，回到现实。演讲结束了！

对于这一堂完美的演讲课，还有什么可说的。偌大的教室发出了时代的最强音，只听见——啪啪啪，啪啪啪，啪啪啪……

这声音虽然钱谦益听多了，但是他永远不会厌烦，这是人世间最美妙的声响，它证明一个人真的存在，而且广受他人欢迎。

书生们鼓掌的声音经久不息，连一些路人都注意到了这家书院的热闹。

掌声连着心声，老钱是当时全国最著名的公知，不仅文采飞扬，为人潇洒，而且在政治理想和治国方略上非常有想法。这样的男人，熟透了，却还没有到烂的地步。很容易吸引一众粉丝，柳如是就是他的女粉丝之一。

她坐在最后排，微笑着，眼睛里闪着光。这些白衣书生在她看来，只是男人中的半成品，而台上的那位老先生，才是男人中的极品。她静静地看着白衣书生们围在钱谦益身边，满面笑容地递上名片，坚持不懈求签名。

许久，人都散去。她才走上前去，轻轻地唤了一声：钱老师！

钱谦益回过头来，定定地看着她，惊讶地问：

"你来了？"

"我来了。"

"你真的来了？"

"我真的来了！"

一只苍老的手和一只纤纤玉手，紧紧地握在了一起。

5.

这并非两人第一次见面。

第一次见面是 3 个月前，当时钱谦益是大明的礼部侍郎，眼看要提拔，还没等到公示，他就遭人告发。告密的人一口咬定，钱侍郎贿赂了上司，而且证据确凿，就差给纪检部门提供照片和录音了。

谁都知道，贿赂上司在明朝根本是不值得一提的小事，归根结底，还是"党争"。

残酷的廷杖现场

这些年，钱谦益跟人妖魏忠贤斗，跟骄横无能的首辅温体仁斗，跟为官贪鄙的宰相周廷儒斗，他实在是太累了。

现在，在这个回合里他失败了。

他像一袋垃圾一样，从火车上被扔了下来，算起来，这应该是他人生中第五次被免职了。而且被免职前，他还受了廷杖之刑，这是对官吏的一种酷刑，始于唐玄宗时期，到明朝的时候正式成为一种制度。

这种制度要求，被处罚的大臣在朝廷上当场受刑，这简直是一种灾难，因为当时钱谦益已经 57 岁高龄。

风花雪月 293

他的政敌认为，以钱的年龄和身体，经不过几棒，他就会一命呜呼。

廷杖由栗木制成，击人的一端削成槌状，且包有铁皮，铁皮上还有倒勾，一棒击下去，行刑人再顺势一扯，尖利的倒勾就会把受刑人身上连皮带肉撕下一大块来。如果行刑人不手下留情，不用说60下，就是30下，受刑人的皮肉连击连抓，就会被撕得一片稀烂。不少受刑官员，就死在廷杖之下。即便不死，十之八九也会落下终身残疾。

但是，钱谦益居然挺过来了。

一方面，行刑前，他在官场上的一些好朋友花了些银两，跟行刑的人做了些沟通；另一方面，他的精神毅力确实令人钦佩。

作为一个文官，他扛打的能力可以与关公的"刮骨疗毒"媲美。

据说，在被毒打的时候，为了制造更多的精神能量，抵御肉体的痛楚，他至少喊了50声"皇上"。

我只能说，在到处是墙头草和软骨头的明朝官员里，钱谦益的表现很男人。

他不是软骨头，至少当时不是。

6.

被免职廷杖后，钱谦益返回原籍江苏常熟。

由于心情不佳，黯淡悲凉，他决定到杭州西湖上去划船，通过运动来排遣自己的郁闷。

自从有了西湖，它就是人们疗伤寄情的重要场所。

很多名人都在这里划过船，包括白居易，苏东坡，苏小小，徐志摩，历史的囚徒，等等。

在这里，钱谦益遇到了一辈子最心爱的女人。

美丽的西湖

他们的相遇，很有传奇色彩和文学气息，美得不要不要的。

老钱当时下榻在杭州一代名妓草衣道人家中，草衣道人原名王修微。

用今天的话说，王修微是一位美女作家，平素最爱结交各方名士，常常"扁舟载书，往来吴会间"。

还有一点很重要，柳如是跟她是特别好的闺蜜和死党。

柳如是很喜欢写诗，一天，她在草衣道人的客厅里创作了一首描写西湖的诗，墨迹未干，她就去学游泳了。

这首诗碰巧被钱谦益发现，只见上面写道：

　　垂杨小宛绣帘东，莺花残枝蝶趁风；
　　最是西泠寒食路，桃花得气美人中。

咦，好别开生面的诗句！钱谦益眯着眼睛，内心不停地赞叹。

草衣道人很善于察颜观色，见到老钱发呆的样子，悄悄跟他介绍说，这是我一个好朋友柳姑娘写的，要不改天一起去西湖划船。

为什么是改天，老钱有些急不可耐，晚上又去催草衣道人。

结果，第二天下午，钱谦益顺利见到了柳如是。

第一次见面，阅人无数的老钱就红了脸（因为脸上的皱纹多，不细心的人看不出来）。

因为柳如是正是他一直喜欢的类型：文雅，娇小，秀美，杨柳小蛮腰，还有一双特别会说话的大眼睛。

柳如是早知道钱谦益大名，知道他出版过著名的《初学集》《有学集》和《投笔集》。

但她毫不拘束，谈诗论景，随心所欲。

时间紧迫！在那次游湖的时候，老钱提前使出了自己的杀手锏：吟诗。

而且作为见面礼，一吟就是16首。

其中一首写道：

　　东风依旧起青蘋，不为红梅浣北尘。
　　鼓箧儒生陈玉历，开堂禅子祝金轮。

风花雪月　295

青衣苦效咻离语，红粉欣看回鹘人。
他日西湖志风土，故应独少宋遗民。

……

游湖之后，老钱的心情好了很多，对人生捉摸不定的际遇也看淡不少。

爱情，着实太有魔力！

7.

钱谦益和柳如是，两个人的差距实在太大。

老钱出生官宦、中科举、做大官，柳如是却是一个底层人家的苦命孩子，她家贫如洗，从小就被当成货物一样卖来卖去。

花一样的外貌，倔强的个性，对各种文化知识的强烈兴趣，是柳如是成为"秦淮八艳"之首的三大主要原因。

她对自己的男人也有很高的要求，在日记中她写道：我的那个他，最好是"博学好古，旷代逸才"。

她对灵魂之爱的追求，也很引人注意。她多次在非正式场合表示，"天下有一人知己，死且无憾"。

现在，这个人来了。

可是，这个人比她大36岁，而且早有妻儿。

柳如是该怎么办？

其实她早就想好了。

她一直在留意、追求真爱。几年前，她倾慕名士陈子龙，陈少年风流，帅过黄晓明，写得一手好文章，年纪轻轻便高中进士。

她不在乎陈子龙比自己大10岁，早已成家立业，她前往松江（今上海市松江区），住在陈子龙家隔壁，希望有机会多接触，后来她干脆去陈子龙家中求见。

陈子龙虽然喜欢她，却被她的主动大胆吓坏了，慢慢地疏远了她。

柳如是确实很有眼力，陈子龙不仅是明代第一词人，而且颇有气节，后来组织太湖民兵抗清，被俘后投水殉国，是公认的大英雄。

……
现在这个机会能把握住吗?
能。

公元1639年冬天,天气特别寒冷,几乎没有人愿意出远门,这在《明史》上都有记载。

但柳如是穿上最厚的棉衣,脸上带着笑容,踏上了去江苏常熟的长途车。

她要去找钱谦益,一个值得她珍惜毕生的精神伴侣。

清代柳如是像

【古人访谈录】
即使身在青楼,也要有一颗红心——柳如是访谈录

(编者按:各位网友大家好,由于"古人访谈录"比较受欢迎,最近引起了一些资本大鳄们的注意,创始人因徒先生在百忙之余,不得不接受这些资本家的骚扰。可以肯定的是,今后这个栏目将持续办下去,直到它完成自己的使命。)

历史的因徒:下面我们用热烈的掌声,有请今天的主角柳如是同志上场!

历史的因徒:今天我们请来的是首位女嘉宾,她就是号称"秦淮八艳"之首的诗人、画家、歌唱家、社会活动家柳如是。柳先生你好,先跟大家打个招呼吧！

柳如是：嗨！各位"古人访谈录"的观众们，大家周末好，我是柳如是，杨柳腰的"柳"，如果的"如"，我是你的宿命的"是"，很高兴能有这个机会跟大家一起交流。来上这个节目，我也是鼓了很久的勇气，因为我知道这个节目一向喜欢揭短，最终我战胜了自己的狭隘。我愿意回答大家所有的问题，这应该也符合"古人访谈录"的节目特色吧，不掩饰、不敷衍、不难为情。

历史的囚徒：在访谈开始前，必须称赞一下柳老师，这么多年了，保养得还这么好，请问有什么秘诀吗？

柳如是：你真会讲话，我早就过了个人的颜值颠峰了，我记得在遇到钱谦益老师前3年，也就是1638年，那一年我20岁，曾经参加过华东六省一市的选美比赛，拿了个第一名，那是我最自信的时候。后来，长江后浪推前浪，对自己的外貌就不那么自信了。再说了，人还是得修炼自己的内心，人不是因为美丽才可爱，是因为可爱才美丽。

清代《河东君初访半野堂小影》

历史的囚徒：我注意到，你在提及老公钱谦益的时候，称他为老师，难道你们在生活中还这么彬彬有礼吗，没有什么昵称吗，比如"哈尼""达令"之类的？

柳如是：我就是称他为老师的，叫习惯了，因为他真的很老，整整大我36岁。

历史的囚徒：好的，相信大家听了柳老师的一番话，也不会有什么距离感了。现在我们正式进入问题环节。第一个问题：大家都知道你的出身很不幸，很容易遭受一些世俗眼光的歧视。你应该是阅人无数，如何看待男人和爱情？

柳如是：我真的无法选择自己的出身，在明朝末年，普通人家的孩子出生后，不饿死就是万幸，这是其一；其二，不幸也就罢了，命运还喜欢捉弄我——10岁的时候我就被卖到青楼，注定一辈子要靠男人和他们的金钱生活。在青楼培训学校，培训的内容很多，有理论课程，有座谈交流，还有实地参访。我们培训的最终目标是：让男人心甘情愿地掏钱。老师还要求我们，不能对男人动真感情，否则很伤钱。但是我一直在努力寻找爱情，那东西肯定是存在的。另外，我知道容貌稍纵即逝，很注意学习各种技艺，如画画、写诗、唱歌等。

历史的囚徒：可能有的人会觉得作为一名青楼女子，追求爱情是一种奢侈吧？

柳如是：有这种偏见的人，坐着说话腿不疼，没有哪个女孩喜欢从事这一行，而且我要澄清一个误区，古时候的青楼女子主要是卖艺。况且，文人与我们这一行的从业人员，一直都有不解之缘，最后有金玉良缘的也很多，所以我跟（陈）圆圆、（李）香君、（董）小宛这些姐妹一直都有这种愿望。总而言之，即使身在青楼，也要有一颗红心。

历史的囚徒：从我们了解的情况看，柳老师在爱情这方面一直都很热烈大胆，与少年英雄陈子龙的交往如此，后来去常熟找钱先生同样如此？

柳如是：可能有人会笑话我的主动。我想说的是，人生苦短，如果不去做自己想做的事，只是模仿别人活着，尽力去讨好他人，那活着又有什么意思，或者说，活过跟没活过有什么区别？我相信，人生可以随心所欲，但不能随波逐流。只有这样，回首人生的时候才不会后悔。

历史的囚徒：有人说在杭州那一次，你是故意把自己的诗作放在草衣道人的客厅，被钱谦益大人看到的？

柳如是：这个问题其实不说穿好一点，如果什么都是清清楚楚的，没有一个谜，那历史就是一个屁。不过你还年轻，要理解古人的不容易，那个时候又没有微信，即使有微信也摇不到钱老师那么优秀的男人。

历史的囚徒：钱谦益老师吸引你的主要是哪个方面？

柳如是：他虽然是一个高级官员，还是礼部的负责人，但他真的是一个很讲情分的人，我们能认识很难得，只能说是上天的安排。依照明末的道德标准，像他那样的人涉足青楼是风流韵事，但要大礼婚娶青楼女子，还是需要很大勇气的，但是他做到了。你知道，他是天下读书人的领袖，有很强的示范效应，很多人受不了，我记得婚礼当天，很多读书人站在岸边，拿石头砸我们的婚船，我吓哭了，但他搂着我，还乐呵呵的，我知道他是为了让我放松。他能做到这个分上，我只有两个词：幸福和感动。

历史的囚徒：不仅如此，听说老钱为了把婚礼办得风光一些，还把自己珍藏多年的宋刻《汉书》卖掉了？

柳如是：是的，婚后很久，我们这对"老少配"还不断被人嘲笑。但我们的婚姻生活还是蛮甜蜜的，丝毫不受影响，我们还去云南花了一个多月时间度蜜月。在他为我修建的"绛云楼"和"红豆馆"，我们经常一起对诗，当时钱老师曾对我说："我爱你乌黑头发白个肉。"我故意讽刺他的苍老，回答他说："我爱你雪白头发乌个肉。"我还发挥我的特长和优势，创作一些歌词，自弹自唱给他听。

历史的囚徒：真是令人羡慕。那后来李自成攻破北京，崇祯帝自缢身亡，他又出任南明弘光小朝廷的礼部尚书，你也开始变得关心政治了？

柳如是：我觉得这是一个明人应该做的事情吧。我知道你要说那段著名的历史典故，我还是先吐为快吧……1645 年，清兵打到南京，我当时劝钱老师一起投江殉国，他想了好久，最后走下水池试了一下水，说"水太冷，不能下"，我当时很悲愤，很想跳水，但被他拦住了。我理解钱老师，每个人的生命都只有一次，大家都有选择的权利，我不怪他。南京城破后，钱老师向当时的清军统帅多铎投降，还剃头留了辫子。

历史的囚徒：怎么看老公的这种投降呢？好像当时与钱老师关系很好的河南巡抚越其杰和河南参政兵备道袁枢，都没有投降，相继绝食而死。

柳如是：我理解并支持他的一切，因为我是他的女人。后来钱老师担任清朝的礼部右侍郎，参与《明史》的撰写，也算做了一些有益的事情，至少不像某些人投降后，转身就砍杀昔日的兄弟手足。

历史的囚徒：我看史书中说 1647 年的时候，钱老师曾经入狱，你去做了很多沟通协调工作？

柳如是：没有什么沟通协调的，说穿了就是求人，当时他被关入刑部大狱，碰巧我生着重病，但也没有办法，必须去北京捞人，我写了一个血书喊冤，强烈要求代他去死，很多人听了都流泪。好不容易他被放出来了，第二年又因黄毓祺案被牵连，关在南京的监狱。我又去找人帮忙，他很感激，写了两句诗来记录自己的感慨：恸哭临江无孝子，从行赴难有贤妻。那年，在我生日那天，他还写了一组诗歌《和东坡西台诗六首》送给我，我很感动，为他，为我，也为这人生。

历史的囚徒：为什么后来老钱又开始反清复明了？

柳如是：他开始对新朝廷是有幻想和寄托的，但经过两次牢狱之灾，他觉得这个朝跟明相比，也好不到哪儿去。回到常熟后，他表面上赋闲在家，但暗中与西南和东南海上反清复明的势力联络，并痛陈天下形势，向明桂王报告江南清军将领动态，以及可能争取反清的部队。公元 1650 年，他快 70 岁了，不顾年迈体弱，多次到金华去策反总兵马进宝反清。后来，郑成功、张名振北伐，我和钱老师还捐光了积蓄。

历史的囚徒：钱老先生在 83 岁高龄的时候去世，令你再次遭受欺凌，并且在他去世后 2 个月就追随他而去？

风花雪月

柳如是： 我是钱老师的侧室，当时还有陈氏、王氏、朱氏等，她们很嫉妒我，但因为当时钱老师还在，她们也不敢拿我怎么样。钱老师晚年最重要的一项工作是完成他的文集，并希望族孙、自己最心爱的学生钱曾来帮他出版，但钱老师刚去世1个月，他就与我反目成仇，伙同钱氏家族中的其他人，向我勒索金银、田产、房产、香炉、古玩等，确实令人气愤，加上十分思念钱老师，我只能结束自己的生命去追随他。

柳如是墓

历史的囚徒： 与钱先生的缘分让你觉得这一辈子都值得？

柳如是： 是的。不管你被现实伤害得多深，总会有一个人的出现，让你原谅此前生活对你所有的刁难。我生命的前23年就像浮萍，是没有根的，遇到他以后，我的生命才变得有意义。生或死，已经不再重要。

历史的囚徒： 谢谢柳先生接受我们的访谈，由于时间关系，我们的节目只能到此为止。希望柳先生和钱老先生能够继续爱情，再次感谢！各位观众，下次再见！

柳如是： 这么快就结束了？我觉得跟现在很多无聊肉麻的节目相比，你这个"古人访谈录"很好，在不知不觉中让人了解历史的现场和幕后，理解人生，颇有温度，有治愈系风格。对文字敏感的我，这次专门花漫长的10分钟帮你想了一句广告词：要想人生被安抚，就看历史的囚徒。

希望大家能从我的故事里有所得！再见！

◎ 囚粉说

LYH：陈寅恪先生晚年倾尽心力写成巨著《柳如是别传》，当时不理解，为什么一代国学大师要如此用心地研究一个妓女。后来明白了，陈老秉持自由之精神，独立之思想，大概柳如是是中华历史上女性精神独立的典范，没有之一。

一丛云霞：美丽聪颖多才多艺又深情款款占尽人世风光，让人好是喜欢！零落成泥碾作尘，一任群芳妒，令人心生悲凉！

檀香：在那个动乱的年代，尤其是无根无依的女子最不能掌控自己的命运，不论是陈子龙还是钱谦益，柳如是想要的不过是一份实实在在的安全感，透过时光的浩淼烟波，依旧能看到四百年前的这位扬眉女子，她的明艳与气度，美丽与哀愁。

一帆：柳如是老师是一位时代的弃儿，那个时代生为女儿身，又是一介贱民之子，等待她的却多不是浪漫，叫做亲人的动物们相继抛弃了她，给她提了个醒，开了个头，叫她要认命要信命。她也确实跟着这卑贱的命运一起流浪，遇到了另一位过来人教她育她渡她最后弃她而去……最后遇到了他。

燕山新云：老钱软骨头和吴三桂差不多，我生在那个年代不会背叛我的国家。我会和南宋的将军一样，投江而死！（作者回复：知易行难，就怕到时候你下去游了一圈又爬上来了。）

【其实老男人才值得追求】

曹雪芹／从西园到西山

学会泪中带笑，才能跨越无尽虚空。
——题记

13 岁之前，曹雪芹在南京度过了一生中最惬意的时光。当浓缩时间，压缩空间，我们可以清晰地看到，一切的一切，都源于那 13 年。从南京"西园"到北京"西山"，一字之差，却代表人生从热到冷，从甜到苦，巨大的落差可以让一个人脱胎换骨。在 48 年时间里，曹雪芹无疑活了两辈子。

我们来看看他怎样跨越虚空，抚平自己的伤痛。

曹雪芹雕塑

1.

曹雪芹的名气很大，有人说，他是中国的莎士比亚。莎士比亚不一定有他伟大。他的《红楼梦》写尽人间冷暖，爱恨情仇，是悲剧美学集大成者。几百年来，留下"红粉"无数。

所以他这个人，一定是个有故事的人，且内心高度敏感，情绪易于激发。然而，很遗憾的是，他逝去不过两三百年，关于他的一切却那么模糊，历史未免过于吝啬。人们只能从早年曹家的奏折、《红楼梦》小说里搜集他的信息。

我们还要特别感谢两个人：敦诚和敦敏，他们虽然都是王孙公子，却是了不起的富二代——他们跟雪芹成了最要好的朋友，温暖了大师孤苦的心。在他们的诗作里，经常可以见到雪芹的点滴，即使在大师去世几十年后，他们仍然满怀深情地回望。

除此外，这位文学大师的一切似乎成谜。

首先，他的生卒年月没有记录，专家们测算他没活过50岁；其次，他的父亲是谁，目前历史学家还在考证；最后，他的籍贯是沈阳还是辽阳（还有人说是铁岭的），目前存疑；

还有一点令人难以容忍，有人说，《红楼梦》不一定是他写的。

这一切，是不是很令人遗憾心痛？

2.

那年的江南，西园，桃花肆无忌惮地开放，植物的芳香浸满整个院落。湖心亭里，一位少年正与周围的女孩们对诗。那种场面，大概跟今天很多人围在一起玩杀人游戏一样刺激。他们表情从容，笑声爽朗。

那少年生得眉目如星，肤色如玉，不知道的人，还以为他是一位女生。玩得正酣，一个丫鬟过来提醒少年："太奶奶喊你吃饭了！"少年听到是祖母召唤，这才起身，跟着丫环往屋里走。

……

少年名叫曹沾，又名雪芹。这是他少儿时代常见的生活场景。锦衣纨绔，富贵风流，衣食无忧，仆人成群。他的性启蒙根本不用担心，因为他生活在女人堆里，许多人争着教他。（不像我们总是要靠刻苦自学）每日只和姊妹丫鬟们一处，或读书，或写字，或弹琴下棋，作画吟诗，以至描鸾刺凤、斗草簪花、低吟悄唱、拆字猜枚；只在园中游卧，每每甘心为诸丫鬟充役，竟也得十分闲消日月。少女们的面孔，那么鲜活而灵动；她们的裙裾，色彩缤纷，随风摆动，神秘魅惑。

江南多水，水草互相缠绕，细密如丝，闪耀不停，他的心也随之游动。"水"在他后来的创作中扮演了重要角色,他一直强调,女人是水做的,而男人是泥做的。

　　这与他早年的生活有密切联系。那段时间,他过得轻巧、恍惚,刻骨铭心。空气里微甜的那种味道,即使后来老去,他也不曾忘记。

3.

　　彼时清兵入关已七十余年,这个少数民族政权执掌全国后,显露出罕见的开放包容。经过收复台湾、平定三藩、清俄之战,政权空前强大,经济得以快速发展。康熙皇帝正进入老年,并享受自己年轻时留下来的遗产。天时地利人和,在南京那个地方,人们活生生营造出一个世俗天堂。有诗人赞叹曹雪芹从小生活的环境:昌明隆盛之邦、花柳繁华之地、诗礼簪缨之族、温柔富贵之乡。雪芹同志终生都在怀念这段幸福生活,在《红楼梦》开卷第一回《作者自云》中,直呼"梦幻"。

　　那时候的雪芹,聪慧异常,放任不羁。

　　仕途自古以来是读书人的华山一条路。但雪芹跟其他读书人不一样,他厌恶八股文,不喜四书五经,反感科举考试,对家长设计的仕途无感。父亲对他虽严厉,但因祖母溺爱,他得以维护自己的小世界。曹家藏书甚多,精本有3287种,且祖父曹寅有诗词集行世。自幼生活在这样一个富丽堂皇的文学世界,他也爱上了读书,尤爱诗赋、戏文、小说。他还像一个八爪鱼一样,广泛涉猎美食、养生、医药、茶道、织造等知识。

　　这么努力而有个性的富二代,还让人活吗。

4.

　　雪芹为什么能有那么幸福的生活?

　　因为旧社会要混出来,主要靠拼爹——他有一个好父亲,一个好祖父,还有一个伟大的曾祖父。

　　曹家出身于清代内务府正白旗包衣世家,所谓"包衣",就是家奴,其中一些人因侍奉得力而受宠、显贵。曹家是最高级的包衣——雪芹的曾祖母孙氏是康熙帝的保姆,因为这层关系,雪芹的祖父曹寅顺利成为康熙帝的伴读和御前侍卫。不久,朝廷指派曹寅到富甲天下的南京任江南织造,并兼任两淮巡盐监察御史。

江宁织造府（缩微景观）

如果你认为曹寅是去负责纺织，生产布匹，顺带赚点外快，那就错了。

曹家还有一个很重要的任务：收集南方情报，随时上报朝廷。因为江浙富足，民权运动一直活跃，也是反清复明的大本营。从这种功能上讲，曹家也是间谍世家，人人写得一手好内参。

康熙、雍正两朝，曹家祖孙三代四个人主政江宁织造达 58 年，家世显赫，有权有势，成为当时南京的"第一豪门"。接待也是生产力——康熙曾六下江南，和圣上一起长大的小伙伴曹寅共接驾四次。

在封建社会，没有什么比这更牛的了。

5.

对于曹寅的小孙子雪芹的出生与成长，甚至连老迈的康熙皇帝都关注到了。

公元 1715（康熙五十四年）正月，时任江宁织造的曹颙（曹寅之子）在北京述职期间病逝。康熙帝闻讯，以曹颙堂弟曹頫过继给曹寅，接任江宁织造。当年三月初七，曹頫上奏康熙："奴才之嫂马氏，因现怀妊孕已及七月。"

此遗腹子即一代文豪曹雪芹。

雪芹满月后数日，曹頫又向康熙报告，"连日时雨叠沛，四野沾足"，这就是曹雪芹名"沾"的由来。"雪芹"二字出自苏轼《东坡八首》，"泥芹有宿根，一寸嗟独在；雪芹何时动，春鸠行可脍"。后来爱好舞文弄墨的雪芹还给自己取了几个别名，一个比一个文艺，一个比一个诗意：曹梦阮、曹芹溪、曹芹圃。

江南的山水，雪芹十分钟爱。在他年迈时，曾多次回忆幼时的旅游经历，这被他最好的朋友敦诚、敦敏作诗称为"秦淮残梦""扬州旧梦"。

6.

人无千日好，花无百日红。显赫和奢华的生活，往往潜藏着危险。曹家也遭遇了人世的漩涡，炫目的生活瞬间暗淡。

这种好日子是被雍正皇帝的一道圣旨终结的。

雍正是一个酷爱反腐败的人，他上台第五年也即公元1727年12月（雪芹13岁），把矛头指向了曹家。时任江宁织造员外郎的叔父（一说父亲）曹頫虽然善于读书，却没有管理织造事务的天分，所以在任期间连年亏空。雍正一气之下，将曹頫以骚扰驿站、织造亏空、转移财产等罪革职入狱。次年正月元宵节前，曹頫又被抄家（家人及仆人男女老少114口）。

豪门盛宴散席，曹雪芹随全家迁回北京。

从此曹家被主流社会边缘化，一蹶不振，日渐衰微。

据描述，刚回北京时，曹家尚有崇文门外老宅房屋17间半，家仆三对，聊以度日。但为了偿还骚扰驿站案所欠银两，以及填补家用，曹家不得已卖田卖地，不良家奴还趁这个机会敛财，家族光景一日不如一日。某夜，盗贼潜入曹家，致使损失惨重，此后又有数人离家谋生。

不少人开始同情曹家。

曹雪芹北京故居（崇文门）

风花雪月 309

7.

这个时期，雪芹刚成年，日子的煎熬却刚开始。他写道，"虽不敢说历尽甘苦，然世道人情，略略地领悟了好些"。

他开始学着挑起家庭重担。曹頫遭此打击，终日在家喝酒，喝到愁闷处，不由得悲从中来，流下老泪两行。他不愿出门应酬，由雪芹代表自己参加一些活动。

最初，雪芹还心存幻想——他决定告别年少时的妄想痴情，为家庭的复兴而努力奋斗。于是他勤奋读书，访师觅友，屡次拜访朝中权贵。

这是雪芹的一段尴尬岁月，因为这并不是他内心想做的，但他身上承担的祖先的期待太多太深。可是，世事并不以个人的意志为转移。对于已经没落的曹家，朝堂上没几个人愿意给雪芹好脸色。世态炎凉，尽在其中。

8.

雪芹对人生的彻悟，就在这个时期完成。

公元1736年（乾隆元年），曹雪芹22岁，新帝谕旨宽免曹家亏空。此后，雪芹曾任内务府笔贴式差事，后来进入西单石虎胡同的右翼宗学（旧称"虎门"）担任一个不起眼的小职位。这个职位多功能合一，具体说有助教、教师、舍夫、夫役、当差等。

等到想融入官场的时候，他才发现那是一个空想。前富家公子、现落魄文人曹雪芹，根本没有官场生存能力。官场之网巨大且严密复杂，虽然绝对空间不算小，但并不需要生性高傲的他。官场需要的，是奴才。他唯一的选择，便是回到书桌前。

雪芹在北京发展了自己的朋友圈，其中不乏王孙公子，如敦诚、敦敏、福彭等人。看过清史的人应该记得一个叫阿济格的人，他是努尔哈赤第十二子，而敦诚、敦敏就是阿济格的第五世孙。这几个人是雪芹一生中最重要的朋友，他们比雪芹小十多岁，是在宗学里认识的。他们是雪芹的铁粉，十分钦佩曹的才华风度、不羁性格和开阔胸襟。

这一粉，就粉了一辈子。

9.

雪芹的口才很好，善于讲故事。

漫长的冬夜，他和朋友们经常围坐在一起，讲述那过去的故事。

他时而诙谐风趣，时而意气风发，时而"雄睨大谈"，时而"奇谈娓娓"。对此，敦诚在《寄怀曹雪芹（沾）》一诗中回忆道："当时虎门数晨夕，西窗剪烛风雨昏。"

"您这么有才，为什么不去写小说呢？"有一次，敦诚一脸崇拜地问雪芹。

当时，明清小说已经掀起了创作高潮。典型作品包括《三国演义》《西游记》《水浒传》等，在社会各阶层圈粉无数。一语惊醒梦中人，雪芹开始琢磨写作。

插一句话，历史的囚徒觉得，世界上最伟大最真实的写作，便是自传。对于那些主角在空中飞来飞去，穿越几万年的故事，只能证明人类想象力的枯竭。

雪芹最初给书稿取了个名字：《风月宝鉴》。单从书名来看，有点像成人色情小说。

有小说作伴，他不再寂寞。他似乎找到了人生最好的朋友，努力不让任何一个灵感溜走。

创作的痴魔程度，敦诚曾有过记录。那是一个秋天的早晨，敦诚去找雪芹，大师正在潜心创作，已长时间不曾进食。二人相携去酒肆狂饮。敦诚解下佩刀作为抵押，换来美酒儿壶助兴，曹雪芹乘醉作歌为谢。

他不仅坚韧不拔，也是一个幽默风趣之人。如果不是这样，他在中年之后也不会活得那么自得洒脱。毕竟，现实很锋利，人生很无情。

曹家历经大难，作为漩涡中心，雪芹能走出来很不容易。幽默和自嘲，是从现实突围的最佳方式。

10.

公元1747年（乾隆十二年），雪芹33岁。

他颠沛流离，先后居住于刑部街、卧佛寺、四王府、峒峪村、北上坡，还有白家疃（西直门外约50里）。但他大部分时间都住在西郊（现北京植物园)。

那个地方，历史的囚徒这些年去过好几次，只是一个简陋的农家院落，主体是草芦，估计冬天的一阵狂风都可以刮倒。很难想象，近300年前，这位大文豪竟住在那么寒酸的地方。当时的人们，是否知道，这儿有一位不世出的文豪？

……

曹雪芹故居（北京植物园）

他的生活费一直比较吃紧，不得不像其他文人一样卖字卖画，几个好朋友福彭、敦诚、敦敏、张宜泉经常接济他。敦诚在《赠曹芹圃》里提到，"满径蓬蒿老不华，举家食粥酒常赊"。

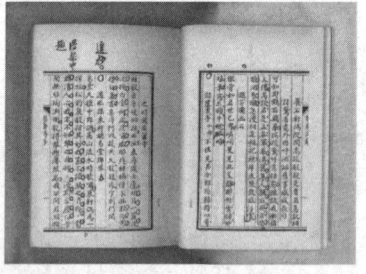

敦氏兄弟诗文关于曹雪芹的记载

在日记里，雪芹倒是表达了对这种生活的喜欢。"住草庵、赏野花、觅诗、挥毫、唱和、卖画、买醉、狂歌、忆旧、著书。"他写道。

他变得像一个隐士一样。生活最简单，但内心绝不简单。再潦倒再失意，他对生活的热情也一直不减。

在家族和自身的悲剧中，他寻找着人生的真谛。他认识到，泪中带笑，便是真实完满的人生。

11.

他也曾彷徨摇摆，怀疑过自己的一事无成。

"在那贫穷潦倒的境遇里，很觉得牢骚抑郁，故不免纵酒狂歌，自寻派遣"，他写道。

敦诚在《寄怀曹雪芹（沾）》中安慰他，"劝君莫弹食客铗，劝君莫叩富儿门。残羹冷炙有德色，不如著书黄叶村"。

意即作为罪臣之后，雪芹遭遇艰难险阻，应该知难而退，专心著书。

雪芹逐渐坚定，在隐居西山的十多年间，他以诗化的情感和探索意识，将旧作《风月宝鉴》"披阅十载，增删五次"。

秋天，他推开草芦的门，发现外面下雨了。这场凄冷的雨，打落了多少枯黄的叶，又伤了几人寂寞的心。

冬天，他愈加思念小说中的人物。林黛玉、薛宝钗、晴雯、袭人……当然，还有他的老祖母。雪无踪，情亦无踪；雪无形，情亦无形。

他的才情开始迸发，《红楼梦》就像他的孩子，经过他的铺排设计，不仅规模宏大、结构严谨，而且描写生动，充满即视感。达到了中国古代小说的最高峰。

12.

作为四大古典名著之首，写作难度可想而知。

但回忆帮了他大忙。所有的一切，都指向三十多年前的江南。虽然空间变幻，但从西山回望西园，并不是太困难。他仔细地搜寻着记忆的每一个房间，从不曾离去的记忆，也热情地、默契地迎合着他。

回忆是最奇异的易碎品，它一旦破碎，便能很快再次粘合在一起。在回忆里，他找到了久违的温暖。特别是在深夜，当浓浓的黑暗包裹着他，回忆也渐渐铺开。那些人物和故事，如发生在昨日，鲜明生动，摄人魂魄。那些心灵的颤动、复杂的心理、无可回避的苦涩、坎坷又闪光的人生，他信手拈来。

在回忆中，唯一的向导是他自己。世事变幻，人事全非。时间虽然断裂，但记忆里的远方很容易抵达。他轻易地找到了过去的自己。

"生于繁华，终于沦落。"从鲜花着锦之盛，落入凋零衰败之境，通过创作，他再一次体验着人生悲哀和世道无情。他以文字的魔力，给后世留下了真情和温暖。

13.

他是一位研究虚空的大师。

请注意，是虚空，不是空虚。

时间是一切财富中最宝贵的部分，如何与它相处，是一个值得思考的问题。穷其一生，每个人都会遇到空虚和虚空。

空虚是一种负能量，总觉得人存于世，颇多痛苦，所以他们头脑空白，进退失据。而虚空是对人生的深刻领悟和解脱。

空虚对应的是时间，虚空对应的是生命。

没有人不珍视生命，但大多数人并不懂得珍惜时间。

……

雪芹体内的矛盾无时不在，既热爱生活，又心存感伤。

他讨人喜欢，却同时被世俗误解不容。就像一位著名红学家评价的，他身上有老庄的哲思，屈原的愤懑，司马迁的史才，顾恺之的画艺，在音乐戏曲方面也颇有功力。正因为他独特的身世，孤绝的才情，才成就了叙说贵贱、荣辱、兴衰、离合和悲欢的《红楼梦》。

我喜欢他那首滴血的诗：滴不尽相思血泪抛红豆，开不完春柳春花满画楼。睡不稳纱窗风雨黄昏后，忘不了新愁与旧愁。

最初，他只是表达自己的尘世之悲，一把辛酸之泪。后来，他爱上了解剖。即使是最坚固的官场，也被他剖析得淋漓尽致。

14.

去世前 4 年，即公元 1759 年（乾隆二十四年），他曾回到江宁，追忆年少时光。从翩翩公子，到垂暮老者，他跨越时空，回到了原点。有人说，他南游是为了追寻失散的族人，也有人说他是去见一位官场的朋友。

这次南游，整整花了雪芹一年多时间。就连在北京的朋友都开始想念他。比他小二十多岁的敦敏在《闭门闷坐感怀》一诗中说，"故交一别经年阔，往事重提如梦惊。"

回京后，雪芹继续写作《红楼梦》，这个时候，又一起家人的变故袭击了他，直接导致他未能完成巨著。

曹雪芹墓石碑

壬午1762（乾隆二十七年），曹雪芹48岁，他的幼子夭亡。

由于过度忧伤和悲痛，雪芹一时竟卧床不起，最终在这一年除夕病逝。

他应该不会想到，离开这个世界不到100年，南京西园在太平天国起义中毁于一旦，就像数不清的文明遗址一样，它永远消失了。

世间再无西园，就如世间再无曹雪芹。

◎ 囚粉说

中石： 时空流连，与曹雪芹大师一席唔谈，灼识卓见超越了时代，存乎于虚幻与现实间，曹老师生于红楼西园，斯成于草芦居所，深以家园盛世悲悯情怀，未敢瑕喻君王荣衰，朝廷酷栓文字狱，压力倍深苟喘难耐，颓废尽然！焚我呕呖心力之红楼后四十回，留待高锷品鉴续貂谅无悬念。

坚持到底： 曹家之兴衰，其实也是大清王朝兴衰的一个缩影。曹氏本包衣世家，祖上从伺候康熙起家，老皇年迈之际，在未来新主的人选问题上不宜过度参与，更不该选边站，要知道，万一站错队，后果会很严重！好在雍正还算厚道，只是以曹頫工作失职出错为由，将其革职入狱并抄家，没把曹家赶尽杀绝。曹氏家族经历了从发家到兴盛再到衰败的过程，同样，大清帝国亦是如此，自康乾盛世之后大清王朝即开始盛极而衰。说起康乾盛世，其实处在康熙后乾隆前的雍正也是功不可没，他是中国古代最勤勉的帝王之一，只不过继位之时已经不再年轻，身处权力之巅，当然谁都会想长生不老，活五百年岂能尽兴？可惜雍正因迷信服用丹药伤身，再加上操劳过度最终暴毙身亡，他怎么可能会是被女侠吕四娘挥剑斩首。雍正驾崩之后，乾隆继位，继承了祖上几代开创的宏伟基业，沉浸在天朝国威与富足之中，歌舞升平，似乎已经不思进取，不知居安思危，对当时欧洲的科技发展甚至不屑一顾，从此开始大清帝国逐渐落后，国运逐步衰落。落后就会挨打，结果就是后来大清帝国惨遭西方列强轮番入侵烧杀抢掠，大清王朝在内忧外患中最终走向灭亡。可悲可叹的是，乾隆辞世之后百多年，大清王朝覆灭之后，爱新觉罗氏部分皇陵竟被军阀孙殿英武装掘墓，乾隆的陵墓就位列其中。当年雍正皇帝为自己的陵墓选址可谓精挑细选，终于选中风水宝地，当然在施工等方面也应该是比较讲究和注意保密吧，而乾隆在这方面似乎相对来说不太讲究和注意。王朝覆灭之后军阀孙殿英掘墓之时，雍正墓幸免于难而乾隆墓在劫难逃，这似乎也是个必然结果。关于上述这些，不知道当时乾隆爷的在天之灵会有何感想？

元圆：满纸荒唐言，一把辛酸泪，都云作者痴，谁解其中味！可惜啊，稿子丢了那么多，看不到结局。但愿哪天能有个重大的考古发现，把剩下的稿子找回来。

Ladywa：你写哭了我，你洞察人性丝丝入扣，也让我对曹雪芹的认识多了一个维度。

千夜千语：红楼梦是我读得最久，读过次数最多的一本小说。敢写曹雪芹的人，都是好汉！

郭毅：抄家其实是一种破产保护，看过雍正勤政历史的人都应该明白，雍正认为，国家利益大于家族感情。但念佛的雍正给了曹家优厚的生存空间。只是，曹雪芹无才去补天。但历史具有反讽意味，无才补天的才在历史周期运作中留名，而王谢儿孙几人能识。所以，应该感谢虚空、虚无。人一定应该诗意的栖居，一定。

身后之名

第五章

SHEN HOU ZHI MING

张献忠／我对若干历史问题的回应

很多人都问，张献忠的故事是不是没讲完，是的，没讲完。

一个历史人物，只有当他确定无误地死亡，那才是 GAME OVER。我很明白这一点。

从今天开始，历史的囚徒将在陕西境内待几天，刚好这块神奇的土地是张献忠的老家。

作为一个写历史的人，陕西总是特别有吸引力。

在飞机上做了一个梦，梦见和张献忠进行了一番对话……

历史的囚徒：张将军你好，清明节快乐！我是自媒体公号"历史的囚徒"。这300多年来，民间关于你的故事和传说一直不断，有的人直呼你为张魔，我也觉得很疑惑，能否给我们讲讲？

张献忠：好的，在世的时候我一直南征北战，忙得厉害，我也从来不接受采访，连书面采访都没有。"历史的囚徒"这个公号我知道，你写的曹操、唐伯虎、项羽几篇文章我都看过，觉得写得非常好，有些细节让我看哭了。包括李自成，描写还是比较客观的，我愿意回答你的问题。

历史的囚徒：谢谢。那我们就从头说起，你是如何成为一个造反者的？毕竟造反的风险很大，一不小心就会被砍头。

张献忠：你是不会理解的，明朝末年普通人家的生活充满了绝望和恐惧，特别是在我们陕北，那几年遭受很大的天灾，年年大旱，本来收成就不好，各种动物还跟我们抢食，政府也不管我们的死活，陕北变成了人间地狱。如果崇祯老儿那个时候能重视陕北的天灾人祸，就不会有后来的高迎祥、李自成和我张献忠。没人天生想造反，但实在是活不下去了。

历史的囚徒：于是你从一个普通农民变成了造反领袖？

张献忠：不是农民，你知道，我是做过捕快和边兵的，但这种参公管理的岗位也不好干，它讲究的是复制和统一，不允许有创造和个性，而我的个性很强，经常会被排挤，有一次还差点掉脑袋。我想了很久很久，夜不能寐，最终决定跟一帮穷兄弟一起造反。我没有一技之长，有的只是对枪棒的兴趣，我也知道明军的战斗力低下，这种认知给了我勇气。

历史的囚徒：让我们回到公元 1635 年凤阳挖朱家祖坟那一仗，据说那是你经历的战争中最轻松的一场？

张献忠：刚好相反。可能很多人觉得那一仗好打，但你不是说过吗？一个文人怎能理解一个军人的精神世界。我觉得最糟糕的一件事情是，历史都是文人写的。凤阳那一仗打得很不过瘾，10 万人打 2 万人，有悬念吗？对一个军人来说，高手寂寞，只有遇到劲敌的时候，才能激发他全部的能量和荷尔蒙。不过还是很感谢那一仗，由于挖皇帝的祖坟有眼球效应，我个人的威望和号召力大增，粉丝涨了 80 多万，来投奔我的人很多。在响马众多的明末，我迅速从草根变成了大 V。

历史的囚徒：你的名字叫献忠，但根据史料的统计，你先后投降了十多次，这好像不太光彩吧？

张献忠：这个问题提得很好，战争是残酷的，跟我走南闯北的士兵很多，我要为他们的生命负责，在漫长的战争史上，诈降也不奇怪，都是为了到达成功的彼岸。我始终忠于自己的内心，这就够了，不管别人怎么看。至于无法忍受明朝官场腐败，地方官僚无止境的索贿、敲诈、刁难和不信任，所以从投降到造反，那都是借口。

历史的囚徒：为什么喜欢游击战？

身后之名 319

张献忠：我研读过兵书，觉得打仗最笨的是防御战，保卫家园，誓与城共存亡，大多是无奈的选择。而游击战可以充分对空间进行使用，很多时候我跟小兄弟们能一天赶三百多里路，神出鬼没。后来我用4个字总结这种思想，就是"以走制敌"，在流动中求生存。如果说我在中国战争史上有那么一点小成就，那也全是这种战术的成功。我跑了十多个省，但很少在一个地方常待，或者搞建设、发展房地产。有人叫我流寇，我也认了。

历史的囚徒：为什么选择四川，并在那里当皇帝、建皇宫？

张献忠：四川是个好地方，我第一次到四川，30岁出头，一下子就喜欢上那个地方，气候、食物都好喜欢，它没有我家乡的干燥，也没有南方的湿热，刚好年年征战，我也累了，想找一个窝歇歇。还有一个很关键的因素，四川的地形很适合防守，实在打不赢就钻到深山老林里去，谁也找不到。

历史的囚徒：有人说你打仗除了游击战，没有其他致胜之道？

张献忠：这么说的人都没有什么历史常识，我能在那么艰苦的环境下坚持那么久，又怎能没有智谋？举个例子，当时明朝将军杨嗣昌和左良玉有矛盾，我偷偷派人送了几千两黄金给左良玉，提醒他，我跟他就是老鼠和猫的关系，没了我，朝廷没那么重视他。后来他果然故意放我一马。不久，我又利用四川巡抚邵捷春和杨嗣昌之间的矛盾，集中兵力猛攻邵捷春防守的四川开江，最终取得决定性胜利。我当时还创作了一首打油诗来记录我们的胜利，"前有邵巡抚，常来团转舞；后有廖参军，不战随我行。好个杨阁部，离我三天路"，写得不好，但是表达了我兴奋的心情。

历史的囚徒：你是处女座，众所周知，处女座男人大都比较忧郁，天生没有安全感，你觉得自己是那样的人吗？

张献忠：我对星座不是太了解，但我确实没有安全感，每天都觉得是这辈子的最后一天。所以我有时候会很冷漠尖刻，幸亏周围的人能忍受我的坏脾气，感谢他们。

历史的囚徒：你跟李自成是老乡，同一年出生，有人说你们是绝代双骄,如何评价他,为什么后来你们没有联手作战?

张献忠: 很简单,一山不容二虎。我的游击战思维一直没得到他的认可。我们约好了,不再相见于江湖,我向南,他朝北。我在南边确实牵制了崇祯的一些兵力,但我没想到他打得那么顺利,我就是觉得,是打仗太顺利害了他。

历史的囚徒: 有人说你是杀人魔?

张献忠: 那些年确实杀了不少人,但看和谁比,你们世代称颂的唐宗宋祖,秦皇汉武,任何一个杀的人都比我多得多。凡是在文章里说我是杀人狂魔的人,我希望他们能来找我,好好聊一聊,来了就别回去啦。

历史的囚徒: 你的义子李定国等人继续抗清很多年?

张献忠: 我跟小一辈的将领经常开玩笑说,等我当了皇帝,我封你们做太子,没想到后来我真的登基当了皇帝,虽然是个地方的小政权。李定国是我的延安老乡,9岁时就成了我的养子,他的工作能力很强,打了很多胜仗。至于其他三大义子孙可望、刘文秀和艾能奇,都是我最亲近的人,他们对我非常忠诚。

献忠江口沉银的遗物

历史的囚徒: 最后一个问题,关于你的财宝,最近吸引了很大的关注,你怎么看?

张献忠: 严格来说,那些财富并不属于我,他们来自我战斗过的地方。那1000船财宝,在我打算回陕西的时候确实严重限制了我军的转移速度,导致清狗追上了我们。感觉真是被那些金钱财富给坑了。

历史的囚徒: 如果用一句话表达人生感悟,你会说什么?

张献忠: 我想说,所谓幸福,不是你能左右多少人,而是有多少人在你的左右。

身后之名 321

历史的囚徒：谢谢。

张献忠：最后再为你做个广告吧：想跟古人混得熟，就看"历史的囚徒"。

◎ 囚粉说

任腾飞：因角度和立场不同，同样的新闻每个人会有不同的感受。同样，历史也是个万花筒，就张献忠这个人物来说，可以有张献忠眼里的张献忠，张献忠身边人眼里的张献忠，路人眼里的张献忠，以及历史的囚徒眼里的张献忠……当你"务正业"的时候，大家心甘情愿被你圈粉，成为你的"囚徒"。

卫军：两位好基友滚草垛时你在场啊？这对话太经典了，佩服！

左岸：历史上的每一刻，即是如今日之每一瞬间形成，谁最知张的彷徨，定是兄了！

Sunlight：天下大势，朝代兴衰，最后受苦的总是百姓。只是可惜，历史上的农民起义最后总没有几个好结果，人心终究会变，不知道他们在人生的最后时刻，是否能想起初衷。

王瑾：搬评价一：张献忠无比的血腥、残暴，也许只是想掩饰他内心的胆怯恐惧。这类人格最分裂，我觉得到最后他估计已经神经分裂。作为一个起义军首领，必须要有强大的内心世界，并建立一套自己的理论体系，构建一个乌托邦家园，最后才能成功登顶。他就全凭本能，才落得这个下场。

韩哥：被张屠城那么多的冤死屈魂怎么轮回？

小小 yu：花开半夏，聆听时光之音，抒一段流年絮语，种植一米晴好阳光，把清清浅浅的花事写满人生的玉帛。或许时间就是这个样子，徜徉其中尚觉得慢，一旦定睛回望，弹指之间，已匆匆过半。

阿紫：卖得一手蠢萌，我是说张献忠。

荆轲/这个杀手不太冷

在中国几千年的历史上，乱世多，盛世少。

群雄并起、军阀混战当然是乱世。但有时候不打仗，百姓也不见得能过上好日子。如古语所言：兴，百姓苦；亡，百姓苦。

河南人荆轲的那个时代，就是典型的乱世。

1.乱世里，各种人的定位

每个人都不是凭空出现在这个世上的，我们带着祖先的眼神、面容还有生活习惯，延续着祖先的精神气质。

我们共同生活在这个世界上，相爱或相杀。以前，我们的祖先也是。

两千多年前的那个乱世之下，人主要有以下几种角色：

老百姓：主体是农民，绝对人口最多，也最遭罪，因为人命不关天，能保命是他们的底线；

统治者：高居金字塔尖，人数最少，但也不见得过得多舒坦，因为随时要防备外边的人破城而入，还要防备周围的人要他的命（甚至怕死后被鞭尸）；

各级官员：主要配合统治者治理国家，他们的基本生计没有问题；

军人：严格来说，他们是没有灵魂的人，他们跟手里的刀剑没什么两样，每天就是杀杀杀；

商人：为人们的生活提供必需品，还没出现金融业，物物交换很频繁，货币购物被认为是一种时髦。

此外，还有几类人不可忽视。

乞丐：主要用于提醒统治者，还有很多工作要做；是各种公益机构的关爱对象；

僧侣等信教群众：追求精神生活，对人间的诸多痛苦，感受偏少一些。有些训练有素的高僧，基本能做到视若不见，充耳不闻；

隐士：有大才，有大德，但不愿意与统治者搞在一起，每天做的事就是不做事，与他的爱人一起慢慢变老；

刺客：一个特殊群体，由杀人犯组成。但最出色者能留名青史，比如荆轲。

2.荆轲的残缺档案

历朝历代写史的人很少，出了一个司马迁还被处以宫刑。

古代物质条件不丰富，墨水也贵（王羲之只能拿笔蘸水在地上练字）。史官们的主要笔墨当然要围绕那些帝王将相，那是他们的金主。

至于记录才子佳人，主要是为了提高史书的传播力和影响力（古人真懂炒作）。

对平凡人的记录，只是意思意思，很多都是挂一漏万，让后世解史的人挠破头皮。对荆轲的记录也是惜字如金，简单得不能再简单。

首先，出生年月不详，所以荆轲天生做不了公务员，每年填报个人事项都是个问题，很难过关。

其次，他长什么样，一个字都没提，本来历史人物就多如牛毛，很容易互相搞混。我只能想象他长着长长的胡子，身材魁伟，目光如炬。

关于他的经历，也很突兀。直接从他"凭剑术游说卫元君，卫元君对他不感冒"开始叙述。三岁看大，七岁看老，难道作者不知道每个人的少儿时代也很重要吗？

就像看一部电视剧，直接从第10集开始看，人脸都没混熟，就突然担当重要角色，别扭得很。

但史书也有其精妙之处，给人巨大的想象空间。

对于荆轲的出场，只用了12个字概括他以前的岁月：喜好读书击剑，为人慷慨侠义。

看起来，这个杀手也不太冷。他更像一个侠客，而非刺客。

《荆轲刺秦王》，武梁祠石刻拓

3.人们为何爱杀手

千百年来，人们对杀手有着十分复杂的感情。

我主要归纳三类：

第一种，残忍的杀手——杀手受人之托，下手干脆利落，每每想到，令人倒抽一口凉气，毕竟人的生命是最最宝贵的，怎能如此残忍剥夺。

第二种，神秘的杀手——隔行如隔山，人们对这个高危职业的方方面面都缺乏了解，官方很少披露，新闻界也很少报道，造成信息匮乏。

最后一种，温暖的杀手——杀手看似很冷，却有他们不冷的一面，有的还很暖。所以，有时候爱就是反差，而差距就是和谐。

现在你应该理解，为什么1999年刘德华能凭《暗战》首次拿到金像奖影帝了吧，角色太讨巧。

作为一个杀手，他机智敏捷，愚弄警察，来去如风，完美地诠释了帅气和潇洒的深刻内涵。

最要命的是，他对公交车上一个素昧平生的女青年那么温柔，不止电影里的蒙嘉慧要晕菜，电影之外的女人都会流口水吧。

同样经典的还有法国帅哥让·雷诺演的《这个杀手不太冷》，我看了好几遍，每看一次都感动。他们的名字叫杀手，却比绝大多数道貌岸然的人更有人情味。

"人情味"是一个让人想流泪的词。

小到人类相处,大到国运兴衰,很多时候并非有多复杂的因素。人情味(有时候叫大爱,或悲天悯人)往往会让个人史和国家史忽然拐一个弯。

这种感情说起来简单,做起来很难。它要求一个人能设身处地为他人(特别是陌生人)着想,而且不计代价。

爱一个杀手,初想有点变态,细思却顺理成章。荆轲像是老天写给乱世的一封情书。

4.荆轲的几个朋友

有点扯远了,回到荆轲这儿来。

刚才只是想说,一个人的职业,必与其经历有关。

有的人做着这个职业,却想着那个职业,其实他就是入错了行。

一个人一辈子,一定有一个最适合他的职业,只是不知道什么时候找得到。

荆轲是个天生的杀手。主要是因为,一个杀手的天然条件,他都具备。

首先,武艺高超。这个是吃饭的玩意儿。否则,本想去杀人,反被人所杀。

其次,聪明绝顶。这个绝顶不是说他的头发少,而是从他与高渐离、田光、鞠武、太子丹、秦舞阳、秦王等人的交往中体现出来的。一个杀手,武艺可以不高超,甚至可以是个残废,但绝不能笨,须知人是会笨死的。

最后就是时势造人。秦王暴政,各国民不聊生,杀其乃是众心所向。

荆轲自从出道以来,经常到不同的国家去旅游,那个时候还不需要什么护照和签证。

别人旅游,主要是看风光,他不一样,他看人——每到一国,他都与当地贤士豪杰结交。

喜欢交朋友的人,多是胸怀宽广的人,也是离机会最近的人。

困难的时候找朋友,绝不是件丢人的事,真正丢脸的是,有困难的时候,竟然没有朋友可找。诚哉斯言!

公元前 220 年左右，荆轲来到燕国，立足未稳。但不久他就开始呼朋引伴。

最初的这些朋友，跟他是同一个行业。不同的是，他杀人，那些人杀狗（狗屠夫）。

他还认识了一个人，这个人注定会对他的一辈子产生重要影响。

那是一位从人民群众中成长起来的天才音乐家，擅长击筑，名叫高渐离。

他们经常在一起喝酒。

酒是会喝出感情来的。

喝着喝着，高渐离就开始击筑，荆轲开始和着节拍唱歌，这时候，杀手荆轲变成了麦霸荆轲。

唱到动情处，他们会抱头痛哭。我理解他们的眼泪，是为这个乱世而流，是为他们自身的命运而流，更为那些乱世里似蝼蚁一样的人们而流。

在燕国，他认识的另一个重要的人是隐士田光。

"你不是一个平凡的人"，田光见荆轲第一面，就在他居住的茅草屋。

当时已经是冬天了，屋里已经生了火，屋外是皑皑白雪和一树的梅花。每天新开的梅花，田光都要数一数，数完，心情也会畅快许多。

寂寞让人如此美丽。

"还望田兄多关照提点。"荆轲作揖道。

"你的身手这么好，人又聪明，如果不做一番大事，就浪费了。"田光轻轻咳嗽了一下说。

田光是一个不合格的隐士，归隐了还关心国家和政治。

他跟荆轲详细分析了当时各个国家的形势，尤其是他的祖国燕国的处境。

田光的重要历史贡献，只有一个，就是直接策划了荆轲刺杀秦王。

一场中国历史上最知名的刺杀行动由此展开。

来俊臣／告密者的一生

古人都比较挣扎，家中贫困又没有关系的人，在温饱线上挣扎；一旦有了向上走的机会，又会在私欲和公利之间挣扎。但是他不挣扎，因为他是一位整人专家。他来自唐朝，叫来俊臣，听了他的名字估计今天也有人要发抖。

他的家就在国都洛阳附近的一个村子里。他的出生很有戏剧性，来俊臣本不姓来，其父蔡本，在村里玩百家乐的时候，被同乡来操（好名字）赢了好几十万（货币单位不详，听起来很多）。因为没有能力还钱，蔡本将已怀孕的老婆抵押了事。也就是说，来俊臣是个人，但也是一笔赌债的衍生物。

在这样的出生环境下，不知道来俊臣是怎么长大的，可以肯定的是，他心里有不满，甚至屈辱。所以，他顺理成章成了一名问题少年，爱好整人的恶僻也慢慢养成。

当同伴们在私塾里摇头晃脑地读圣贤书，或在郊外吟诗作赋，摇着他们的扇子的时候（古人摇扇子是不是跟今人玩手机很像？总之手上要有个东西），来俊臣一般在大街上寻找猎物，锻炼自己对他人荷包的敏感。

有时候他还对别人家里的财物比较关注，并练就了一身盯梢和入户实地调研的本事。

常在河边走,哪有不湿鞋,终于有一天,他入狱了。

来俊臣给街坊的印象,一向是那张有些清秀、倔强和不满的脸。
但当他的继父骂骂咧咧、很不情愿地跑到具衙疏通关系时,看到的来俊臣脸上又多了一丝冷静、狡黠和坚定。那种冷静让继父打了个冷颤。
来俊臣安慰继父说:"哥哥,我今后一定出人头地。"唐朝人一般称父亲为哥哥或耶耶(爷爷)。

出人头地,他当然不靠诚实劳动,靠的是他的残忍。
事实证明,从小练就的盯梢功夫,对人性的敏锐洞察力,成了来俊臣在职场的生存法宝。
当时武则天刚取得实权,由于权力来路可疑,很多人议论纷纷。朝廷急需一把刀,杀人不眨眼的刀。朝廷规定,各地凡有想进京告密的人,州县都要提供马匹,享受五品官的待遇,送其火速到京,并且不得"问诘"所告发的内容。告密属实的,奖励;不属实的,不追究。从此,告密者络绎不绝,来俊成是其中的佼佼者。
是历史选择了来俊成,他四处收集办案线索,一有机会就向武则天举报。
告密,千百年来一向是各行各业最简单也最重要的表忠心方式。
来俊臣终于从一个穷人家的孩子,慢慢成长为皇帝的心腹(先后担任侍御史、左台御史中丞、司仆少卿等一系列重要职务)。
他一定很满意那种感觉,虽然他很明白那是一种狐假虎威,但他看到大臣们在路上相遇只敢以眼光示意,互相都不敢讲话的时候,内心还是升腾起一种压抑不住的激动。
他的工作卓有成效,也创造性地发明了很多罪名,把不满的人甚至中间摇摆的人弄进监狱。
如果这方面可以申请专利,他一定在历史上位列前三甲。

他以逼供为趣,以杀人为乐。
他的刑罚方式也五花八门,是人听了都害怕,是鬼听了都不想做人。比如每次审问,不论罪行轻重,先往犯罪嫌疑人的鼻子里灌醋,然后关入地牢,四周生火,断其饮食。

名气最大的,当然是"引君入瓮",也就是把囚犯放在大缸里,外面用火烧。

来俊臣折磨人,好像很善于用火,原因不得而知。

有的犯人忍不住饿,会忍不住扯出衣服里的棉絮吃掉,每当这时,来俊臣就会发笑。

他终于可以站在牢门外,咧着嘴笑,十多年前,他在里面哭过。

整人需要理由吗?不需要。

他找了几个会写文章的人一起研讨,将毕生经验写成了《罗织经》,这是一部专门讲罗织罪名、角谋斗智、构人以罪、兼且整人治人的奇书。

既是科研成果,更是智慧结晶。

传说武则天看后也很感叹,她说:"如此心机,朕亦未必过也!"

还有人说,武周王朝短短16年,对人类文化最大的贡献,就是《罗织经》。

为了配合来俊臣的工作,朝廷在皇城丽景门外边,设置了一个名为"推院"的地方,简单说就是审讯室。

进去的人,100个人中有101个人出不来。 他的同事王弘义骄傲地说这道门是"例竟门",就是说没有一个人能活着出来。

逼得有些胆小的干部,每天上班前都要写遗嘱。

来俊臣确实很不人道,每遇国家大赦,他就提前把囚犯杀光,为减少唐朝的人口做出了不懈的努力。

为了整人,他还团结一批志同道合的同志,包括侯思止、王弘义,此外还培养了一大批信徒,开设了纯内部的整人培训班。

即使像狄仁杰那样的侦破和反侦破高手,也在来俊臣的阴沟里翻船,身陷囹圄。

当然,聪明的人总是有办法的。

狄仁杰在狱中没有喊口号,而是悄悄地写了一份申诉书,缝在棉衣中,并买通狱吏帮送出去,这份申诉书几经辗转,出现在了武则天的案头。

　　大家都知道，狄仁杰办过很多大案要案，在唐帝国的朝野和民间很有名气，体制内也没怎么亏待他，说他谋反，武则天本来也不信。

　　她只是为了让狄仁杰尝尝监狱的滋味，然后再把他捞出来，这样既可以警告这位如日中天的神探，也能收获他的感激。

　　一个人的人生轨迹，总是高低起伏，武则天的天下终于巩固了，开始发展经济了，懂经济的大臣开始吃香。

　　像来俊臣这样的干部，只懂整人，不懂经济，当然要靠边站。

　　来俊臣以前犯过两次贪污罪，武则天都睁一只眼闭一只眼，第三次的时候，武则天出手了，将来俊成先后降为殿中丞、中丞和同州参军。

　　虽然他本来就是一个色鬼，但在人生的下坡路上，来俊臣的男性荷尔蒙分泌得更加剧烈。

　　目前还没有科学依据证明一个人仕途落魄与荷尔蒙分泌过剩有必然关系。

　　他至少做了以下两件事：

　　在同州参军任上，他看上了一位同事的老婆，意欲抢夺。

　　上面这件事发生后不久，他被任命为合宫尉、洛阳令，这时又想霸占西部少数民族酋长阿史那斛瑟罗的丫鬟，并污蔑酋长谋反。官逼官也反，酋长以刀划脸，拼死申诉，才得以洗去冤屈。

　　刚消停了两年，四十多岁的来俊臣发现太平公主想谋反。

　　机会，最后的机会。他对自己说。

　　他决定赌一次，可惜这次他的对手太强大。

　　太平公主毕竟跟皇上更熟，来了一个恶人先告状。

　　一代整人专家、迫害狂来俊臣被判处在闹市杀头，陈尸示众，结束了他46岁的生命。据说当时很多老百姓涌上街头，争着用刀割他的肉。

　　拿刀的人必然被刀砍死。

司马懿／我的独角戏

那个年代，多少英雄豪杰，无数奇人异士，都不甘于寂寞。
可是，风流总被雨打风吹去，后来，只剩下他在演独角戏。
司马懿。
他的坚韧和隐忍，并未获得生活的奖赏。
深入骨髓的疲倦，一瞬间席卷了他。

1.

洛阳，司马门。

冲天的火光中，一位须发皆白的将军骑着他的战马，像尊雕塑一样矗立在广场上。他的身后，还有装束整齐的几十名将领。

深夜的风，凉飕飕，吹乱了他的长发，暴露出他的沧桑。

70岁的司马懿终于出手了，他由此成为中国政变史上年纪最大的人。

那是公元249年，曹操逝去已29年，他的曾孙曹芳当皇帝已10年，年号正始。

这次政变特别顺利，只是放了一把火，杀了几十个顽固的军人，整个洛阳就被司马家族控制了。

司马门是都城夜生活最热闹的地方，人们习惯在这里撸串、唱K、放风筝、跳广场舞。

但现在，除了巡防的士兵，一个群众都看不见。

很多人还不知道洛阳城今夜发生了什么，但看满大街的军人和火光，大事无疑。

司马懿用最短的时间解决了他的对手曹爽。

高手一般不出招，出招必胜。

就像20年前面对诸葛亮，他自信地对身边人说，"亮志大而不见机，多谋而少决，好兵而无权，虽提卒10万，已堕吾画中，破之必矣"。

谋圣诸葛亮的遭遇如此，更何况一介武夫曹爽。

曹爽是个很小心、心也很小的人，因为他的权力没被关进制度的笼子里，逐渐养成了任人唯亲，专权乱政的坏毛病。后来他还一意孤行出兵伐蜀，令魏死伤惨重。

他还是一个讲排场的人，起居自比皇帝，毫不注意社会影响。

他酷爱杀人、整人，尤其是可能威胁他的人。一向低调的老臣司马懿也被逼到了悬崖边上。

终于走出了这一步！司马懿长长地叹了口气。

这口气，他憋了43年5个月零13天。

政变那天晚上，他根本没睡着。

他喝了很多酒，度数很高的酒。

对一个男人来说，酒是好东西，可以壮胆，可以反省，可以解烦，可以表白，有的酒还有益健康（尤其是红酒）。

酒后，还可以无所顾忌地狂笑、痛哭、手舞足蹈。

真是人生胜境……

酒入肠，人兴奋，司马懿开始思念那些已作古的亲友和敌人。

一代枭雄曹操，父亲司马防，还有曹丕、诸葛亮、杨修、不颠和尚……

他的眼泪不受控制地掉下来，砸到地上，仿佛还听到了"扑扑"的钝响。

是因为孤独，抑或伤感，他也分不清。

他只是觉得那些故去的朋友太不够意思——你们已然离开，却让我来收拾这个混乱的世界！

身后之名　333

2.

他首先想到的人是曹操。

西汉末年,曹操是天下的实际持有人,除了眼球突出(有人说是甲亢晚期),他的优点和缺点也都很突出。

他博爱又残忍,猜忌又坚定。

尤其是他的人才观,对后世影响很大:不用即杀。

他的死亡黑名单上有很多名人,华佗、杨修、荀彧、孔融……

司马懿早慧,被很多人看好。

他出身官宦家庭,世代喊吾皇万岁——祖先司马钧是汉安帝时的征西将军,曾祖司马量和祖父司马儁官至太守。

他是个好学生,从小辩才一流,写得一手好文、一手好字。

但他讨厌课堂知识,那些四书五经、策论表判,无一不古板沉闷,对他来说,毫无挑战。

他酷爱下象棋,经常跑到慈圣寺藏经阁去找一个和尚杀两局,那个和尚叫不颠。

不颠通过下棋时的仔细观察,认定15岁的司马懿不是一般人,今后必是经天纬地之才。

在不颠看来,人生如棋,得失进退,成败胜负,存乎一心。

古代修行之人就是有水平,料事如神。

作为一个无神论者,囚徒也想碰到这样的和尚。

司马懿很早就被曹操盯上了,之前说过,曹操最喜欢考验别人。

如果他生活在现代,一定找不到对象,因为没人能通过他的考验,或者说,没有哪个正常的女青年,会接受他没完没了的考验。

曹操很喜欢跟比自己小两轮的司马懿聊天,大到国际气候,小到打猎摔跤。

有年冬天,两个人一边烤火,一边唠嗑。

司马懿离开的时候,曹操的老毛病又犯了,他将没吃完的黄豆倒在地上,发出清脆的声响,刚走出大堂的司马懿回过头,看了曹丞相一眼。

那一眼,让曹操内心一惊。

史书上称司马懿那个 POSE 为"狼顾之相",是一种随时准备攻击其他生物的信号,很危险。

从此,本就多疑的曹家就像防贼一样防着司马懿,就连他一心辅佐、后来登上帝位的曹丕,每次让他领兵打仗,都会及时收回军权。

只是因为在人群中看了你一眼,再也没能忘掉你容颜。

为了远离曹操,他割过草,喂过马,还想到乡下务农。

但曹操非常爱惜德才兼备的人才,强行提拔他到重要岗位,是为文学橡(皇家学校的补习老师)。

被人强拉去当官(不是壮丁),也算是一种甜蜜的痛苦吧?

3.

他想起了这几十年来,自己苦练忍术的往事。

忍术并非东洋绝技,早在 1800 年前,中国河南焦作人司马懿就已经集忍术之大成。

乱世中要想有所作为,首先要保命。

在现实与梦想之间,有很长的一段路,司马懿认为那段路叫"忍耐"。

一个人知道为何而活,就可以忍受任何一种生活。

……

司马懿画像

这个世界上,很多人大愚若智,司马懿刚好相反。

这是一种逼出来的生存智慧和处世哲学。

锋芒太露,很容易人头落地。

身后之名 335

主薄杨修，总爱在曹操面前耍小聪明，最后被残忍杀害。这样的教训，不可谓不惨痛。

　　杨修之死，震惊了司马懿。一天又一天，他思考着"我从哪里来""我往哪里去"等重要的人生命题。

　　有一个傍晚，他看到夫人张春华穿着男人装散步，忽然悟出来：男人得装。

　　于是，那些年他装弱、装傻、装病、装瘫、装死。

　　从表面看，他弱爆了。

　　实际上，他在伪装中找到了自己的价值，成了一颗蒸不烂、煮不熟、捶不扁、炒不爆的铜豌豆。

　　有人为了激他，到处造谣，说诸葛亮外号"卧龙"，庞统外号"凤雏"，司马懿也给自己起了一外号：冢虎，顾名思义，就是"蛰伏在坟墓中的老虎"。

　　一般人肯定会跳出来，对不明真相的吃瓜群众发表重要讲话，严正声明和强烈抗议：我，是被冤枉的。

　　但是司马懿心态好，他没去搞舆情应对，也没有动用社会关系删帖。

　　对这个外号，他笑而纳之，装作这事没发生。

　　因为他知道，通过这种尘世的逃避，他才能真实地面对自己。

　　而且，会戴面具的人结果都不坏，面具越多越安全。

　　孙膑、朱棣、唐伯虎都曾装过疯，挽救了自己。

　　更多人假装沉溺于酒色（这个对当事人的演技、身体要求很高），让人放松对他们的警惕。

　　据说刘备的儿子刘禅也很能装，表面低能，其实有过人的机智。

　　所有人都见证了这样一件事：公元246年，回乡养病的司马懿新娶了一个宠妾，终日沉溺于酒色，此事直接导致他与原配夫人感情破裂。

　　大家都说，司马懿在享受最后的时光，毕竟，人生七十古来稀。

　　谁知道，那只是他演给政敌曹爽看的。

　　不久，曾经难受得一口粥都喝不下去、满身中药味的司马懿，甩掉"白天文明不精神，晚上精神不文明"的帽子，忽然发动政变，率军攻入皇宫，挟持了郭太后。

在司马懿的授意下，朝廷专门召开扩大会议，决定对罪臣曹爽"诛三族"。

同样爱演戏，曹操胜在动，司马胜在静。

4.

一个人，不仅要会装，还要活得长。

曹操算准了，司马懿不敢鲸吞曹家的基业，因为他的儿孙们一个赛一个强。

曹家人对打仗很有感觉，一般10岁就奔赴战场，是永远冲锋在前的战斗英雄，没几年就可以带兵，攻城掠地，势如破竹。是理想的、优秀的、合格的帝业接班人。

但很遗憾，他们个个短命。

曹操活了65岁，有25个儿子。
但他的子孙似乎受了诅咒，寿命都很短。
钦定的接班人曹丕，只活了39岁；
曹丕的弟弟曹彰，35岁早逝；
作"七步诗"的神童曹植，享年41岁；
很有科学家天赋的"称象天才"曹冲，13岁时夭折。
第三代的佼佼者曹睿，34岁驾崩。
东吴著名谋士陆逊曾评价，曹睿深得其祖父曹操的真传。当年曹操曾高兴地说，有了这孙子，曹家的事业至少可以传三代。

可能这跟康熙第一次见到孙子乾隆时的感觉差不多——心里美极了。

后来曹睿果然很有建树，在司马懿辅佐下，成功击退吴、蜀的多次进攻，且平定鲜卑，攻灭公孙渊。

即使在诸葛亮、郭嘉、周瑜、荀攸、庞统、徐庶等一众不安分的谋士中，司马懿也是笑到最后的。

世事如泥泞，让人深一脚浅一脚。也许他踩在泥上的姿态并不优美,但毕竟活下来了。

而只有活着,才能笑得出来。

5.

又抿了一口酒,司马懿想起了诸葛亮。

他们是三国军师里的双子星座,司马懿之所以没有小两岁的诸葛亮耀眼,面目也阴沉难辨,全因为他在《三国演义》中戏份太少,登场时间太晚。

他们两个人,是战场上的对手,但,更是惺惺相惜的好友。

一个杰出的人,能没有朋友吗?答案是:不能。

想当年,就业形势不好,诸葛亮失业在家,司马懿就去卧龙岗找过这位隐士,两人就天下大势交换了意见,一时相见恨晚。

窗外,夕阳满天,洒在两个人的身上,很有中国画的意境。

高岗枕流水,鸟鸣伴松风,疏林掩茅庐,柴门半自开。

那种意境,用一个字概括,就是:静。

他们曾有一段对话。

诸葛亮:外面的世界很大,你去看了之后,感觉如何?

司马懿:世界很精彩,也很无奈。

诸葛亮:说具体点。

司马懿:入世,学可致用;出世,浪费此生。

诸葛亮:最近有个叫刘玄德的人一直想请我出山,你说我是答应还是不答应?

司马懿:很羡慕你现在有个安静的家,很多时候,我想像你一样,回到家就关上门,什么烦恼都没有了。这是"家"的最大意义。

……

一个自称对历史很有研究的人表示,关于诸葛和司马之间那些离谱的传说,不要轻易去相信。

传说,魏蜀两军对决,诸葛亮为了激司马懿上阵,送女人衣服给他（这样的雕虫小技，太小看司马懿，也矮化了诸葛亮）。

还有人说，诸葛亮临死的时候，料定司马懿会偷看自己压箱底的秘籍，于是在书页上涂满毒药，因为他知道司马懿有个陋习：边看书，边舔手指头（典型的民间传说，只有一个目的：美化诸葛亮）。

他们那种高手之间的感情，也许一般人永远体会不到。

就像《三少爷的剑》里所讲述的：一个武林高手，死在对手剑下，脸上肯定满是微笑。

这就是痛快与痛苦的区别。

最后，想送一句司马懿的名言给大家。

在他所有留存于世的文字中，囚徒唯独觉得这句说得最在理，也能被终日忙碌、却日益空虚的我们所用。

"最好是好的敌人，做事只有百分之百失败，无百分之百完美。"

【古人访谈录】
我曾希望，心地天真过一生——司马懿访谈录

旁白：各位网友大家好，欢迎在水深火热的7月，收看"古人访谈录"系列第9集。有这样一位历史人物，他像乌龟一样行动迟缓；像兔子一样谨慎小心；关键的时候又像只老鹰一样扑向敌人。他，就是长期被泼脏水却无怨无悔的古代著名政治家司马懿先生。下面就让我们来听听他的心里话。

1.人应该以自己的方式过一生

历史的囚徒：尊敬的司马懿先生，欢迎做客"古人访谈录"，我能叫您仲达吗？

司马懿：没有什么不可以，我一生有很多名号，别人也给我加了好多个，但我最喜欢的名字还是仲达，因为我的父母兄弟，还有爱人，都是这么叫我的。这个名字还时刻提醒我，我只是一个历史过客，是一个普通人。最近看了乔布斯的临终遗言，很有感触。他说，人有一

定财富以后，就应该去追求其他的东西，也许是感情，也许是兴趣，也许只是一个儿时的梦想。这启示我们，人终其一生，能做好的事很有限，不要舍本逐末。

历史的囚徒：仲达先生，没想到一个名字让您有这么多感悟。我最感兴趣的是，您怎么看待长寿跟您个人事业之间的关系？

司马懿：你肯定要说我比同时期很多人长寿，我活得最久，才能笑到最后。我承认，随着年龄的增长，我对人对事的判断都更加精准，很少犯什么错误。一些人觉得我的人生成功精彩，另一些人觉得我过得憋屈难受。但我一直在思考一个问题，一个人该怎么度过一生，我相信一个人只有离开这个世界的时候才会有真正的答案。

司马懿：一个人活得久，就有更多时间和机会思考这个问题，但他活得越久，意味着他离死亡就越近，这很矛盾。我最好的朋友胡昭活了90岁，他的年龄不是我重点要说的，我说的是他的生活方式。他出生于公元161年，离世于公元250年，是我们那个年代最著名的隐士和书法家，他跟诸葛亮一样，也叫孔明，河南禹州人。老曹当年多次想请他出山，但他认定自己只是一介书生，无益于军国大事，霸道的老曹看他老实，最后放了他。在国都洛阳附近的陆浑山，老胡亲自耕地，终日求道，不亦乐乎，连周边的土匪都不愿去骚扰这个活神仙。老胡快90岁的时候，我们还一起喝酒，当时一些朋友不断推荐他入朝为官，大家公认他心地天真，行为高洁，静穆朴素，而且越老越坚定，简直是当代伯夷。你能说他不成功吗？我觉得他成功到了极点，我羡慕他那样的生存状态。他至少以自己的方式过了一辈子。

历史的囚徒：您跟胡昭一个入世，一个出世，感觉不是一路人啊，为何成为最好的朋友？

司马懿：人与人，不可不信——缘。我只讲一个故事，你就知道原因了。当我年轻的时候，血气方刚，有时候喜欢惹事。一次与泼皮周生结怨，他绑架我，还一定要弄死我。胡昭知道后，马上闯进土匪寨子里去，找周生做思想工作。山里的路不好走，那段时间还总下雨，几天几夜之后，他成了一个泥人，在崤山渑池找到周生。可是，一个书生只会讲道理，道理讲不通就只能苦苦哀求，但周生根本不给他面子，后来老胡就不停地哭，哭得周生的心都软了，最后就放了我们。有了那次冒险的经历，我谨慎多了。

2.曹操教会我很多

历史的囚徒：如何看待曹操这个人？虽然他在京剧里是白脸，被认为是奸诈残忍多疑之徒，但好像很多人都是他的粉丝，这种现象很奇怪，不是吗？

司马懿：曹操此人，对我一生影响巨大，他教会我很多。首先，他是一个权力动物，最明显的就是他生杀予夺，令人胆战心惊，那些年，我都记不清他杀过多少人了，听到他的脚步声，很多人都会吓傻，在我看来，老曹喜欢玩危险游戏，喜欢琢磨人，有点像是永远长不大的大男孩。他的事业心很强，经常通宵达旦地工作，为了激励大家，他还请画师把他深夜工作的场面画下来，下属们广为传看。除了政治上的追求，他同时也是一个投入的、感情充沛的诗人，但我看到，写诗的时候他特别矛盾焦虑。他写过一首非常有名的诗："白骨露于野，千里无鸡鸣。生民百遗一，念之断人肠。"看起来他应该是极度痛恨战争，可是写完诗没几天，他就带领大军在徐州杀人无数。他还写过著名的《短歌行》："老骥伏枥，志在千里。烈士暮年，壮心不已。"用你们现在的话说，是"革命尚未成功，同志仍须努力"。我跟老曹比，就是吃了不会写诗的亏，因为文字是人类产生以来最富表现力和传播力的东西。还有很多人说，曹操一辈子最大的错误是杀杨修而没杀司马懿，这话错了，没有司马懿，难道就没有欧阳懿、上官懿、令狐懿、东方懿、南宫懿、夏侯懿？

历史的囚徒：说句得罪您的话，曹操既然被你的"鹰视狼顾"所震惊，为什么后来一直没有对您下毒手，是舍不得还是放心了？

司马懿：华佗曾教我"五禽戏"，其中有一个动作就是模仿狼回头，上身完全不动，而脖子可以扭到后面看人，跟你们现在喜欢的反手摸肚脐眼有点像。但是老曹特别迷信，他认为我有反骨，会危及他的事业和家族，不过他一直找不到杀我的充分理由，可能也有点爱才，当时我已经在那帮年轻人里脱颖而出了。他不给我兵权，一直让我干文职，做老师，后来还让我去教他的儿子曹丕。我给曹世子出了很多主意，但他从来不在曹操面前说是我的功劳，他知道这么做也是为了保护我。

历史的囚徒：很多人都觉得，曹操、刘备、孙权这些英雄一个比一个英明，一个比一个心狠手辣，你争我夺几十年后，最后的江山还是姓了司马，所以您才是人生最大的赢家？

司马懿：我从没有刻意去夺取天下，一个70岁的老年人，忠诚忍耐了一辈子，完全没必要，最后是曹爽逼我的，我这一辈子跟姓曹的就是冤家。

司马懿雕塑

3.与诸葛相忘于江湖

历史的囚徒：您跟诸葛亮之间有很多传说，似乎有说不清道不明的关系？

司马懿：诸葛亮是三国谋圣，是民间智慧的形象代言人，现在不是很多智库都把他当祖师爷吗？他是那种典型的优秀官员，想干事、能干事、能干成事，干成事还不出事，出了事能抹平事。我很佩服他对人事的精准把握。我其实只跟他见过一面而已，那还是我们都很年轻的时候。后来我们各为其主，都是幕后作战，要我说，整体上他要胜过我，可惜他死得太早，他去世以后，我倍感悲凉。至于他使"空城计"、送女人衣服给我，都是人们的想象，是文艺演出的需要，跟你们的标题党是一回事，我也懒得去辩解。

4.关于忍耐和伪装

历史的囚徒：有人评价您是"忍者之王"，别人是不行装行，您是行装不行。还有人认为，您的演技高超，秒杀演艺圈大多数男演员，是这样吗？

司马懿：感谢大家的抬爱，我这个人并不酷爱演戏，完全是被逼的，信不信由你，年轻的时候我想多谈几次恋爱，但我妈逼我结婚，我就叛逆，结果拖拖拉拉，直到29岁才成家。后来，很不幸，我与曹操这个大人物同时代，我不得不去学习表演。我记得公元201年的时候，他让我去当差，我当时心里害怕，就装麻风病。曹操不像刘备那么有耐心（为了请诸葛亮出山还三顾茅庐），他直截了当对杀手说，如果司马懿是真的中风瘫痪，你就放过他；如果他是装病，你就干掉他。那天晚上，刺客的杀猪刀都架在了我的脖子上，我只能继续装病，就这样躲过了7年。后来曹老师当了丞相，更是说一不二，他派人传话过来，说如果我再推辞，杀无赦，我只好扔掉拐棍去上班。

历史的囚徒：有人说，您的title除了军事家、政治家之外，还应该是一名大阴谋家，因为在您的职场生涯中，用得最多的就是韬晦之计，"深藏不露、坚忍不拔"，您愿意就此说几句吗？

司马懿：我想说的是，在曹操手下做事，随时可能掉脑袋，我的选择只是一个人在恶劣环境下的正常反应。囚徒你不是说过吗，曹操和司马懿都爱演戏，曹操赢在动，司马懿胜在静，这话我没有办法再同意了。我知道最近有个《军师联盟》的电视剧播出，由吴秀波主演，收视率很高，也引来了很多争议。有人说，司马懿哪有那么萌，说话萌，眼神萌，还跟老婆张春华和上级曹丕卖萌。我可以告诉你，萌也是一种伪装。在与曹操相处的过程中，我经历了学习演戏、爱上演戏、离不开演戏三个阶段。

历史的囚徒：史料记载，您"勤于吏职，夜以忘寝"，如果真是那样，您简直是一位无私的革命家。

司马懿：你想说我是一个有事业心的工作狂？当时没有 8 小时工作制，我只知道，让自己安全的方式，除了忍耐和伪装，就是废寝忘食地工作，表现得兢兢业业、勤勤恳恳，不妨告诉你，我经常每天工作 20 个小时，从来没有什么双休日和节假日，连结婚的时候都没有度蜜月。

历史的囚徒：感谢司马先生，希望您有空的时候再来。由于时间关系，今天的访谈就到这儿，各位，咱们下次再见！

◎ 囚粉说

客世无存：客观的智者，但真正的客观又有太多主观呈现，所以司马仲达，到底如何应答于时空，只有天知道。只是有一点，智者之智不可泯灭，也没有被泯灭，老谋深算一个贬义标签就代表了人们对其智慧的肯定和传扬！不过，达到了跟自己演戏的境界，估计再大的赢也会感觉不真实的……

远行客：天啦噜，囚徒果然投了个深夜炸弹，在这样一个三伏天里炸得我脑海里噼里啪啦的。言归正传，司马懿的成就应该说是多方面的推动。他本人的实力，以及乱世雄主的忌惮与重用，时势造英雄，要说是乱世出英雄，不如说是无数英雄豪杰成就了那段乱世。另：其实，我觉得波叔演得挺好。

魏捷：小忍修养，大忍是企图。不知为何更爱曹操的情怀，日月之行，若出其中。星汉灿烂，若出其里。只觉得曹操是更可爱些。无奈啊，因此梦想光明磊落，日月皎白，快意恩仇，畅快淋漓。年龄大了，大约明白了活着即是一场修行，更多时候唯有忍耐……先生，早安。

董博 BOBO：我一位老师说，一些所谓的艺术家，都是把别的同仁熬死了，然后自动升级。嗯，挺对。（作者回复：你这位老师是做养生馆的吧！）

燕山新云：心静处则心安，司马懿能屈能忍！三国最聪明的人！和邓小平处事方式一样！诸葛亮把司马懿当成了周瑜了，可惜他不是，他心态开朗有度量包容！司马懿诸葛亮各为其主，要不然他们也能成为很好的朋友,他们的一生只能作为对手!其实司马懿懂诸葛亮,诸葛亮亮也懂司马懿!他们只能做知音!

雨辰:司马没有底线,魏武还是有底线的,至少魏武统一北方的坚决司马氏没有继承!苟且偷安,他的儿孙干成了啥?五胡乱华不就是他们造成的!胆小乱政垩奢无耻,只能北方无熊人尔!

阿尔不斯:军师联盟中有一个细节,华佗神医被杀前亲手将所创养生保健之绝技"五禽戏"交给了司马懿……后者经常练习,其长寿或许果真与此有关。(作者回复:看来是华陀改变了中国历史。人家曹操患病,他从来没有尽心过。)

杨扬:司马懿活到74岁,他懂得低调行事,一个忍字描绘了他的整个人生。他活生生地熬死了主公曹操,熬死了新主曹丕,熬死了一代明君刘备,熬死了一代雄主孙权,熬死了一生劲敌诸葛亮。所以,必须学习司马懿,一辈子做两好件事——注意休息,锻炼身体,心胸豁达,决不生气!

李志明:老师的文笔一绝,虽然可能有戏说成份,特别是孔明诸葛与司马先生推心置腹的交心,听古不驳古,就把它作为事实吧,胜者为王,笑到最后就是王者,骗得了大英雄魏武帝,更骗的了开国皇帝魏文帝,最后骗了魏明帝的信任并托孤于彼。历史上王莽与他有些相似,但王莽却没有他那样幸运,三国归于司马氏,这是历史的使然吧!

中石:痛快!世事泥泞深一脚浅一脚,只有活看,才能笑得出来。司马懿集忍术之大成,是煮不烂、炒不爆、砸不碎的一颗铜豌豆,示弱、示柔、示傻、示不能,这是一种逼出来的生存智慧和处世哲学。

多多爸:活得久的是毒士贾诩,论才能贾诩和郭嘉应该是稳压司马,联盟中大多事迹都是贾诩的影子。另外,感觉司马只是一个聪明的混混,相对于当时的名士风流,他应该是另外一个极端。

通用数字:我觉得读志的没几个,都是演义的读者。我也没看志,看的累。今天发现是读完的基本都是曹粉,对正面人物大耳朵严重鄙视。对司马偏重一点,对那个专家亮感觉不太好,也行这就是老罗真正的用意吧。如果是这真佩服罗同学,没说一个好字,还给了一个大白脸,却让人真正觉得这位高血压患者真不错。

身后之名 345

Frank： 更正一点，论若中国政变史中年龄最大，无出唐代神龙政变的张柬之，政变是年虚岁八十一。

王小狼： 大丈夫行事当磊磊落落，如日月皎然，终不能如曹孟德、司马仲达父子，欺他孤儿寡妇，狐媚以取天下也。——石勒

Tylers： 我来谈史传中的司马懿吧，《晋书 宣帝纪》（宣帝是追封的，司马懿生前并未称帝）载"宣皇以天挺之姿，应期佐命，文以缵治，武以棱威。用人如在己，求贤若不及；情深阻而莫测，性宽绰而能容，和光同尘，与时舒卷，戢鳞潜翼，思属风云。"第一句我们当做溜须拍马也未尝不可，所以不做解释了。但第二句里面还是很全面的反映了司马懿的人生哲学哒！

gege： 司马懿的成功不是他个人有好能干，是那个时代的产物。曹孙刘都是改革的先锋，可惜越过了时代必然要经过的地主阶级统治规律，所以失败了。

李志明： 边看边发出会心的微笑，文章精彩妙笔生花字字珠玑。老师将史实揉在现实中，将一个内心机媒胜曹操的司马先生刻画的淋漓尽致，很认同司马先生评论孔明的一段话：想干事，能干事，能干成事，干成事还不出事，出了事能抹平事。乖乖的，基本将孔明出茅庐跟刘备打天下的二十多年来一个总结。三国归晋，除了司马老先生三父子齐心协力承前启后外还得于天时地利人和吧，不管怎样，能笑到最后就是胜利者，因为历史是不相信眼泪的。

【其实我不爱演戏 我爱尬舞】

后记／知晓并在乎古人的奋斗

透过浓厚的夜幕，我叹了一口气，思绪不由得回到古代，

浓妆的唐，悲壮的宋，折腾的明，妖蛮的清……

无数人在眼前闪过，他们真实地存在过，畅快过，苦逼过，作为一个物质表现形式，最后无奈地离开，他们一定在想：后人会知道、在乎我们的奋斗吗？

会的。

本书就是一个答案。

全书终了，想再说一下"古人访谈录"这种题材。

这是我今年初忽然萌发的一个念头——古人风流，精彩无限，但很少有人能有效地还原他们的内心，历史由此变得冰凉而无趣。

3月初，我尝试着写了第一篇"古人访谈录"，主角是张献忠，当时他的沉船财宝引人无限遐想。没想到文章发表后，短时间内阅读量破万，要知道，当时我开通公号不久，粉丝还很少。

这说明，尝试是有效的。

在我看来，将古人从坟墓里请出来，通过模拟现场访谈的方式，跟他（她）交流甚至交锋，很是刺激。你要访谈他，必须是提前做足了功课，对他的一生了如指掌。你还得试着理解他，提出的问题精准而独到。最好还带点幽默感，因为，古人的幽默感，是让他们迅速复

活的最有效方式。

……

后来，又陆续与 10 多位古人进行了对谈。

这种写作方式生动活泼，所需时间很短，最快时只需要半小时。因为平常工作忙，它成了我最偏爱的题材。

这种题材，未来我还会开掘下去，合适的时候，可能还会让古人跨越时空，评点时事。

"古人访谈录"的生命力，无限；对幽默的创造，亦无限。

这本书能顺利出版，要感谢一众古人，还要感谢看到这些文字的你。

历史的囚徒

2017 年 12 月 29 日

出 品 人	朱家君	执行总编	罗晓琴
总 经 理	常蓦尘	设计总监	李 婕
总 编 辑	熊 嵩	产品经理	许 丽
		运营总监	蒋 雷
		插图绘画	董绍华
执行策划	张益彬	流程校对	何梦佳 阳玉玲
装帧设计	李雅静 刘诗怡	宣传营销	蒋 惊

总出品 漫娱文化

图书在版编目（CIP）数据

历史的荷尔蒙 / 历史的囚徒 著 .—武汉：长江出版社，
2018.1
　ISBN 978-7-5492-5645-7

Ⅰ.①历… Ⅱ.①历… Ⅲ.①历史故事 – 作品集 – 中国
Ⅳ.① I247.81

中国版本图书馆 CIP 数据核字（2018）第 023076 号

本书由历史的囚徒委托天津漫娱文化传播有限公司正式授权长江出版社，在中国大陆地区独家出版中文简体版本，并取得其他衍生授权。未经书面同意，不得以任何形式转载和使用。

历史的荷尔蒙 / 历史的囚徒 著

出　　版	长江出版社			
	（武汉市解放大道1863号　邮政编码：430010）			
出　　品	漫娱文化			
	（湖北省武汉市积玉桥万达写字楼11号楼19层　邮政编码：430060）			
出 版 人	赵　冕			
选题策划	漫娱文化图书			
市场发行	长江出版社发行部			
网　　址	http://www.cjpress.com.cn			
责任编辑	张艳艳			
特约编辑	许　丽	开　　本	880mm×1230mm　1 / 32
装帧设计	李雅静　刘诗怡	印　　张	11
印　　刷	武汉市金港彩印有限公司	字　　数	405千字
版　　次	2018年1月第1版	书　　号	ISBN 978-7-5492-5645-7
印　　次	2020年11月第6次印刷	定　　价	42.00元

版权所有，翻版必究。如有质量问题，请联系本社退换。
电话：027-82927763(总编室)　027-82926806 (市场营销部)